마졸귀환록

마졸귀환록 5

초판 1쇄 인쇄일 2014년 11월 19일 | **초판 1쇄 발행일** 2014년 11월 21일

지은이 주작 | **펴낸이** 곽중열 | **담당편집 팀장** 이범수
편집부 신연제 이윤아 김호성 김은경

펴낸곳 (주) 조은세상 | 출판등록 제 2002-23호
주소 경기도 연천군 미산면 청정로 1355
TEL 편집부 02)587-2966 | FAX 02)587-2922
e-mail bukdu@comics21c.co.kr

ISBN 979-11-5512-788-9 | ISBN 979-11-5512-578-6(set) | 값 8,000원

마존귀환록

5

주작 판타지 장편소설

NEO FANTASY STORY

CONTENTS

NEO FANTASY STORY

#1. 뜻밖의 존재

#1. 뜻밖의 존재

천마신공(天魔神功).

익히기에 따라서 신공(神功)이 될 수도, 마공(魔功)이 될 수도 있는 희대의 연공법이었다.

그리고 제튼은 이 천마신공을 마공으로써 배우고 익혔다. 물론, 제튼의 의지는 아니었다.

'천마!'

절대악이라고 불러도 무관한 존재로 인한 '마'의 완성이었다. 그리고 덕분에 제튼은 항시 내부에 존재하는 천마신공을 경계해야만 했다.

그 파괴적인 광기의 마공은 수시로 그를 집어삼키려 드는 까닭이었다.

때문에 천마신공을 잠재워 놓을 수밖에 없었다. 물론, 제튼 스스로도 자신의 능력을 극한까지 개발한 덕분에, 마공에 삼켜지는 불미스런 사태는 발생하지 않았다.

'그래도 완전개방을 하고 나면, 꼭 초반에 맛이 간단 말이지.'

절로 쓴웃음이 나올 수밖에 없었다.

'갈 길이 멀구나.'

이런 부분으로 천마와의 격차를 실감하는 것이다.

제국 수도에서 한 개 마을을 지워버릴 당시에도 천마신공을 깨우기는 했었다.

'그건, 약간이었지.'

완전개방과는 의미가 달랐다. 게다가 이번에는 그때 당시와는 달리, 시간을 두고 찬찬히 깨운 것이 아니라, 급속도로 천마신공을 일깨운 덕분에 파괴적 흥분감에 취한 시간이 생각보다 길어버렸다.

"정말…… 딱 숨만 붙여놨네."

그리 중얼거리며 자신의 손을 바라보니, 그 위로 빛을 잃은 나비가 놓여 있었다.

여전히 황금색을 띄고 있었으나, 왠지 그 색이 바래져버린 느낌이 들어 민망한 생각을 하게 만들었다.

"꼭 색깔이…… 똥 같네."

저도 모르게 입 밖으로 그 단어가 튀어나와 버렸다.

그 순간 머릿속으로 의지가 밀려들었다.

[황금!]

나비의 의지였다. 숨만 겨우 붙은 게 아니라, 아직 정신도 깨어있다는 증거였다. 제튼의 거친 제압에 조금 심각할 정도로 격하게 지쳐있는 것뿐이었다.

'정신을 차리는 게 조금만 늦었더라면.'

나비는 역소환을 당해버렸을 터였다.

'어쩌면…… 소멸을 시켜버렸을 지도.'

천마신공의 경악스러울 정도의 능력을 생각해 본다면, 그것도 전혀 불가능하진 않을 것 같았다.

크르르르……

제튼은 여전히 으르렁대는 천마신공의 울림을 느꼈다. 오랜만에 온전히 깨어났건만, 겨우 이거 힘쓰고 끝이냐며 화를 내고 있었다.

하지만 그 잠깐의 힘자랑으로 중요한 황금나비가 빛을 바래버린 상태였다.

'자제해야지.'

초반의 흥분감은 제압했다. 이제는 본래의 목적을 위해 힘을 써야 할 때였다.

[……살려줘.]

그를 향해 날아든 황금나비의 의지에 제튼이 쓰게 웃으며 말했다.

"죽이지는 않으마."

그러더니 대뜸 입 안에 정령을 삼키는 게 아닌가. 모순된 행위였으나, 여기에는 나름의 이유가 있었다.

'잘은 모르겠지만, 상태가 불안정해.'

최상급 정령 그 이상의 '격'이 있는 존재가 스스로에 대한 존재력을 잃어버렸다?

'문제가 있는 거겠지.'

정령 스스로 이를 알아내지 못하는 것 같으니, 제튼이 직접 알아내려는 것이다.

방법은 간단했다.

'계약을 맺으면 되지!'

이미 계약이 된 황금나비와 계약을 맺는다?

'뭐…… 순수하게 계약이라고 하기에는 좀 그런가?'

일종의 영적 연결을 시키는 개념이기에, 굳이 계약이라고 표현을 한 것이다.

보통의 계약은 '쌍방통행'이라면, 제튼은 오로지 '일방통행'이라는 점에서 결정적인 차이가 있었다.

굳이 정령을 삼킨 것은 이러한 '연결'을 좀 더 수월하게 하기 위함이기도 했다.

크르르르……

몸 안에 들어온 정령에게 천마신공의 광견이 이를 드러내고 있었다.

'먹을 거 아니다.'

제튼의 통제가 없었더라면, 당장 정령을 씹어버렸을 게 분명했다.

크르르르르르……

녀석이 불만스러운 울음을 흘리는 게 들렸다.

'침 흘리지 마라.'

영적연결.

비록 온전하지는 않다고 해도, 최상급 정령 그 이상으로 보이는 '격'이 있는 존재인데다가, 이미 마누스와의 계약이 이뤄진 상태였다.

'일종의 이중계약이라고 해야 하나.'

그런 만큼 '연결'이 쉬울 리가 없었다. 때문에 천마신공의 완전개방이 필요했다.

크르르르……

'말 들어!'

사납게 성을 내면서도 결국 제튼의 뜻을 따를 수밖에 없었다.

그렇게 천마신공의 힘을 통해 정령과의 연결을 이었다. 맘에 안 드는 기운이었으나, 저 무림세계에서도 지존이라 불리는 절대의 신공답게, 강제계약은 간단히 성립될 수 있었다.

'어라?'

연결을 마친 제튼의 두 눈이 휘둥그렇게 변했다.

'이거…… 이중계약인 줄 알았더니.'

황금나비와 '연결'이 된 선이 두 개가 더 있었다. 그의 것을 제외하고도 두 개라는 건, 계산이 안 맞았다.

'얼씨구.'

연결된 두 선을 살피던 제튼의 입 꼬리가 살짝 올라갔다.

'하나는 칙칙하고, 하나는 청명하네.'

딱 봐도 어떤 선이 문젯거리인지 답이 나왔다. 왠지 칙칙한 느낌을 주는 선을 잘라낸다면, 이 상황을 간단히 해결할 수 있을 것 같았다.

여기서 고민거리는 하나였다.

'그런데, 어째…… 칙칙한 선이 더 굵고 단단해 보이지.'

선의 두께가, 마치 청명한 선 쪽이 이중계약으로 연결된 것이라고 주장하는 것 같다고나 할까?

'에라, 모르겠다.'

결심을 내림과 동시에 천마신공이 움직였다.

크와아앙!

광견의 사나운 이빨이 굵고 단단해 보이는 칙칙한 연결선을 물어뜯었다.

파츳!

그 순간 내부에서 터져 나온 짤막한 뇌전에 헛기침이 튀어나왔다.

"쿨럭! 크흠! 짜릿하네."

겨우 그 정도 표현으로 끝내기에는 제법 속이 쓰렸으나, 천마신공의 공능으로 빠르게 치유가 되고 있었다.

"그나저나 정답이었나."

칙칙한 선을 끊어낸 덕분일까? 문득 정령의 기운이 크게 증대되는 것이 느껴졌다.

동시에 주변 대기의 흐름이 그를 중심으로 돌아가는 것 역시 감각에 잡혔다. 대자연의 정령력이 회복을 돕고자 모여들고 있는 것이다.

'일종의 정령식 연공법인가.'

고개를 끄덕이던 제튼이 슬쩍 시선을 들어 전방으로 보냈다.

ㅊㅊㅊㅊ……

그의 앞으로 안개가 모여들고 있었다.

"하나 해결하면 하나가 터지는구만."

셀린과의 약속시간이 다 되었다는 생각에 절로 눈살이 찌푸려졌다.

오랜만에 제니 없이 단 둘이 만나는 만큼, 이래저래 기대가 될 수밖에 없건만, 왜 이리 방해물들이 많단 말인가.

"쯧!"

안개에서 느껴지는 불길한 기운이 '전투'를 예감하게 만들었다.

지금 저 안개가 하나의 형상을 만들어 낼 때, 전투가 시작될 터였다.

'마음 같아서는 후딱 해치우고 싶지만.'

안타깝게도 그럴 수가 없었다. 이유야 간단했다.

황금나비!

그의 내부에서 한참 연공에 돌입한 존재가 있는 까닭이었다.

연공이라기 보다는 일종의 치유상태인 것 같았으나, 그 흐름에서 비슷한 느낌을 받았기에 연공이라 정의한 것이다.

정령들의 연공이 어떠한지는 모르겠으나, 세튼이 알고 있는 연공법의 기본 지식에는 '건들지 말기' 라는 게 있어서, 한참 연공일 때에 육체를 건드리면 상황에 따라 심각한 오러 트러블이 발생할 수 있었다.

이를 상기하며 움직임을 자제하려는 거였다.

'치료를 할 거면, 밖으로 나와서 할 일이지, 누구허락 맡고 뱃속에서 회복인데. 쯧!'

삼킬 땐 언제고 이제 와서 딴 소리였다.

츠츠츳……

이런저런 생각을 하고 있는 사이, 안개가 점자 하나의 형상을 갖춰갔다.

'돼지…… 인가?'

굳이 비유를 하자면 멧돼지 쪽에 가까웠다.

'두 발로 서 있는 멧돼지라.'

언뜻 오크를 떠올리기 쉬운 상황이었다. 오크들을 비유할 때, 대부분 돼지를 예로 들기 때문이었다.

하지만 실제로 오크가 돼지처럼 생긴 건 아니었다. 단지 들창코가 유달리 눈에 들어와 돼지들과 비유가 되는 것이지, 그들 오크족이 실제로 돼지와 같은 얼굴을 지닌 건 아니었다. 그런 의미로 눈앞의 두발돼지는 제튼에게도 나름 신선한 존재였다.

"꿀꿀?"

그래서일까? 그도 모르게 사람의 언어를 놓쳐버렸다.

굳이 비유를 하자면, 길고양이나 강아지에게 '야옹~' '멍멍' 이렇게 외치며 의사를 전하는 것과 비슷했다.

[난 돼지가 아니다!]

아니다 다를까. 이제는 완전히 제 형상을 갖춘 두발돼지가 버럭 성을 냈다.

그 언어전달 방식이 정령들의 것과 같았다.

'정령?'

의아한 마음을 담아 질문을 던졌다.

"그럼 뭔데?"

뒤늦게 사람의 언어로써 물으니, 두발돼지가 날카로운 어금니를 드러내며 씩 웃었다.

[사자 '메무' 다!]

제튼이 슬쩍 귓구멍을 후볐다. 잘 못 들었나 싶은 까닭이다.

'돼지가 자기를 보고 사자라고?'

이것이 미친 건 아닐까 하는 의심마저 생겼다.

[위대한 분의 사자다!]

다행히 미친 건 아닌 모양이었다.

"혹시, 정령왕을 말하는 거냐?"

그 순간 메무가 '킁' 하고 웃었다.

[그런 반푼이들과 비교하지 마라. 킁!]

'반푼이라…….'

제튼의 두 눈이 얇아졌다. 감히 정령왕을 저리 비유한다니. 상대에 대한 호기심이 한층 강해진 것이다.

"그런데…… 내 앞에 나타난 이유가 뭐지?"

뜬금없는 등장이기에 궁금증은 당연할 수밖에 없었다.

[네가 삼킨 정령을 지키는 게 내 역할이다.]

"지킨다라……."

어렴풋이 상황에 대한 그림이 그려졌다. 조금 전, 그가 황금나비와 연결된 '선'을 끊어낸 탓에, 두발돼지 메무가 나타난 것이다.

아마도 그 '선'을 통해 황금나비의 내부에 깃들어 있던 모양이었다.

"그렇다면, 감시자라는 뜻인가."

[쿵!]

메무의 짤막한 반응에는 부정도 긍정도 없었다. 하지만 느낌상 긍정의 의미라고 여겨졌다.

"내가 네 주인과의 계약을 강제로 잘라내서, 네가 나온 거로구나?"

[그렇다.]

너무 순순히 대답을 해 주는 메무의 모습에 문득 의아한 마음이 들었다.

"헌데, 왜 이렇게 입이 가볍냐?"

조금은 비꼬아서 물었는데, 이는 지금의 질문으로 상대의 반응을 살피고자 함이었다.

[놈이 깨어나면 결국 알게 될 내용이다.]

메무가 말하는 '놈'이란 황금나비를 뜻했다. 고개를 끄덕인 제튼이 재차 물었다.

"그럼, 이 다음으로 네가 할 일은 뭐지?"

대충 감은 잡혔다. 하지만 그래도 혹시 모르기에 묻는 것이다.

[도망친다.]

"그래. 결국 덤빈단…… 뭐? 도망?"

뜻밖의 대답에 제튼의 두 눈이 동그래졌다.

[그래. 내 역할을 하려고 나왔다. 하지만 넌 너무 강하다.

난 너의 상대가 못 된다. 그러니 도망친다. 쿵!]

당연하다는 그 태도에 제튼이 어이없어 하는 사이, 기회를 잡은 듯 메무의 신형이 뒤로 쭈욱 빠져나갔다.

마치 바람을 탄 것처럼 자연스러운 신속이동에서 또 다시 정령의 흔적이 읽혀졌다.

'확실히 정령인 것 같은데.'

어떤 정령인지 정의를 내리기가 어려웠다.

"어째, 사람 냄새가 풀풀 난단 말이지."

때문에 뭐라 확답을 낼 수가 없었다.

"우선은…… 쫓아야겠지."

예상과 달리, 전투가 아닌 추격전이 펼쳐졌다.

메무는 도주를 하면서도 모든 신경은 등 뒤에 두고 있었다. 그도 그럴게 상상도 못한 초월적 존재와의 만남이 공포심을 자극한 까닭이었다.

겉으로 드러나지는 않았으나, 그 내부에 도사리고 있는 어마어마한 광기를 보았고, 거대한 힘의 울림을 느꼈다.

'위대한 존재?'

가장 먼저 떠오른 생각이 '드래곤'이라 불리는 중간계의 조율자였다. 하지만 이내 고개를 저었다. 그들이 간혹 인간으로 변신해 유희를 하기는 한다.

중간계의 조율자라고 불리는 만큼, 그들의 변신은 완벽했다. 하지만 메무도 나름의 '격' 이 있는 존재로써, 진짜 사람인지 아닌지에 대한 분류는 할 수 있었다.

그건 위대한 존재라 불리는 드래곤의 변신이라도 마찬가지였다.

'위험!'

정말로 심각하게 생명의 위기를 느끼는 중이었다. 애초에 모습을 드러내지 않았다면 좋았겠으나, 안타깝게도 상황자체가 그럴 수가 없었다.

평상시에는 황금나비의 내부에 잠들어 있다가, 최악의 사태에 맞춰 깨어나는 것인데, 이번 역시도 그러한 이유로써 깨어난 것이다.

사실, 황금나비가 위기라고 인식하던 무렵에 깨어났다. 하지만 황금나비 못지않게 메무 역시도 제튼의 존재감을 느꼈다.

때문에 숨을 죽였다.

'설마, 연결을 끊어버리다니.'

상대의 대단함을 인지하긴 했으나, 그 정도로 엄청날 거라고는 상상도 못했다. 때문에 강제적으로 외부에 소환될 수밖에 없었다.

위기라는 걸 깨달았다. 제튼의 질문에 착실히 답을 한 이유는 도주할 타이밍을 잡고 있던 까닭이었다.

상대의 신경이 흐트러진 틈을 타, 겨우겨우 몸을 빼낸다고 빼냈으나, 상대는 여전히 상상을 초월하고 있었다.

'빨라!'

등 뒤로 다가오는 적의 속도가 느껴졌다. 바람이 되어 날아가고 있건만, 뇌전이 되어 쫓아오고 있었다.

멀쩡히 도주할 수 있을 거라고 여기지는 않았으나, 이렇게 빨리 따라잡힐 거라고도 생각지 못했다.

"귀찮게 하네, 정말!"

어느 틈에 다 따라 잡은 듯, 뒤편에서 들려오는 상대의 목소리가 가까웠다.

메무가 바람을 탄 상태 그대로 몸을 뒤로 돌리더니 입을 쩍 벌렸다.

[꾸웨에엑!]

동시에 거대한 파문이 대기를 타고 퍼져나갔다.

"허! 사자후(獅子吼)?"

제튼이 조금은 놀란 얼굴로 밀려드는 음의 파동을 맞이했다.

짜악!

양 손을 전방으로 내밀며 세게 마주치니, 거기서 새로운 파문이 터져 나왔다.

웅 웅 웅 웅……

곳곳에서 공기가 울리며 괴이한 진동음을 내는데, 두 개의 파동이 마주치며 일어난 일종의 공명음이었다.

"귀찮게 굴지 말고, 빨리 빨리 좀 끝내자."

그 말과 함께 제튼이 신형을 쭈욱 전방으로 뻗어냈다. 그야말로 빛살과도 같았는데, 이는 메무의 인지를 아득히 뛰어넘는 속였다.

이 급작스런 순간 가속에 깜짝 놀란 메무가 더욱 속도를 내려 재차 몸을 돌렸으나, 그 순간 제튼의 손이 닿아버렸다.

콰득!

정확히 두개골을 잡아오는 그 억센 아귀힘에 메무의 안색이 검게 물들었다.

"겨우 잡았네."

제튼의 짜증 섞인 음성에 더욱 두려움이 밀려왔다.

"데이트 때문에 바빠 죽겠는데…… 쯧!"

살짝 섞여든 그의 투덜거림과 그 내용에 울컥하는 감정이 들었는지, 메무의 코가 벌렁거렸다.

[꾸웩!]

그런 메무를 향해 제튼이 말했다.

"돼지 맞네."

울음소리만 놓고 보면 반박의 여지가 없었다.

"돼지면 땅에서 놀아야지."

구름 위에 있던 그들의 신형이 바닥으로 떨어져 내렸다.

콰아아앙……

◈

최대한 느릿느릿 집으로 걸어가던 크라이온의 발걸음이 돌연 멈춰 섰다.

이내 뒤편으로 시선을 돌리는데, 그 얼굴이 전에 없이 긴장하고 있었다.

'쌍…… 놈!'

멀리서 느껴지는 제튼의 기운을 읽어 버렸고, 동시에 전율해야만 했다.

'이 정도였을 줄이야.'

격차가 있다는 건 알았다. 하지만 지금 느껴지는 이 어마어마한 파동은 그야말로 상상 그 이상의 것이었다. 경지 그 너머에 올랐건만, 저절로 위축되는 심장이 그 증거였다.

"으음……."

절로 신음성이 새나왔다.

집으로 향하는 걸음이 더욱 무거워져 있었다.

◈

"허……."

나직이 흘러나온 탄성과 함께 노인의 고개가 저 멀리 하늘을 향해 올라갔다.

"마족인가?"

어찌 인간 세상에 저 정도로 엄청난 기운을 지닌 어둠의 존재가 머무른단 말인가.

"음?"

문득 고개가 모로 꺾였다.

"마족이…… 아닌 건가?"

너무도 아득한 거리에서 날아든 잔재이기에 정확한 분류를 하기는 어려웠으나, 언뜻 마기와는 다른 느낌이 들었다.

"흐흠……."

턱을 괴고 고민을 하던 노인이 이내 실소를 하며 고개를 흔들었다.

"직접 만나보며 알겠지."

그리고 이내 노인의 신형이 사라졌다.

◈

더부룩하다고 해야 할까?

'이런 감각도 오랜만이네.'

제튼은 마치 체한 것 마냥 속이 안 좋았는데, 이는 전부 몸 안에서 기운을 모으며 치료중인 황금나비 때문이었다.

연공법과 비슷한 개념이라는 생각에 쉬이 토해내기가 어려웠다. 덕분에 메무를 잡는 것 역시 조금은 힘을 들여야만 했었다.

'뭐, 결국은 잡았지만.'

그는 자신의 주변을 한 차례 둘러봤다. 마치 거대한 운석이라도 떨어진 것 마냥, 주변 대지가 그를 중심으로 크게 파여져 있었다.

구름이 옆에 보이는 위치에서 메무를 잡아, 그대로 내리꽂으며 생긴 후폭풍이었다.

덕분에 메무 역시 심각한 타격을 입은 듯, 눈을 까뒤집고 있었다.

"확실히…… 보통 정령들하고 다른 것 같단 말이야."

이 정도로 심각한 타격을 입었다면, 대개는 정령계로 역소환을 당해야 옳았다. 하지만 마치 이곳 중간계에 속한 것 마냥, 정신을 잃은 채 여전히 존재하고 있었다.

"뭘까……?"

호기심이 샘솟았다. 하지만 길게 이어지진 못했다.

'데이트!'

시간이 다 된 것이다. 이제는 정말 더 뺄 시간이 없었다. 하지만 여전히 문젯거리가 주변에 널려 있었다.

우선 내부에 존재하는 황금나비가 그 첫 번째로써, 이를 뱉어내거나 혹은 치유가 끝나지 않는 이상, 그의 주변으로 몰아치는 이상기류 때문에 결국 이상한 시선을 받게 될 터였다.

그리고 두 번째는 발치에 누워있는 메무였다. 정보가 필요해서 살려두기는 했지만, 마땅히 묶어놓을 만한 도구도 없고, 가둬놓을 만한 장소도 없었다.

"끄응……."

그리고 마지막으로 주변 풍경이 골칫거리였다.

사람들의 발길이 뜸한 장소라고는 하나, 간혹 지나는 행인이 있는 길목이었다.

그가 간단히 주변 정리를 해 놓는다고는 해도, 하루아침에 변한 풍경이 결국 누군가의 입을 통해 전해질 터였다.

"에휴……."

한숨을 내쉬던 그가 고개를 휙 하니 들어올렸다.

"네 번째까지?"

새로운 문젯거리가 생긴 것이다. 어느새 나타난 것인지, 저 하늘 위 구름이 닿는 높이에 둥둥 떠 있는 그림자가 하나 보였다.

전율!

그로 하여금 이 정도로 긴장감이 들게 만드는 존재가 있었다니.

'정말…… 장난이 아닌데!'

기세를 겉으로 드러내려 하지 않는 까닭에, 그 정확한 경지가 측정되질 않았는데, 그 점이 더욱 제튼을 긴장하게 만들었다.

'대체, 뭐야?'

안력에 집중하니 그 자세한 모습이 눈에 담겼는데, 얼핏 70대 즈음 되어 보이는 노인이었다.

'마법사?'

자연스레 드는 의문이었다. 그도 그럴게 노인이 한 손에 들고 있는 지팡이에서 마나의 흐름이 읽힌 까닭이었다.

문득 머릿속에 위대한 별이 떠올랐다.

'대마도사 아르만.'

대륙마도의 정점에 있는 존재였다. 과거에 만난 적 있는 그와 비교를 해 봤다.

'그보다 위!'

마도의 정점보다 높다?

새삼 상대의 정체에 대한 의문이 깊어졌다. 동시에 짜증 역시도 한층 격해지고 있었다.

'젠장, 마가 꼈나?'

자칫 잘못했다가 셀린을 바람맞히는 건 아닌가 싶은 걱정까지 들었다.

이런저런 생각으로 머리가 복잡해지고 있을 즈음, 노인의 신형이 하강하는 게 보였다.

"자네…… 사람 맞나?"

상당한 거리가 있음에도 불구하고 바로 옆에서 말하는 듯, 노인의 음성이 또렷하게 들려왔다.

뜬금없는 질문이었으나 그리 묻는 까닭을 알고 있었다. 아마도 그의 내부에 존재하는 천마신공의 '마'를 읽은 것일 터였다.

게다가 완전개방 당시에 내비쳤던 그 광기 역시도 이유 중 하나일 게 분명했다.

"사람입니다만."

짤막한 대답이었으나 충분한 답이 되었던 듯, 노인이 고개를 끄덕이는 게 보였다.

"역시, 그런가."

그러면서 혼잣말처럼 중얼거린다.

"오랜 시간을 넘어 또 다시 초월자가 탄생한 것인가. 역시……."

아리송한 말을 내뱉는 그에게 이번에는 제튼이 물었다.

"노인장께서는 사람이십니까?"

조금 전 질문을 고스란히 되돌려 준 것인데, 이에 노인의 입가에 미소가 걸렸다.

"허헛! 그래. 자네 눈에는 내가 무엇처럼 보이나?"

노인은 대답 대신, 역으로 되묻고 있었다.

"사람은 아닌 것처럼 보이는군요."

제튼의 대답에 노인이 눈을 빛냈다.

"대단하군. 역시, 초월자의 눈인가."

연신 감탄을 터트리는 노인의 모습에 제튼이 재차 물었다.

"노인장의 정체를 여쭙고 싶군요."

"정체라…… 허헛! 드래곤이라고 말하면 믿어 줄 텐가?"

"……."

말문이 딱 하니 막혀버렸다.

위대한 존재.

중간계의 조율자.

신의 사자.

등등…… 다양한 수식어로 불리는 존재로써, 말 그대로 지상 최강의 종족이 바로 드래곤이었다.

'설마설마 했는데…….'

정말 그 전설의 존재라니. 제튼의 표정이 딱딱하게 굳어가고 있었다. 이런 그의 얼굴을 본 노인이 허허 웃으며 말했다.

"거 참. 바로 믿어 버리는 건가."

"……안 믿을 수가 없군요."

제튼의 대답에 노인의 눈이 재차 빛을 발했다.

'내게서 그 정도로 많은 것을 봤다는 것이겠지.'

이는 다르게 돌려 말하자면, 제튼의 경지가 그 만큼 대단하다는 의미이기도 했다.

드래곤의 변신 마법인 폴리모프는 전설 속 메테오나 브레스처럼 궁극에 이른 마법이었다. 이런 마법에서 허실유무를 간파해 내려면, 상대측 역시 궁극에 도달해 있어야 했다.

"허헛! 궁금해서 그러는데, 혹여 자네의 정체가 제국의 정점이라는 브라만 대공인가?"

제튼은 노인의 물음에 깜짝 놀라야만 했다. 어찌 자신의 정체를 알고 있단 말인가. 자연스레 의문이 들 수밖에 없었다.

"표정을 보아하니 맞는 모양이군. 허헛! 그저 때려 맞춘 것이니, 이상하게 여길 것 없네. 내 알기로 요 근래 인간 세상에서 가장 강한 사람의 이름이기에 기억해 놓고 있었을 뿐이네."

확실히 그럴 수도 있겠다 싶었다. 제튼의 마음에 떠오르던 일말의 불안감과 의심이 불길이 조심스레 흩어졌다.

"그런데…… 위대한 분께서는 어찌, 이곳을 찾으신 것입니까?"

"자네의 기운을 느껴서 온 것이기도 하지만, 원래 이 근방으로 오는 길이었다네."

이건 또 무슨 뜻일까? 제튼이 의아한 얼굴로 바라보고 있자, 노인이 웃으며 말을 이었다.

“내 얼마 안 되는 인간 친구가 이곳에 머물고 있다더군.”

“인간…… 친구입니까?”

“허헛! 그 친구는 내 정체를 모르지. 그저 비슷한 연배의 노땅이라고 알고 있겠지.”

호기심이 깊어졌다. 비록 거짓 정체로 나눈 친분이라고는 하나, 저 드래곤과 친구를 먹고 있는 존재라니.

‘위대한 존재라고 불리는 만큼, 아무나 사귀는 건 아니겠지?’

궁금증이 일어날 무렵, 노인의 이야기가 자그마한 실마리를 제공해 줬다.

“평생을 떠돌아다니던 친구가 웬일로 한 곳에 터를 잡았다기에, 얼마나 좋은 곳인지 구경이나 하려고 왔다네.”

‘떠돌아다녀?’

왠지 익숙한 얼굴 하나가 머릿속에 그려졌다. 설마 하는 마음으로 조심스레 물었다.

“혹여…… 성직자입니까?”

“허헛! 그렇다네. 그리 유명한 친구는 아니지만, 그래도 알 만한 사람들은 다 아는 모양이더군.”

‘역시!’

답이 나왔다.

마르한.

방랑사제라고 불릴 정도로 오랜 기간을 떠돌아다닌 그가 아니던가.

아무래도 눈앞의 저 위대한 괴물은 그를 만나러 온 것 같았다.

'끄응…….'

골머리가 아파왔다.

어느새 셀린과 약속한 시간이 지나가고 있었다.

◈

"음? 누가 내 얘기라도 하나?"

마르한은 귀를 후비며 저 멀리 창공을 바라봤다.

'마족일까?'

길지 않은 시간이었으나, 분명 저 먼 곳에서 날아들었던 기운은 마기였다.

등골이 오싹해지고 머리가 띵해질 정도로 어마어마한 마기가 지상에 강림했었다.

'금세 사라져 버렸지만…… 분명 마기였지.'

자연스레 의문이 이어졌다.

'마족이 지상에 올라온 걸까? 흑마법사의 실험이 있었나? 마기가 금세 사라진 이유는 뭘까?'

그리고 떠오르는 얼굴 하나.

'제튼 반트……'

어쩌면 그가 저 마기를 지닌 존재를 처리한 것일지도 모른다는 생각이 들었다.

'내 능력으로도 그 경지를 짐작하지 못할 만큼 대단한 존재니까.'

동시에 쿵쾅거리던 심장이 안정되는 걸 느꼈다. 생각해 보면 그의 보호아래 있는 마을이 아니던가. 어쩌면 대륙에서 가장 안전할지도 모르는 장소였다.

그 생각이 긴장감을 덜어 준 것이다.

'문제없겠지?'

"엘 로우 힘……."

제튼이라는 강자를 향한 믿음과는 별개로 입에서는 기도문이 나오고 있었다.

◈

벨로아 카마르산.

스스로를 그리 소개한 노인은 친근하게 제튼의 곁으로 달라붙으며 물었다.

"대체 무슨 수로 그렇게 강해진 건가? 내 고대로부터 많은 초월자들을 만나 왔지만, 자네처럼 대단한 기운을 품고 있는 초월자는 처음이라네."

이에 제튼이 역으로 질문을 던졌다.

"초월자라고 하는데, 저 말고도 대륙에 초월자라 불리는 이들은 많습니다."

"허헛! 마스터라 불리는 이들과 대마법사라 칭해지는 아이들 말인가?"

'아이라…….'

하나같이 나이가 지긋한 이들이겠으나, 벨로아 앞에서는 다 고만고만할 터였다.

"그들은 '초인'이라고 불릴 수는 있을지 몰라도, 초월자라 불리기에는 무리가 있지."

확실히 인간의 영역을 넘어섰으니 초인이라 하기에 부족함이 없었다.

"초월자란 자네들 종족, 사람이라는 종족의 한계를 넘어서는 것만으로는 부족하네. 저 전설 속에 기록되어 있는 수많은 영웅과 용자들처럼, 시대를 뛰어넘어 오래도록 기억될 만큼 절대적인 영역에 오르지 않고서야. 감히 그 칭호를 받는 건 무리지."

거기까지 이야기하던 벨로아가 제튼을 바라보며 웃었다.

"자네는 충분히 초월자라 불리기에 모자람이 없지. 오히려 그 단어가 부족하게 느껴질 정도로군. 정말로…… 규격을 넘어서는 힘이야."

그러더니 대뜸 미소를 거두며 묻는다.

"자네는 혹시, 이 세상의 것이 아닌 존재와 만난 적이 있나?"

갑작스런 그 딱딱한 분위기에 제튼의 표정 역시 굳어버렸다.

"제 대답의 결과에 따라 재미없는 상황이 벌어질 수도 있겠군요."

"아무래도 그렇겠지."

어느새 그들 사이에는 공간이 만들어져 있었다.

◈

겨울의 차가운 공기 때문인지 두꺼운 입김이 시야를 어지럽혔다.

"세~시! 세~시!"

저 멀리 마을의 시간을 알려주는 외침이 들려왔다. 덕분에 기다리던 시간이 되었다는 걸 알았건만, 어째서인지 약속 상대가 나타나질 않았다.

'무슨 일이지?'

전에 없는 상황에 셀린의 눈가에 작은 불안감이 깃들었다.

'시간 약속을 어긴 적은 없었는데.'

특히, 서로의 마음을 확인하고 난 뒤로는 오히려 먼저 와서 기다리는 경우가 대부분이었다.

처음으로 약속시간을 어긴 것이다.

그녀의 시선이 저도 모르게 저 먼 창공으로 향했다.

'어떻게 된 거니?'

문득, 조금 전 울려 퍼지던 우레성이 떠올랐다. 어째서 지금 그게 떠오른 건지 모르겠으나, 확실히 인상적인 상황이었던 것 같긴 했다.

'마른하늘에 천둥이 칠 줄이야.'

전에 없는 기현상이었다. 때문에 천둥성이 그친 지금도 하늘로 시선을 보내는 사람들의 모습이 보였다.

그녀 역시도 저 먼 하늘에 시선을 던지고 있었다.

'제튼…….'

푸른 하늘에 그의 모습을 그리며, 갑작스레 밀려든 불안감을 날려 보냈다.

◈

공격은 갑작스럽게 시작됐다.

파앙!

순간 전방으로 기척이 느껴진다 싶더니, 제튼의 바로 코앞에서 공기가 터져나가는 것이 아닌가.

이미 제튼은 몸을 빼낸 뒤였다. 하지만 고개만 꺾어 피하는 게 아닌, 아예 몸을 움직여야 할 만큼, 그 자그마한 폭발의 위력은 강렬했다.

파파파팡!

뒤이어 연달아 제튼이 있는 곳마다 폭발이 일어나면서, 쉴 새 없이 몸을 움직여야만 했다.

"아직 대답은 하지 않은 것 같은데요?"

몸을 빼내는 와중에 이리 물으니, 벨로아의 대답이 가관이었다.

"대화라는 게 꼭 말로만 하는 게 아니잖나."

"허…… 오랜 세월을 살다보니, 뭐 관심법 뭐 그런 거라도 생기셨나 봅니다."

"그건 또 뭔가?"

"끄응! 그게…… 그런 게 있습니다."

언뜻 평온해 보이는 대화가 이어지고 있었는데, 그들 주변의 분위기는 결코 평화롭지 못했다.

콰앙! 쾅!

연신 허공이 터지고, 대지가 폭발하며 뇌전이 떨어지는 등, 다양한 마법들이 제튼을 노리며 쏟아지는 까닭이었다.

제튼 역시 당하고만 있지는 않았다.

번쩍!

일순간 손끝이 번쩍이는가 싶더니 벨로아의 전방으로

초승달 모양의 빛 무리가 날아들었다.

"위험하군."

멀찌감치 자리를 피한 벨로아가 짤막한 한마디를 남기며 재차 마법을 퍼부었다.

제튼이 눈을 빛내며 벨로아를 바라봤다.

'블링크인가.'

그의 안력으로도 쫓지 못할 고속이동이라고 여겨지진 않았기 때문이다.

"갑자기 나타나서 이렇게 위협을 하시면, 슬슬 저도 제대로 할 수밖에 없습니다."

제튼의 경고에 벨로아가 주변으로 거대한 불덩이들을 피워내며 말했다.

"기대되는군."

불덩이를 보는 제튼의 표정이 살짝 굳어졌다. 그 안에 담긴 기운이 어마어마했기 때문이었다.

"그거…… 혹시 헬파이어라고 불리는 겁니까?"

제튼의 물음에 벨로아가 웃으며 답했다.

"잘 아는군."

"끄응…… 보는 건 처음입니다."

"경험도 하게 해 주지."

전설이라고 불리는 마법이 저처럼 대량으로 등장한 것이다.

'골 때리네!'

제튼은 날아드는 불덩이들을 보며 손을 뻗었다. 어느새 그의 손은 검결지를 쥐고 있었다.

꽈르르르르릉……

헬파이어라 불리던 전설의 마법들이 그의 손짓에 맞춰 폭죽처럼 터져나갔다. 사방으로 비산하는 불똥들이 주변 대지를 뜨겁게 불태우는 가운데, 제튼의 신형이 빠르게 움직였다.

순식간에 벨로아에게 접근한 뒤 검결지에 피어난 오러 블레이드를 휘둘렀다.

카카카카카캉……

하지만 허공중에 비친 반투명의 막이 그의 검결지를 막아내는 게 아닌가.

"절대방어라고 불리는 건데. 어떤가? 제법 쓸만하지?"

또 다시 전설적 마법이 출현했다.

'앱솔루트 실드(Absolute Shield)…… 인가.'

지식으로만 알고 있는 마법으로써, 그 실체를 보는 건 이번이 처음이었다. 이를 악 문 제튼이 검결지 위로 의지를 피어냈다.

"허……!"

벨로아가 탄성을 터트렸다.

"오러 스피릿!"

진정 초월자의 힘이 눈앞에 드러났음에, 그의 여유도 상당부분 지워지고 있었다.

'대단하군.'

인간의 역사가 기록할 수 없을 만큼 많은 세월을 사는 종족이 바로 그들 드래곤이었다.

그런 만큼 수많은 초월자들을 볼 수 있었는데, 지금 눈앞에 서 있는 사내만큼 압도적인 존재는 단연코 처음이었다.

'저 정도로 선명한 오러 스피릿이라니.'

보통 오러 스피릿은 오러 블레이드 보다 색감적인 부분에서는 더 투명한 느낌이 있었다.

하지만 제튼의 손끝에 피어난 오러 스피릿은, 조금 전 오러 블레이드보다 한층 진해진 것 같아 보였다.

그 강렬한 의지의 힘에 절로 긴장감이 새겨졌다.

'정말…… 규격 외로군.'

"각오하셔야 할 겁니다."

그 말과 함께 제튼의 오러 스피릿이 날아들었다. 재차 절대방어가 펼쳐지고, 그 위로 오러 스피릿이 떨어졌다.

써걱!

오싹한 절삭음과 함께 동강나버리는 반투명의 막이 보였다. 예상하고 있던 상황인 듯, 벨로아가 기다렸다는 듯이 블링크로 몸을 빼냈다.

파스슥……

하지만 깔끔한 회피는 무리였을까? 흩어져 내리는 머릿결이 보였다.

"허허……."

이를 보며 웃음을 터트리는 벨로아의 눈빛이 싸늘했다.

'예측을 했었건만.'

그런 그의 동공으로 재차 달려드는 제튼의 모습이 잡혔다.

[정지.]

벨로아의 한마디에 제튼의 움직임에 제동이 걸렸다.

'이건…… 무슨?'

마치 거대한 족쇄로 전신을 억류당한 느낌이었다.

꽈드득……

근육이 팽창하는 느낌이 드는가 싶더니, 그의 육신이 조금씩 움직이기 시작했다.

"차합!"

거친 기합성과 함께 결국 제튼의 신형이 온전한 자유를 되찾았다.

"허……."

벨로아가 재차 탄성을 터트렸다.

'용언마법을 저리 쉽게 이겨내다니.'

마도의 결정이라고 불리는 드래곤의 마법에서도 절대적

이라 불리는 마법이 부서진 것이다.

'위험하군.'

새삼 제튼의 존재에 대한 경계심이 피어났다. 재차 그를 향해서 달려드는 제튼의 모습이 보였다.

[정지. 속박. 구속.]

연달아 같은 종류의 용언마법을 중첩시켜 발현했다.

꽈드드득……

그 때문에 재차 제튼의 움직임이 멈춰 섰는데, 그의 전신에서 넘실거리는 기운이 급속도로 올라가는 걸로 봐서는, 얼마 지나지 않아 이 역시 깨어질 것이란 예감이 들었다.

'어차피 시간 벌기니까.'

벨로아는 그 생각과 함께 숨을 깊이 들이셨다.

후우우우웁……

곧이어 팽창하는 가슴의 모습에서 폐가 극한까지 공기를 빨아들였다는 걸 알 수 있었다.

육신의 자유를 위해 기운을 끌어올리던 제튼이 잔뜩 긴장한 얼굴로 벨로아를 바라봤다.

'엄청난 기운!'

소름끼치는 마나의 집약이 느껴졌다. 머릿속이 빠르게 상황에 대한 분석을 시작했다. 뒤이어 몇 가지 단어의 나열과 함께 결론이 나왔다.

공기. 호흡. 숨결.

'브레스!'

천마신공이 극한까지 운영됐다.

"타합!"

재차 기합성이 터지며 육신의 구속이 풀렸다. 동시에 손을 전방으로 뻗었다. 검결지에 맺힌 오러 스피릿이 그대로 쭈욱 쏘아져나갔다.

그 순간 벨로아도 숨을 뱉어냈다.

번쩍!

마치 저 하늘너머의 태양이 눈앞에 현현한 듯, 시리도록 눈부신 빛의 물결이 제튼을 향해서 날아들었다.

검결지를 쥔 손에 힘이 잔뜩 들어갔다.

우우우우우우……

전방으로 쏘아진 오러 스피릿에 더욱 큰 의지가 깃들고, 이내 빛의 물결과 의지의 검이 마주했다.

◈

마르한은 저 먼 창공을 바라보며 연신 기도문을 읊조렸다.

"엘 로우 힘……."

저 하늘 너머에서 날아드는 이 소름끼치는 파장은 생전 경험해 본 적 없는 강렬한 것이었다.

사라졌다 여겼던 마기가 다시 솟구치는 것과 동시에, 또 다른 거대한 빛의 힘이 일어나는데, 마치 전설 속 대영웅과 마왕의 대결이라도 펼쳐지고 있는 건 아닐까 하는 착각마저 들 정도였다.

'대체, 누구이기에?'

저런 엄청난 힘들을 소유하고 있단 말인가.

"엘 로우 힘…… 허억!"

재차 기도문을 외우던 그가 경악성을 터트리며 창공을 바라봤다.

소름끼치도록 두려운 힘과 힘이 폭발을 일으킨 것이다. 그 파장이 밀려들어 전율하게 만들었다.

다행이라면 워낙 먼 거리에서 벌어지는 일인 듯, 실질적인 여파가 미치지는 않을 것이라는 점이었다. 물론 지금 이 파장만으로도 지나는 사람들은 오한을 느낄 터였다.

"엘 로우 힘!"

자꾸만 손이 떨리고 등가가 축축해져왔다.

◆

거대한 힘의 충돌을 느낀 것은 마르한만이 아니었다. 크라이온 역시 빛과 어둠의 마주침을 알았는데, 덕분에 집으로 향하는 그의 발걸음이 한층 빨라지고 있었다.

"젠장!"

등 뒤로 밀려드는 힘의 파장이 그로 하여금 많은 것을 깨닫게 만들었다.

'아직도 멀었단 말이냐!'

자신의 부족함을 알게 되는 건, 언제나 욕짓거리를 샘솟게 하는 것 같았다.

"빌어먹을!"

짜증도 치밀었다.

'어째서 내가 이러는 거냐고!'

원래라면 저들의 상대가 되건 안 되건, 당장 뒤돌아서 전투의 현장으로 달려갔을 것이다.

그 누구보다도 싸움을 좋아하던 그가 아니던가. 헌데, 어째서 이리 바쁘게 집으로 돌아가고 있단 말인가.

모네!

그 조그마한 아이가 머릿속에서 떠나질 않았다.

아이의 부모인 칼렌과 에리스도 잠깐 떠올랐으나, 그저 스치듯 사라져버렸다. 오로지 모네의 얼굴만이 가득할 뿐이었다.

"젠장!"

누군가를 걱정하는 자신의 모습이 낯설었다. 때문에 욕짓거리가 입에서 떠나질 못했다.

◈

브레스(Breath).

이는 전설처럼 여겨지는 위대한 존재, 중간계의 조율자 드래곤의 전유물로써, 그 위력은 가히 궁극이라 부르기에 부족함이 없는 절대적 파괴의 마법이었다.

제튼은 그러한 마법에 정면으로 대항한 것이다.

심검(心劍)!

드래곤 브레스가 궁극의 마법이라 불린다면, 제튼이 내던진 '심검' 역시 저 천마의 세계에서 궁극이라 불리는 것으로써, 오러 스피릿의 영역에서도 한 걸음 더 나아간 진정 초월의 검이었다.

이러한 궁극과 궁극이 만났다.

꽈르르릉!

천둥성이 울리는가 싶더니, 대지가 뒤덮이고 대기가 뒤틀렸으며, 저 높은 창공의 구름마저도 영역의 바깥으로 밀려나갔다.

"쿨럭!"

그 공허의 대지 위로 힘겨운 기침성이 울려 퍼지며, 하나의 그림자가 무릎을 꿇었다.

"어우…… 속이야."

제튼은 울렁거리는 내부를 다스리며 전방을 바라봤다.

'멀쩡하네.'

그와 달리 굳건한 모습으로 서 있는 벨로아가 보였다. 그 역시 표정에서 지친 기색이 느껴지기는 했으나, 제튼보다는 여유가 있다는 게 느껴졌다.

'드래곤이라 이건가.'

새삼 감탄하고 있는 그와 마찬가지로, 벨로아 역시 제튼에게 깜짝 놀라고 있었다.

'그것마저도 막아내다니.'

충격적이었다. 살아온 시간만큼 수많은 영웅들과 만났으나, 눈앞의 초월자는 진정 압도적이었다.

특히, 그의 브레스를 정면으로 막아내는 부분에서는 경이로움마저 느낄 정도였다.

'비록 본체가 아니라고는 하지만, 그걸…… 허!'

그는 흔히 말하는 '고룡' 이라고 불리는 존재로써, 드래곤들 중에서도 높은 위치에 있었다.

특히, 일반적인 고룡보다 조금 더 높은 '격' 을 지니고 있는 까닭에, 제 힘을 낼 수 없는 인간화 상태에서도 충분히 에이션트(Ancient)급 드래곤의 파괴력을 발휘할 수 있었다.

헌데, 눈앞의 사내는 그걸 막아낸 것이다.

'게다가…… 그게 전력도 아니라니.'

그래도 명색이 드래곤이었다. 제튼의 내부에 도사리고

있는 또 다른 힘의 흐름을 느끼지 못할 리가 없었다.

'나를 상대하면서, 정령의 회복에도 신경을 쓰다니.'

최초의 의문이 재차 떠오를 수밖에 없었다.

"자네…… 정말 사람 맞나?"

제튼이 굽혔던 무릎을 피며 대답했다.

"몇 번을 물어봐도, 제가 사람인 건 변함없습니다."

"그래. 그렇겠지."

고개를 끄덕이던 벨로아가 재차 물음을 던졌다.

"혹시, 자네는 마족과 연관이 있나?"

이 세상의 것이 아닌 존재와 만난 적이 있냐던 물음과 연관된 질문처럼 여겨졌다.

"전혀 관련 없습니다."

"……그런가."

갑자기 기운을 쭈욱 빼버리는 벨로아의 모습에 의아한 마음이 든 제튼이 역으로 물었다.

"제가 마족과 연관되어 있다고 생각하셨습니까?"

이에 쓴웃음을 머금은 벨로아가 고개를 끄덕였다. 실제로 그 이유 때문에 제튼에게 공격을 감행한 것이 아니던가.

"자네는 이야기 속에 나오는 영웅들이 어떻게 탄생하는지 아나?"

뜬금없는 이야기에 제튼이 고개를 갸웃거리면서도 착실해 대답을 해 줬다.

"글쎄요. 신의 가호…… 일까요?"

"정답이네. 그들은 신의 축복을 타고나지."

"그런…… 가요."

이어지는 내용이 놀라웠다.

"하지만 신은 자네들이 아는 유일신만 존재하는 게 아니라네."

이 부분은 제튼도 아는바가 있었다. 마르한에게 들은 내용들을 떠올리는데, 벨로아는 전혀 다른 이야기를 내어놨다.

"저 마계를 지배하는 마신 역시도 신이라고 불리지."

'마신!'

의외라고 해야 할까?

"마의 축복을 받고 탄생하는 영웅도 있다네."

그리고 보통 이렇게 탄생한 영웅의 경우, 폭군이라 불리며 세상을 어지럽히다가, 또 다른 용자에 의해 최후를 맞이하고는 했다.

"마신에 의해 탄생했는데, 영웅이라는 단어가 어울리나요?"

"그들의 인성이 살아있는 동안은 그들도 영웅다운 행동을 한다네."

하지만 마에 완전히 물들어 인성이 배제되는 순간, 그들은 폭군이라 불리는 절망적 존재가 되어버리는 것이다.

"마신의 축복으로 탄생하는 영웅, 초월자들의 경우에는 일종의 '강림' 형식으로 그 영혼에 마의 주구가 들어서고는 한다네."

"제가 그런 경우라고 생각하신 거군요."

"그렇지."

제튼의 내부에 도사리는 어둠을 보았고, 그 안에 넘실거리는 광기의 향기를 맡았다. 누가 봐도 오해하기 충분한 상황이었다.

"아무래도 내 착각이었던 것 같지만."

"갑자기 오해를 풀게 된 연유가 무엇입니까?"

"자네, 내부에 깃들어 있는 정령 때문일세."

처음부터 정령의 존재를 알아봤다. 하지만 정령의 불안한 상태를 확인한 뒤, 제튼이 정령을 강제로 흡수하고 있다고 여겼다.

하지만 전투가 이어지는 와중에, 정령을 보호하는 기운의 흐름을 읽었다. 그 정점을 찍었던 게 브레스와 마주하던 순간이었다.

게다가 전투를 하는 와중에 연신 뒤로 밀려나며, 인적이 아예 사라진 장소까지 몸을 빼내는 걸 봐버렸다.

'마에 물들었다면 결코 보여줄 수 없는 모습이지.'

그래서 궁금했다.

'신의 가호도 없이 초월자가 탄생했다고? 마신의 축복

이 아닌 성신의 축복이라면 내가 모를 수 없다!'

진정 영웅이라 불리는 이들, 신의 의지를 이행하는 자들을 키우는 건 드래곤의 역할이기 때문이었다.

"자네는 대체 누구인가?"

때문에 그의 정체가 더욱 궁금해졌다.

◈

약속시간이 지났다. 그냥 지난 것도 아니고 한참 넘어버린 상황이었다.

"후……."

나직이 흘러나오는 한숨이 지금의 기분을 설명해주고 있었는데, 걱정스런 마음에 괜히 가슴이 두근거렸다.

약속시간을 잘 지키는 제튼이 아니던가. 헌데, 이토록 늦는다니. 생각할수록 걱정이 늘어갔다.

'무슨 일이니?'

약속 장소가 바깥인 만큼, 어느새 손발이 시려오고 있었다. 가까운 곳에 찻집이 위치해 있기는 했으나, 답답한 심정 때문인지 밖에서 기다리고 싶은 마음에 여태 버티는 중이었다.

"호……."

시린 손을 녹이고자 입김을 불며, 그가 오기만을 기다렸다.

물론, 손이 시리만큼 그를 혼내주고 싶은 마음도 조금은 생기고 있었다.

'오기만 해봐!'

그렇게 각오를 다지고 있을 때였다. 거리 저 너머로 익숙한 그림자가 걸어오는 게 비쳤다. 유난히 큰 신장 때문인지, 단번에 그 정체를 알 수 있었다.

'제튼!'

약속했던 그가 온 것이다. 서로의 얼굴을 확인할 수 있는 거리가 되자, 어색하게 웃으며 뒷머리를 긁는 그의 모습이 보였다.

시간에 늦어버린 미안함이 얼굴에 가득 드러나 있었다. 그 모습을 확인하자 절로 한숨이 나왔다.

"후……."

이는 제튼의 모습에서 별다른 이상점을 찾지 못한데에서 오는 안도의 한숨이었다. 갑작스런 지각에 걱정하던 마음이 씻겨나가는 순간이기도 했다.

"미안해."

도착과 동시에 나온 제튼의 첫마디는 예상했던 그대로였다.

잠시 그의 얼굴을 가만히 쳐다보던 셀린이 고개를 저으며 말했다.

"이유가 있었을 거야. 그렇지?"

그러며 웃어주는 그녀의 모습에 왠지 가슴 한편이 '찌

잉!' 하며 울리는 느낌이 들었다.

사정을 이야기 해줄 수 없다는 사실에 재차 미안한 마음이었으나, 가벼운 내용이 아닌데다가 쉬이 믿을만한 이야기도 아니기에, 그저 미안하다 죄송하다는 말로 대신할 뿐이었다.

"그러고 보니…… 단 둘이서 만나는 건, 올해 들어서 처음이네?"

먼저 분위기를 전환해주려는 듯, 그녀가 이야기를 다른 곳으로 돌렸다. 고마운 마음에 제튼 역시도 흔쾌히 이야기에 응했다.

"그러게 오랜만이라고 생각했는데, 그 정도였을 줄은 몰랐네."

"그런 약속을 늦었으니까, 좀 혼나야겠지?"

어째 딴 곳으로 향한다 싶던 이야기가 다시 원점으로 돌아와 버렸다. 하지만 더 이상 조금 전처럼 무거운 분위기는 아니었다.

한결 가벼워진 공기로 인해 그녀가 장난을 치고 있다는 걸 깨닫게 해줬다.

"그 벌로 오늘 데이트 비용은 전부 네가 부담하는 거다. 알았지?"

"여부가 있겠습니까요. 헤헷!"

그러면서 넙죽 허리를 수그리며 손을 비비니, 절로 웃음이 터져 나왔다.

실소하는 그녀의 모습에 슬쩍 다가가 손을 잡으니, 차가운 한기가 손안 가득 밀려들었다. 새삼스레 추운날씨가 떠올랐다.

극한으로 단련된 육체 덕분에 추위나 더위가 침범하지 못하는 그의 체질과 달리, 셀린은 이 추운 날씨를 온전히 받고 감당했을 터였다.

후우욱……

그녀의 손을 잡아 따뜻한 기운을 밀어 넣는 한편, 주변 공기까지 한꺼번에 데웠다.

갑작스레 훈훈한 열기와 공기가 밀려들자 깜짝 놀란 셀린이 주변을 바라보다, 이내 제튼이 한 것임을 알고는 고개를 끄덕였다.

"고마워."

그녀의 이야기에 제튼이 어깨를 으쓱이며 슬쩍 팔꿈치를 들어 보이자, 그 안으로 그녀의 팔이 쏘옥 들어왔다.

그리고 잠시 서로를 바라보던 그들 남녀는 한 차례 웃음을 터트리며 거리를 걸었다.

◈

벨로아는 흥미롭다는 얼굴로 제튼의 모습을 지켜보고

있었다.

'저만한 실력자가 저토록 욕심이 없을 수도 있는 것인가.'

그동안 많은 영웅들을 만나왔다. 개중에는 신의 가호로 인해 선택받은 이들도 있고, 어둠의 축복으로 부정된 이들 역시 존재했다.

빛의 선택이 되었건 어둠의 선택이 되었건, 대부분 보여주던 모습에는 통일감이 있었다.

"하나같이 그 이름값을 놓지 못했었지."

명성에 취해 분위기에 취해 스스로를 띄우길 주저하지 않았었다. 헌데, 저 앞에 보이는 사내만큼은 달랐다.

대 제국 칼레이드의 전쟁 영웅.

브라만 대공!

현 시대를 대표하는 최강자인 까닭에, 드래곤이라 불리는 그의 귀에도 들어오지 않을 수가 없었다.

'수많은 영웅들을 봐 왔지만, 저 정도로 엄청난 실력자는 본 적이 없지.'

하지만 그럼에도 불구하고 너무도 쉽게 자신이 가진 모든 것들을 내려놓았다.

"그게…… 설령, 거짓된 것일지라도."

조금은 황당한 이야기처럼 같던 제튼의 과거.

그는 제튼이라는 사내를 통해 브라만 대공의 이야기를

들었다.

좀 더 정확히는 대공의 본래 존재에 대한 내용을 들었다고 해야 옳았다.

"천마."

새삼, 제튼과 나눴던 이야기가 떠올랐다.

"자네는 대체 누구인가?"

벨로아가 진심이 가득 담긴 물음을 던졌을 때, 제튼은 대답 대신에 역으로 질문을 걸어왔다.

"혹시, 저에 대해서 알고 계시는 게 있습니까?"

무슨 의도로 하는 이야기인가 싶어 제튼을 조용히 응시하는데, 그의 이어지는 이야기에 일정부분 수긍해야만 했다.

"처음에 저를 대하시던 모습에서, 저에 대해서 조금이나마 정보가 있다는 느낌이 들었습니다."

"……그랬었나. 으흠! 그랬을지도 모르겠군. 사실, 자네를 만났을 때, 아니지. 자네의 기운을 정면으로 마주했을 때, 깜짝 놀랐다네."

"마기 때문입니까?"

당장 제튼이 짐작하는 건 그 정도뿐이었다.

"그렇지. 그 부분에서도 놀랐지. 하지만 그보다 더욱 나를 놀라게 한 건, 자네의 기운을 2, 아니 3년 전에도 느낀 적이 있다는 것이라네."

"무슨…… 말씀이십니까?"

"먼저, 묻겠네. 자네는 혹여, 3년 전 크루아 산에서 크게 힘을 쓴 적이 있는가?"

'크루아……? 크루아!'

의아해 하던 제튼의 두 눈에 불이 들어왔다.

'천마!'

그가 차원의 틈을 열고 세상을 떠난 장소가 아니던가.

"으음…."

저도 모르게 신음성이 새나왔다. 그 모습에 벨로아가 고개를 끄덕였다.

"있었군. 마침 내가 사는 집이 그 근처라서, 당시에 우연찮게 그 기운을 느꼈었지."

말이 근방이지, 족히 수백카른은 너머에 있는 장소였다. 하지만 워낙 큰 힘의 파동이었고, 고룡 중에서도 상위에 올라 남다른 '격'을 취한 벨로아인 만큼, 그 힘의 파동에 민감하게 반응할 수밖에 없었다.

"기운의 비틀림 때문인지 텔레포트가 안 돼서 급한 대로 날아간다고 갔지만, 남아있는 건 차원의 틈새에서 새나왔던 잔여기운과 기이한 마기뿐이더군."

기이한 마기.

그게 바로 제튼을 보고 놀랐던 이유였다.

'마기이되 마기가 아닌 마기!'

그런 종류의 기운이 존재할 수 있다는 걸 처음으로 알았다.

“중간계에 존재하는 암흑마나로 이루어진 기운인 것 같은데, 그것과도 미묘하게 다른 기운이었지.”

때문에 인상적으로 기억에 남아있었다.

“그런데, 더욱 재밌는 건 따로 있다네.”

이야기는 이제부터가 진짜였다.

“나는 그 기운을 처음 느낀 게 아니란 말이지.”

그것은 아주 흐릿한 기억이었다. 하지만 3년 전 크루아 산에서 기운을 마주하고 난 뒤, 그것은 선명한 기억으로 탈바꿈 되었다.

“23년 전에도 분명, 그 비슷한 기운이 깨어났던 걸 기억하고 있다네.”

제튼의 두 눈이 질끈 감겼다.

23년 전!

그가 육신의 자유를 빼앗겼던 무렵이었다.

“당시에는 내가 좀 비몽사몽 중이라서, 제대로 기운을 못 잡아챘었다네.”

그냥 뭔가 기분이 꺼림칙해서 잠을 깼던 것밖에 기억에 없었다.

“덕분에 예정했던 수면기를 무려 50년이나 앞당겨서 깨버렸지. 덕분에 한 3년은 골골거렸던 기억이 지금도 선명해.

우리 종족들은 수면기가 아주 중요하거든. 특히, 나이가 먹을수록 잠이 소중해 진다네."

"……그렇군요."

"어쨌든, 당시에 느꼈던 그 기운이 자네에게서 선명하게 느껴지고 있어. 이를 어떻게 설명해 줄 텐가."

제튼이 쓰게 웃으며 벨로아를 바라봤다. 그는 진실한 제튼의 정체에 대해 원하고 있었다.

그렇지 않고서야 3년 전 일과 23년 전의 사건을 입에 올릴 이유도 없었다.

고심을 하던 제튼이 나직한 한숨과 함께 입을 열었다.

"후…… 말씀 드리지요."

그리고 시작된 이야기는 정말 충격적인 내용들로 가득했다.

천마 그리고 무림!

숨길까도 싶었으나, 이내 과감히 전부를 밝혀버렸다.

"마계나 정령계 천계가 아닌, 전혀 다른 차원이라고?"

경악한 얼굴로 되묻는 벨로아의 모습에 제튼이 작게 고개를 끄덕였다. 어디서 거짓부렁이냐며 반박하고 싶었으나, 분위기가 이를 용납하지 않았다.

"거짓말처럼 들립니까?"

이리 묻는 제튼을 잠시간 바라보던 벨로아가 이내 고개를 저어보이며 말했다.

"믿겠네."

그도 그럴게 생전 처음 느껴보는 기운이 많은 것들을 이야기해 주고 있기 때문이었다.

'게다가…… 아주 처음 듣는 내용도 아니니.'

무언가 고심하는 듯싶던 벨로아가 이내 고개를 끄덕이며 말문을 열었다.

"내 소개를 다시 하도록 하겠네."

뜬금없는 이야기에 제튼이 의아해서 그를 바라봤다.

"이름이야 들어서 알 테니 생략하고, 내 직위에 대해 이야기를 해 주지."

'직위?'

"일족의 원로직에 앉아있으며, 차기 로드에이 예정되어 있는 게, 바로 내가 지닌 위치라네."

'드래곤 로드!'

제튼의 눈이 번쩍 뜨였다. 동시에 의문도 이어졌다.

"원로라…… 하시면?"

"각 드래곤 일족의 최고령들이 앉는 위치지. 나 같은 경우에는 실버 일족의 최고령으로써, 전 일족 중에서는 세 번째로 많은 나이를 지니고 있다네."

"아!"

그제야 이해한 듯, 고개를 끄덕이는 제튼의 모습이 보였다.

"헌데…… 연세가 어떻게 되시는지?"

슬쩍, 이어지는 의문을 해결해 보려 했으나, 벨로아는 만만한 드래곤이 아니었다.

"허허! 남자의 나이는 묻는 게 아닐세."

'그거, 여자 아닙니까?'

반박의 욕구가 치솟았으나, 애써 삼키며 다른 의문점을 내세웠다.

"천마의 세계에 대해서 들으신 게 있으시다고 하셨는데, 그게 무엇입니까?"

"그렇지. 그 이야기를 하려 했었지."

잠시 옆으로 샜던 이야기가 다시 본점으로 돌아왔다.

"이건, 전대의 로드에게서 들은 내용이라네."

현재의 수장 역시 한 자리에 있었는데, 로드와 차기 로드에게 지식의 전달을 위한 자리에서 들은 이야기였다.

"우리가 알고 있는 차원 너머로 또 다른 차원이 존재한다고 하더군."

"차원…… 너머의 차원입니까?"

"그렇지. 예를 들자면, 앞서 이야기한 마계나 정령계는 우리와 인접해 있는 차원으로, 여기까지는 사실 하나의 영역이라고 부르더군."

그리고 천마의 세상은 그 영역 바깥에 존재할 것이라는 게 벨로아의 의견이었다.

"전대 로드께 이야기를 들었을 때는 그게 무엇인가 싶었는데, 지금 자네의 이야기를 들으니 그분의 말씀이 확실하게 이해가 되는군."

거기까지 이야기하던 벨로아가 문득 미소를 지으며 말을 이었다.

"자네 이야기가 나는 진실이라고 믿네. 아니 진실이기를 바란다고 해야 하려나."

흥미진진했다.

"우리가 아는 세상 그 너머로, 상상하지 못했던 또 다른 이야기들이 펼쳐져 있다니. 허허! 이 나이가 되고도 두근두근 하군."

입가에 가득 걸린 미소가 그 말이 진심이라는 걸 말해주고 있었다.

"그러면…… 이제 어떻게 하시겠습니까?"

제튼의 물음에 벨로아가 의아한 듯 그를 바라봤다.

"무슨 말인가?"

"제 존재를 부정하시겠습니까?"

그 순간 굳어지는 벨로아의 표정에 제튼 역시 긴장한 얼굴로 그를 바라봤다. 여차하면 조금 전의 전투에 이어 2차전이 벌어질 수도 있기 때문이었다.

잠시 후, 좌우로 흔들리는 벨로아의 고갯짓이 보였다.

"아니. 나는 자네를 부정하지 않겠네."

짧은 시간이었으나 그의 머릿속으로는 많은 생각들이 지나간 뒤였다.

"사실, 이제 와서 이런 말하기에는 늦은 감이 있지만, 마의 축복을 받은 영웅들도 큰 말썽을 일으키기 전에는 우리가 움직이지 않는다네."

게다가 직접적으로 움직이는 경우는 별로 없었다. 마에 대항할 영웅을 준비시킨 뒤, 따로 그에게 임무를 부여하는 형식이었다.

"다짜고짜 자네에게 덤벼들고서는 이런 이야기를 해서 미안하네."

"……이유가 있었을 거라고 생각합니다."

"그건, 그렇지."

제튼의 내부에서 느낀 괴이한 마기의 영향이 그 첫 번째 자극이요, 차원 이동과 관련된 힘이라는 부분에서 두 번째 자극이 되었고, 감히 그들 일족과 비견되는 규격 외의 커다란 힘에 세 번째 자극을 받았으며, 제튼의 품 안에서 몸부림치는 대정령의 힘에 결정적인 자극을 받은 것이다.

'뭐…… 네 번째 경우는 착각이었지만.'

이러한 벨로아의 반응에 고개를 끄덕인 제튼이 한결 가벼워진 얼굴로 그에게 물었다.

"그러면 이만 돌아가도 되겠습니까?"

"벌써?"

새로운 지식에 대한 욕구로 한참 이야기가 재밌어지려는 찰나였다. 때문에 이 시간이 아쉬운 벨로아였다.

"죄송합니다."

하지만 제튼에게는 이보다 중요한 시간이 있었다.

"오늘 데이트 약속이 있어서요."

"……무어?"

"정말 중요하거든요."

벨로아의 표정이 멍청하게 변하는 건 순식간이었다.

#2. 봄이 오다

#2. 봄이 오다

날이 어두워지고 차가운 겨울바람에 슬슬 입이 돌아가려고 할 즈음이 되어서야 마누스는 깨어났다.

"으...... 으으......"

자신이 누워있는 장소가 전투가 한창이던 평야가 아닌, 멀쩡한 건물 안이라는 사실에 안도하는 한편, 그저 멀쩡하기만 한 건물일 뿐이라는 진실에 실망해야 했다.

맨바닥에 아무런 덮개도 없이 누워있던 까닭이었다. 게다가 곳곳에 창문들이 열려있어서 바람이 솔솔 불어오니, 추위가 보통이 아니었다.

잘 단련된 육체와 이를 보호하는 정령력이 아니었더라면, 이미 한참 전에 못 볼꼴을 봤을 거라 생각됐다.

'정령력 덕분에…… 정령? 헛!'

생각을 이어가던 마누스의 두 눈이 번쩍 뜨였다. 항상 그의 품 안에서 약동하던 정령의 숨결이 느껴지질 않던 까닭이었다.

"깨어났나?"

그 순간 들려온 음성이 생각을 끊어냈다.

'누구?'

생전 처음 보는 노인이 그가 누워있는 장소 입구에 서 있는 게 아닌가.

'이건, 설마…….'

그런데 노인의 품 안에서 느껴지는 이 감각은 무엇일까?

'정령!'

깜짝 놀라서 바라보고 있으니, 노인이 웃으며 말을 건네 왔다.

"허헛! 표정을 보아하니 내 안에 잠들어 있는 걸 느낀 모양이군."

'잠들어 있다? 어떻게?'

이 느낌은 분명 자신의 정령이었다. 헌데, 그런 정령이 남의 품에 깃들어 있다? 이걸 어찌 설명해야 한단 말인가.

"제튼 그 친구가 데이트니 뭐니 해서 억지로 떠넘기는 바람에, 내가 품고 있었다네."

'제튼?'

그건 또 누구란 말인가. 크라이온과의 전투까지는 기억이 났다. 단지, 어느 순간을 기점으로 정신을 놓아버린 탓에, 그 이상은 기억에 존재하지 않았다.

실제로도 이후의 전투는 그가 아닌 정령의 의지로 이뤄졌기에, 그가 기억할 수 없는 게 당연했다.

"계속 그렇게 앉아있을 건가?"

노인의 물음에 마누스가 급히 자리에서 일어났다. 서로의 관계가 어떻게 될지는 모르겠으나, 그래도 상대의 연령을 생각한다면 앉아서 대하는 건 예의가 아니라고 여긴 것이다.

이 모습에 미소를 지은 노인이 입구에서 걸음을 돌리며 말했다.

"칙칙한 건물 보다는 바깥바람을 쐬면서 이야기하는 게 나을 것 같군."

그러더니 휙 하니 입구에서 사라져 버리니, 마누스 역시 바삐 그 뒤를 쫓아 건물을 나와야만 했다.

적일지도 모르는 상대의 의도를 따라줘야 할 이유는 없었으나, 그의 정령이 상대의 품 안에 있다는 걸 생각해 본다면, 결코 무시할 수도 없는 상황이었다.

"바람이 시원하니 좋군."

노인의 이야기에 마누스는 전혀 공감을 할 수가 없었다.

'추운데요.'

게다가 바로 조금 전까지 차가운 맨바닥에 누워 잠을 청했던 까닭인지, 몸 안에 한기가 가득 차 있었다. 단련된 육체와 정령력으로도 부담스러운 추위였다.

"미안하네."

문득, 의외의 단어가 노인에게서 튀어나왔다. 어떤 의미로 하는 이야기일까?

"오랜만에 친구를 만나는 바람에 말일세. 깜빡 해 버렸네."

마누스를 이곳 소학원 한쪽 구석의 건물에 눕혀 놓고, 친우에게 소식을 전하러 간 사이, 그만 마누스의 존재를 잊어버린 것이다. 조금 전 그가 깨어나면서 정령력을 일부 비치지 않았더라면, 아마 여전히 그의 존재를 눈치 채지 못했을 터였다.

'무슨 소리지?'

여전히 이해하지 못하는 듯, 고개를 갸웃거리는 마누스였으나, 노인은 굳이 진실을 알리지 않았다.

"제대로 소개를 해야겠군. 나는 벨로아라고 한다네. 뭐, 그냥 떠돌이 영감 정도로 알아주게나."

"……예. 어, 음. 저는 마누스라고 합니다. 아시는 것 같아서 말씀드리지만, 정령술사입니다."

그의 정령이 노인, 벨로아의 품에 있는 까닭에 굳이 언급을 한 것이다.

"허헛! 솔직히 말해서 자네에게는 여러 가지로 궁금한 점이 많다네."

제튼이라는 규격 외의 존재만 아니었다면, 마누스야말로 벨로아의 최고 관심거리가 되었을 터였다.

"무슨…… 말씀이신지?"

"자네는 어디서 이런 부정한 힘을 얻은 것인가?"

일순간 마누스의 표정이 굳어졌다.

'설마, 정령의 정체를 아는 건…… 아니겠지?'

부정하려는 순간, 벨로아의 물음이 이어졌다.

"정상적인 경로로 얻은 정령이 아니라는 건, 이미 알고 있으니, 굳이 숨기려 할 필요 없다네."

'알고 있구나.'

마누스의 안색이 급속도로 어두워졌다.

"내가 궁금한 건, 이 정령과 어떻게 계약을 하게 된 것인가 하는 부분일세."

"으음……."

경직된 마누스에게 재차 이야기를 건넸다.

"이미 자네에게 걸린 제약이 사라졌다는 걸 알고 있다네."

제튼에게서 정령을 건네받으며 이런 저런 이야기를 들은 상황이었다. 그 중에는 두 개의 연결선에 관한 내용도 포함되어 있었다.

'제약?'

뜻밖의 단어에 마누스의 표정에 또 다시 변화가 생겼다.

"설마, 제약에 대해서 모르고 있던 건가?"

마누스가 아는 제약이라고는 인질이 된 가족들 밖에 없었다. 헌데, 그것 밖에도 또 다른 무언가가 있다는 이야기일까?

의아해하는 마누스를 바라보며 벨로아가 나직이 한숨을 내쉬었다.

"아무래도 자네와는 좀 더 심도 있는 대화를 나눠봐야 할 것 같군."

어둠은 이제야 시작되었고, 밤은 충분히 길었다. 깊은 이야기를 나누기에는 부족함이 없을 터였다.

◈

"으으으음~!"

간밤의 피로를 날려 보내려는 듯, 기지개를 쭈욱 피며 창밖을 바라보니, 어느새 세상이 하얀 그늘에 휩싸여 있었다.

밤공기가 유난히 쌀쌀하다 싶더니, 결국 새벽시간을 통해서 눈이 내린 모양이었다.

제튼은 창을 열고 밀려드는 찬 기운을 온몸으로 맞아들였다.

"춥네!"

하루 전과 달리, 오늘은 계절의 외침이 온몸으로 밀려들었다.

다시금 천마신공을 잠재우고, 몸의 기능을 일부 제어시킨 까닭이었다. 고향에 돌아온 뒤 일상을 만끽하고자 일부러 걸어놓은 제약이었다.

물론, 그렇다고 해서 몸서리를 칠 정도로 찬 기운에 밀리는 건 아니었다. 제약을 걸었다고는 해도 일반인의 수준을 벗어나는 건 여전했기 때문이었다.

"후우……."

숨결에 따라 입김이 쭈욱 흘러나왔다. 거리로는 여전히 눈송이가 떨어져 내리고 있었는데, 이를 보고 있노라니 왠지 모르게 셀린의 하얀 얼굴이 떠올랐다.

'같이 걸으면 좋겠네.'

낭만적인 감수성이 물밀 듯 치솟는다고나 할까?

"큭!"

지난밤을 떠올리니 절로 미소가 그려졌다. 제니를 생각해서 밤늦도록 함께하지는 못했다. 하지만 충분히 어둠이 깊은 시간까지 그들만의 만남을 가졌다.

분위기가 그렇게 흘러 간 것인지, 아니며 서로 간에 그런 마음이 있던 것인지는 모르겠으나, 그들은 밤의 공기에 취하듯 좀 더 깊은 관계까지 맺게 되었다.

'뭐…… 이미 미래를 약속한 사이니까. 흠흠!'

마흔이 넘었건만 여전히 매력적인 그녀의 나신이 떠올랐다.

"으흠흠!"

절로 헛기침이 나와 버렸다. 그 와중에 자꾸만 올라가는 입 꼬리가 기분을 대변해주고 있었다.

"으하~! 날씨 조홋-타!"

새아침의 시작이었다.

◈

신명나던 기분은 길게 이어지지 못했다.

'그러고 보니 깜빡하고 있었네.'

드래곤 벨로아 카마르산.

그 전설적인 존재가 눈앞에, 문 앞에 서 있었다. 제튼은 왠지 우울해지려는 마음을 다잡으며 그를 마주했다.

"웬일…… 이십니까?"

제튼의 떨떠름한 반응에 벨로아가 너털웃음을 터트렸다.

"허허허헛! 거 참. 내 정체를 알고도 그런 모습을 보이다니. 정말, 신선한 경험이구만. 허헛!"

"끄응……."

앓는 소리가 절로 나왔다.

"이렇게 밖에 세워만 둘 생각인가? 날도 춥고 눈도 오고, 따뜻한 차라도 한 잔 얻어먹었으면 하는데."

그리 말하는 벨로아의 머리 위로 눈송이가 한 가득이었다. 마법을 사용하면 쌓일 리가 없건만, 굳이 저렇게 둔 이유는 제튼에게 보여주기 위함일 터였다.

"후…… 마침 나가는 길이니. 그냥 밖에서 대접해 드리죠."

집에 아직 부모님이 계시는 이유도 있었으나, 그런 게 아니더라도 굳이 그를 안으로 들이고 싶은 마음이 없었다.

드래곤!

아무래도 제튼이 감당하기가 어려운 상대이니 만큼, 섣불리 그의 영역을 허락하고 싶지가 않았다.

"데이트는 잘 했나?"

벨로아의 물음에 제튼이 쓰게 웃으며 고개를 끄덕였다.

"덕분에요."

그가 정령을 넘겨받아 주지 않았더라면, 결국 데이트가 엉망이 되어버렸을 것이다.

슬쩍 벨로아의 내부를 살펴보니, 여전히 잠들어 있는 정령이 느껴졌다. 이런 제튼의 낌새에 벨로아가 새삼 놀랍다는 얼굴로 그를 바라봤다.

'정말…… 대단하다고 해야 하나.'

역대 어느 영웅이 드래곤의 내부를 살필 수 있었을까.

진정 제튼에게 감탄하는 한편, 그를 키워낸 천마라는 존재에 대한 호기심 역시 무럭무럭 커져갔다.

"그 정령…… 뭣 좀 알아낸 건 있습니까?"

"여전히 회복중이라서, 아직은 별 것 없네."

"그렇군요."

"대신, 계약자를 통해서는 들은 게 조금 있지."

"계약자…… 아!"

그제야 잊고 있던 마누스의 존재가 떠올랐다.

"뭐, 그와 비슷한 정령술사들이 여럿 있다고 하더군."

제튼은 크라이온을 피해 달아났던 이들을 생각했다.

'그들이겠지.'

"듣기로는 그에게 정령을 소개해 준 자가 따로 있다고 하더군."

"소개…… 입니까."

"그렇지. 정령을 소개받아서 계약하다니. 참, 재밌는 이야기 아닌가."

벨로아의 표정을 통해 무언가 정보가 있다는 게 전해졌다.

"아는 바가 있으십니까?"

"나도 자세히 아는 건 아니지만, 오래 전에 스치듯이 들었던 내용이 있다네."

'스치듯……?'

살짝 신뢰도가 떨어지는 순간이었다.

"그래도 정령계에서 왕의 자리에 있는 존재에게 들은 것이라, 제법 귀담아 두기는 했다네."

떨어졌던 신뢰가 급격히 상승했다.

"정령계에는 수많은 왕들이 존재하는데, 그 중에는 누구나 아는 땅이나 바람, 물 그리고 불 같은 기본 4대 대표 정령들 말고도 다양한 정령과 그들의 왕이 존재한다네."

뇌전의 정령 또는 꽃의 정령이나 빛의 정령 등을 예로 들 수 있었다.

"그런 수많은 정령들 중에는 조금 특이한 정령도 존재하지."

'특이한 정령?'

"그 정령은 사람에게 기생하듯이 사는 정령이기도 하는데, 그 이름부터가 아주 특별하다네."

'특별?'

슬쩍 호기심이 들기 시작했다.

"탐욕!"

"……무슨?"

"정령의 이름일세. 마치 저 마계의 어둠처럼 인간들의 부정한 욕망을 먹고 사는 정령이지."

흥미로운 내용은 뒤에 있었다.

"이 녀석은 사람의 부정한 욕구 외에도 따로 즐기는 게 있다고 하는데, 그것이 바로 정령들이라고 하더군."

"정령이라니요?"

"말 그대로네. 사람으로 치자면 인육을 먹는 거라고 할 수 있지."

"……으음!"

충격적인 내용이었다.

"뭐, 좀 더 정확히는 '종속'을 만드는 것이지."

같은 속성의 정령이 아니어도 상관없었다. 그저 막무가내로 정령들을 삼키는 것이다.

"그렇게 종속을 늘리는 만큼 놈의 힘도 커진다고 하더군. 그 때문에 정령계에서 말썽을 일으키고 쫓겨났다고 들었는데…… 아무래도 그 탐욕이라는 정령이 연관되었을지도 모르겠다는 것이 내 생각이라네."

벨로아의 이야기를 가만히 듣고 있던 제튼이 머릿속에 떠오른 의문점을 즉각 내뱉었다.

"정령계에서 쫓아냈다고 하셨는데, 그 쫓겨난 장소가 설마 이곳 세상입니까?"

"그건, 나도 잘 모르겠네."

"……모르신다고요?"

"말했잖나. 스치듯 들었다고."

"끄응!"

결국, 앓는 소리가 새버렸다.

정신을 다잡은 제튼이 재차 질문을 던졌다.

"정령술사에게 더 들은 이야기는 없습니까?"

"있지. 그를 부리는 사람이 따로 있다고 하더군."

아마도 정령을 '소개' 해 준 존재일 것이고, 그가 분명 '탐욕' 의 계약자일 터였다.

"누구라고는 말 안합니까?"

"그게, 또 재미있게 됐네."

단어의 의미와는 달리 왜 이리도 불안한 느낌이 드는 것일까?

"전혀 알 수가 없더군."

역시나였다.

"가족이 인질로 잡혀있어서 그런 겁니까?"

"뭐, 그런 이유도 있겠지만, 꼭 그것만은 아닐세."

"마법으로도 안 됩니까? 듣기로는 정신계열 마법도 다양한 종류가 있다던데."

그 말에 벨로아가 고개를 저었다.

"뭘 모르는군. 아무리 우리 일족이라 해도 정신계열 마법은 함부로 사용하지 않는다네. 그건 흑마법의 계열에 있는 것으로써, 바람직하지 못한 행위로 정해져 있지."

"그렇습니까?"

"뭐, 그렇다고 사용 안 한 것도 아니지만. 흠흠!"

"그렇…… 습니까."

가만히 듣다보면 은근히 사람 속을 뒤집는 재주가 있는 드래곤이었다.

"재밌는 건, 내 정신계열 마법에도 그가 탐욕의 계약자에 관해서는 알려준 내용이 없다는 거네."

이건 확실히 흥미로운 이야기였다.

"어떻게 그게 가능하죠?"

무려 드래곤의 마법이 아니던가.

"나도 이 부분이 신기하단 말이지. 내 생각에는 자네가 끊어냈다던 그 연결의 선에 문제가 있던 것 같네."

제튼의 두 눈에 의문이 담겼다. 이에 빙긋이 웃어 보인 벨로아가 말했다.

"그건…… 우선 차라도 마시면서 이야기하는 게 어떻겠나."

어느새 찻집이 코앞이었다.

눈살을 찌푸리는 제튼을 뒤로하고 벨로아가 먼저 안으로 들어갔다. 할 수 없다는 듯 한숨을 내쉰 제튼도 그 뒤를 따라 안으로 향했다.

가장 대중적이라 할 수 있는 그린 티를 시키고 난 뒤에야 이야기는 재개되었다.

"자네가 끊어낸 연결선에 일종의 제약이 걸려있던 모양이야."

"설마, 선이 끊어지면서 계약자와의 기억도 함께 지워진 겁니까?"

"아무래도 그런 것 같네. 완벽하게 지워진 건 아니라서, 흐릿하게는 남아있는 것 같기는 한데. 정확한 명칭이나 이름 얼굴 같은 것들은 파악하기가 어렵더군."

"으음……."

눈살을 찌푸리던 제튼이 문득 생각이 났다는 듯 물었다.

"그…… 멧돼지처럼 생긴 녀석에게 알아낸 건 없습니까?"

스스로를 사자라고 하였던 감시자 메무가 떠올랐다. 이에 벨로아가 고개를 저으며 말했다.

"사라졌네."

"놓친 겁니까?"

제튼이 깜짝 놀라서 그를 바라봤다. 분명 벨로아와의 전투 때문에 신경을 쓰지 못했다고는 하나, 천마신공도 일부 심어가며 제압을 해 놓은 상태였다.

'그 상태에서 드래곤의 시야를 피해 달아난다고?'

감각권에 한해서만큼은 분명 제튼보다 우월한 것이 바로 벨로아였고, 드래곤이었다.

"놓친 게 아니라, 말 그대로 사라진 거네."

"설마…… 역소환입니까?"

그런 게 가능했다면 애초에 제튼에게서 도망갈 때 사용했을 것인데, 뒤늦게 역소환이라니. 이해할 수 없다는 제튼의 얼굴에 벨로아가 재차 고개를 저으며 말했다.

"정확히는 '소멸' 이라고 해야 하는 게 맞겠군."

이건 또 무슨 소리인가.

'소멸?'

"나도 깜짝 놀랐다네. 설마, 정령의 소멸을 눈앞에서 보게 될 줄이야."

"정말……소멸이었습니까?"

"그렇지. 대개 소환이나 역소환의 경우에는 희미하게라도 '차원의 향기' 가 맡아지는데, 이번에는 그런 경우가 없이 아예 지워지듯이 사라져 버렸으니까."

"차원의 향기라고요?"

"그렇지. 어쨌든 정령계는 이곳 차원과는 다르다네. 당연히 그곳의 존재를 불러오기 위해서는 차원간의 길이 열려야 하네. 아주 미세한 틈이라서 우리 일족들 정도는 되어야지 그 향기를 맡는 게 가능한데, 어쨌든 그 미세한 틈마저도 열린 흔적이 없었어."

게다가 결정적인 건 따로 있었다.

〈주…… 죽고 싶지 않아!〉

정령 메무가 마지막에 남긴 외침이었다.

"그것도 생소한 경험이었지. 정령들도 소멸에 대한 두

려움을 지니고 있다는 건 알지만, 그렇게 겉으로 드러내며 절규할 만큼 무서워하지는 않는다네. 그들 정령은 대자연의 '순환'을 가장 깊이 이해하는 이들이기 때문이지. 소멸은 즉 새로운 탄생이라고 여길 정도니까."

하지만 메무는 분명 '죽음'에 대한 공포심을 표출하고 있었다.

"신기하더군. 아니, 기이하다고 해야 하려나. 정령이건만 마치 사람을 보는 것 같은 느낌이 들더란 말이지."

제튼 역시 생각하고 있던 부분이었다.

"아무래도 좀 더 정확한 건, 여기 이 녀석이 깨어나 봐야 알 수 있을 것 같군."

그 말과 함께 벨로아가 자신의 가슴어림을 가리켰는데, 이는 내부에 잠들어 있는 정령을 의미하는 것이었다.

"으음…… 혹시, 그 정령의 왕이라는 이들에게 조언을 구할 수는 없는 겁니까?"

"허헛! 자네 참 재미있는 소리를 하는군."

이번에는 또 뭐가 저리 즐거운 것일까?

"내가 누구라고 생각하나. 바로 드래곤일세. 우리들은 누군가에게 가르침을 받지 않는다네."

지상 최강의 종족이라는 자부심을 지닌 이들이었다.

"뭐, 사실 나 정도쯤 되는 고룡이라면 그런 자존심 같은 건 훌훌 털어버린 지 오래지만, 젊은 녀석들은 잘난 척이 아주 심각하단 말이지."

뜬금없는 이야기일지 모르겠으나, 제튼은 왠지 저 말의 의도를 알 것 같았다.

'마치…… 다른 드래곤을 만났을 때를 위한 조언처럼 들리는 건 착각인가.'

이처럼 생각하고 나니, 꼭 다른 드래곤과도 마주칠 것 같다는 불안감이 들었다.

"확실히, 자네 말처럼 정령의 왕이라면 우리 일족도 조언을 구할만한 위치는 되겠지. 하지만 중요한 건 따로 있다네."

그 정도 나이가 되면, 드래곤의 자부심을 일부 꺾는 건 문제가 되지 않는다. 문제는 다른 부분에 있었다.

"정령의 왕이라는 놈들도 우리 젊은 녀석들 못지않게 꽉 막힌 놈들이란 말이지."

"하시고자 하는 말씀이……."

"우리가 부른다고 해서 소환에 응해주는 놈들이 아니라는 이야기일세. 꼭 레드일족이 생각날 만큼 제멋대로인 놈들 투성이라서."

소환에 응해도 문제였다.

"여러모로 골치 아픈 놈들이라서, 나도 별로 이야기를 나누고 싶은 마음이 없다네."

성격 좋아 보이는 벨로아가 고개를 저을 정도라면, 확실히 만만치가 않을 것 같다는 생각이 들었다.

"그냥. 여기 이 녀석이 깨어난 다음에 따로 이야기를 듣는 게 가장 깔끔할 거네."

"그렇…… 군요."

제튼이 고개를 끄덕이는 사이, 준비가 끝난 것인지 종업원이 주문한 차를 들고 오고 있었다.

이에 주변으로 둘러놨던 오러의 막을 거둬들였다. 아무리 아침 시간대라 사람이 없고, 구석 창가에 자리를 잡았다고 하나, 혹여 이야기가 새나갈까 염려해 일부러 막을 둘러놓은 것이다.

"편안한 시간 되십시오."

나름의 립 서비를 하며 종업원이 돌아갔고, 제튼은 다시금 오러 막을 치면서 내어 온 차를 잔에 따랐다.

"고급 차는 아니군."

벨로아의 투정이 들려왔으나 가볍게 흘려줬다.

"언제쯤이나 깨어날 것 같습니까?"

제튼이 벨로아의 가슴어림을 보며 물었다.

"적어도 보름은 걸릴 걸세. 상태가 많이 안 좋더군. 자네들 인간으로 치자면 대신관이 움직여야 할 정도의 중상이라고 보면 될 걸세."

때문에 마누스에게 정령을 돌려주지 않은 것이기도 했다.

"그럼, 회복하면 다시 그…… 계약자."

"마누스일세."

"예. 그에게 정령을 돌려 줄 생각이십니까?"

"언젠가는 돌려줘야겠지. 자네나 나는 그냥 곁다리일 뿐이니까."

탐욕과의 연결선이 잘린 이상, 현재의 정식 계약자는 마누스 밖에 없었다.

"지금 당장은 마누스 그 아이가 많이 부족해서 안 되네."

"부족하다는 건…… 능력을 말씀하시는 겁니까?"

"그렇지. 그 아이의 실력은 잘 쳐줘야 겨우겨우 중급 정령을 부리는 정도일세. 하지만 여기 잠들어 있는 녀석은 못해도 최상급 정령 그 이상이란 말이지."

듣고 있던 제튼이 문득 떠오르는 게 있던지, 재차 질문을 던졌다.

"그런데 최상급 정령보다 높다고 하면 정령왕인 거 아닙니까?"

벨로아가 빙긋이 웃으며 고개를 저었다.

"흔히 그렇게 착각하는 경우가 있지. 하지만 그건 잘못된 상식이라네."

거기서 이야기는 뜬금없는 장소로 튀어나갔다.

"마계에는 마왕이라 불리는 절대자가 있지."

'갑자기 웬 마계?'

"하지만 대공이라 불리는 또 다른 군주들 역시 존재한다네. 그들은 마계의 귀족들과는 달리, '왕'의 칭호를 받기에 부족함이 없는 이들이지. 때문에 대공의 자리에 앉히고선, 각자의 영역을 할당해 준다고 하지. 이 부분은 인간들도 비슷할테니, 이해하기는 쉬울 걸세."

"설마, 정령계에도 그런 대공의 자리가 있다는 겁니까?"

"그렇지. 하지만 따로 대공이라 이름 붙이는 건 아니네."

"그럼……?"

"그들은 '가드(Guard)'라고 부르는데, 대개 왕의 호위를 맡는다고 알려져 있지. 최상급 정령보다 높은 위치에 있는 존재로써, 왕의 곁을 지키며 차후 왕이 될 수 있는 자격을 지닌 '격'이 있는 정령들이기도 하다네."

왕의 자격!

벨로아는 자신의 품에 있는 정령이 바로 그 '가드'라고 이야기하는 것이었다.

"뭐, 확실한 건 이 녀석이 깨어나 봐야 알 수 있겠지만."

"보름입니까."

"그렇지. 봄이 시작될 무렵이면 이 녀석도 눈을 뜰 걸세."

고개를 끄덕이는 제튼을 향해 벨로아가 물었다.

"걱정되지 않나?"

또 무슨 말을 하려는 것일까?

"어쩌면 마누스 그 아이를 부리던 자가 찾아올지도 모르는데."

정령 '탐욕'의 주인으로 여겨지는 이와의 연결을 끊어버리면서, 그를 자극했을지도 모르는 일이었다.

이 부분은 제튼도 실수를 인정하는 부분이었다.

'쓸데없이 흥분을 해 버렸지.'

연결을 끊어낸 건, 천마신공을 제압하고 난 뒤의 일이었다. 하지만 이성이 깨어있던 것뿐이지, 흥분작용이 완전히 사라진 건 아니었다.

지속적으로 마공의 영향이 미치는 건 어쩔 수 없는 일이었다. 특히나 완전개방의 후유증은 생각보다 강렬한 것이어서, 미묘하게 판단력을 흐트러트리는 일이 있기도 했다.

상황이 그렇게 만든 부분도 없잖아 있었으나, 막무가내로 연결을 끊어낸 건 어느 정도 흥분작용에 의한 실수였다는 생각도 들었다.

"뭐…상관없습니다."

그렇다고 해서 걱정하지는 않았다. 제튼의 태연한 반응에 벨로아도 예상되는 게 있었다.

"그 덩치 큰 아이에게 맡길 셈인가?"

이곳에 존재하는 또 다른 강자를 언급하는 것이었다.

"예. 애초에 마누스라는 계약자의 수하들도 크라이온을 확인한 뒤에 도망갔으니까요."

모든 사건을 크라이온과 연결시켜버리면 될 일이었다.

용병들의 왕을 굳이 아루낙 마을에 둔 이유가 무엇이던가.

'지금처럼 귀찮은 일이 발생할 때를 대비해서지.'

물론, 크라이온과 상의된 일은 아니었다.

'까라면 까야지. 지가 별 수 있어.'

확실히 천마를 싫어하는 제튼이었으나, 그의 영향을 받고 자랐다는 건 부정하기가 어려울 것 같았다.

'크라이온. 그 아이 이름이 크라이온이란 말이지.'

제튼을 통해 '덩치 큰 아이'의 이름을 제대로 알게 된 벨로아가 연신 그 이름을 머리에 떠올렸다.

왠지 귀에 익었던 까닭이었다. 잠시, 이 시대의 '별'이라 불리는 강자들을 머릿속에 나열해 봤다.

'그렇군. 용병왕이었어.'

바로 답이 나왔다.

'정말, 재미있단 말이지.'

다른 시대로 치자면 영웅이라고 불려도 부족함이 없는 존재가 바로 크라이온이었다.

헌데, 그런 강자가 다른 이의 밑에서 일을 한다? 혹시나 싶은 마음에 제튼에게 물었다.

"한 가지 궁금한 게 있는데, 그 크라이온이라는 아이, 자네가 가르친 건가?"

"정확히는 천마 그 놈이 키운거죠."

"허……!"

진정 놀라웠다.

'그런 영웅급의 강자를 개인이 키워냈다니.'

신의 가호도 마의 축복도 아닌, 그저 한 사람의 존재로 인해 탄생했다?

'대단하군.'

새삼, 천마라는 존재를 만날 수 없다는 게 아쉬워지는 순간이었다.

"차나 드시죠. 다 식겠네요."

제튼의 이야기에 벨로아가 손가락을 가볍게 튕겼다.

따악!

동시에 뜨거운 열기가 찻잔에서 피어났다.

"그나저나 탐욕이 찾아오면 어떻게 할 텐가?"

아직 탐욕이라고 확정난 건 아니었으나, 벨로아는 거의 탐욕의 정령으로 확신을 하고 있는 것 같았다.

"말씀 드렸잖아요. 크라이온이 알아서 할 거라고."

"쉽지 않을 텐데?"

무엇을 의미하는 것일까.

"자세히 들은 건 아니지만, 정령왕도 탐욕에 대해서는

어렵게 생각하고 있었던 건 기억하네."

'정령왕도 경계를 했다고?'

위대한 종족이라는 드래곤도 그들 정령왕은 대우를 해 주는 느낌이었다.

'그 정도라면.'

제튼도 가볍게 생각하기는 어려울지도 몰랐다. 하물며 크라이온은 어떻겠는가.

잠시 머리가 복잡해졌으나, 당장 닥치지도 않은 일을 가지고 골머리 썩고 싶지는 않았다.

"뭐…… 그건, 그때가 되어 봐야지 알겠네요."

그러면서 슬쩍 묻는다.

"혹시, 그 탐욕이라는 녀석이 언제쯤 찾아올까요?"

그의 물음에 벨로아가 찻잔을 들어 향을 음미하며 말했다.

"나야 모르지. 하지만 지금 당장 찾아와도 이상하지는 않을 것 같군. 어허허헛!"

확실히 눈앞의 드래곤은 속을 긁는 재주가 있다는 생각을 하며, 제튼도 찻잔을 기울여갔다. 잔을 든 손 위로 불끈 떠오른 힘줄이 왠지 모르게 인상적이었다.

◈

"젠장. 빌어먹을!"

연달아 터져 나오는 욕짓거리가 방안을 가득 채워갔다. 그로 인해 달아오른 열기에 더위가 밀려든 듯, 자꾸만 땀이 샘솟아 절로 창문을 열어야만 했다.

그 즉시 시리도록 찬바람이 날아들며 이마를 말려줬다.

"용병왕 이 빌어먹을 새끼!"

헤룬은 현재 자신의 업무실에서 연신 분노를 토해내는 중이었다.

방 안에 둘러진 방음마법 덕분에 그의 비틀린 성격이 당장 외부로 새나가지는 않았으나, 쉴 새 없이 방 안의 집기들을 박살내는 탓에, 결국은 하녀들을 통해 알려지게 될 것 같았다.

"마누스가 죽다니. 으드드득! 어떻게 키운 놈인데."

루마니언 지방으로 향했던 요원들을 통해, 마누스의 부재소식을 들었다.

이미 탐욕의 정령 '그리드'를 통해서 연결이 끊겼음을 알고 있었으나, 그 상황에 대한 이해가 안 돼서 연신 부정하던 중이었다. 하지만 결국 수하들을 통해 '용병왕'과의 만남을 들어버렸다.

"크라이온!"

콰앙!

그 이름을 외치며 책상을 내려치니, 단번에 그 두툼한 책상이 박살나며 바닥에 무너져 내리는 게 아닌가.

"감히…… 감히!"

그가 찾아낸 정령사의 재목 중에서 가장 큰 재능을 지닌 게 바로 마누스였다. 몇몇 실수도 용납해 줄 만큼 많은 기대를 했던 수하건만, 그를 잃어버린 것이다.

"가만두지 않겠다."

하지만 당장 루마니언 지방으로 향할 수는 없었다.

"젠장!"

한 가문의 주인이라는 입장이 그의 발목을 자꾸만 잡아챘다.

부서진 책상과 함께 바닥에 흩날린 서류들이 보였다. 시급히 처리해야 할 일들이 저 안에 가득 담겨있었다. 이를 생각하자 짜증이 한층 커지는 게 느껴졌다.

"빌어먹을……."

트라베스 공작!

당장 자신의 직책을 떠올리며, 분노를 삼켜내야만 했다.

"후우……!"

새나오는 한숨에 깊은 열기가 들끓고 있었다.

"크라이온. 으드드득!"

언제고 응징할 날이 오겠으나, 안타깝게도 당장은 아닐 것 같았다.

사실, 예정대로라면 헤룬이 이렇게까지 바쁠 이유가 없었다.

지난 해, 가문을 온전히 품으면서, 그를 복잡하게 하는 일거리들이 상당부분 줄어든 상태였기 때문이다. 하지만 새해가 밝던 무렵을 기점으로 조금씩 일거리가 늘어나는 것이 아닌가.

어찌 된 일인지 확인을 해 보니, 다른 두 공작가에서 손을 쓰기 시작한 것으로 확인해 됐다. 마치 젊은 공작을 시험하기라도 하듯, 그의 영역에 슬그머니 발을 들이고 있었다.

'파스카인. 리베란.'

이미 두 공작 때문에 적잖게 성질이 나 있는 상태였건만, 크라이온까지 끼어들며 결국 분노가 폭발한 것이 지금의 상황이었다.

"망할, 영감탱이들!"

이를 갈아 마시는 그의 귓가에 방문을 두드리는 소리가 들려왔다.

"공작님. 황실회의에 가실 시간이십니다."

"쯧! 황실회의인가."

이 역시 두 공작가를 주축으로 꾸며진 시간 때우기 용 회의일 터였다.

'별 것도 아닌 안건으로 쓸데없이 귀찮게 한단 말이지.'

여러 방면으로 그를 괴롭히고 있었다.

그나마 맘에 드는 건, 회의에 황제도 참여한다는 부분이었다.

그녀를 떠올리는 순간, 분노로 뜨겁던 머리가 일부 식혀지는 기분을 느꼈다.

"후…… 황실 회의를 놓칠 수는 없지."

동시에 다른 의미의 불길이 가슴을 지펴왔다.

◈

파스카인 공작은 마차 창밖으로 비치는 황궁의 모습을 바라보며 가볍게 실소했다.

'오늘은 그 애송이를 어떻게 골려줄까나.'

신임 트라베스 공작 헤룬을 떠올리니 절로 실소가 흘러나왔다.

물론, 헤룬을 좋게 봐서 나오는 웃음은 아니었다. 오히려 그에게는 상당히 안 좋은 인상을 지니고 있었다.

'그 건강하던 마르바가 갑자기 쓰러졌다고?'

전대 트라베스 공작 마르바.

비록 적대적 세력이었다고는 하나, 그래도 전란의 시대를 함께 넘어온 동료이기도 했다.

또한, 같은 귀족파의 일원이지도 않던가. 미묘한 동지애가 있던 것이다.

"건방진 놈!"

신임 공작이 무언가 수작을 부렸다는 게 그의 예측이었다.

이런 추측에 확신을 더해준 건 바루만 후작의 움직임이었다.

전대 트라베스 공작의 충견이라 할 수 있는 그가, 은밀히 마르바의 병마에 대한 조사를 하는 걸 포착한 것이다.

때문에 조금은 주저하고 있던 마음에 불이 붙었고, 괘씸한 마음에 헤룬과 그의 가문에 손을 쓰기 시작한 것이다.

'뭐, 꼭 그런 이유만은 아니지만.'

한 가문의 세대교체는 다양한 트러블을 일으키기 마련이었다.

'애송이의 능력이 생각보다 뛰어나서, 큰 마찰이 없었지만…… 그래도 깔끔한 교체는 생각보다 쉬운 일이 아니지.'

이 기회를 빌어서 파스카인 공작가의 힘을 좀 더 키울 생각이기도 했다.

특히, 상계에서 큰 힘을 발휘하는 트라베스 공작의 세력이라면, 그 일부만 끌어와도 자금적인 면에서 많은 도움이 될 터였다.

바루만의 움직임은 그저 명분의 역할을 해 준 것일 뿐이었다.

문득, 그와 같은 생각으로 움직이고 있을 또 다른 인물이 떠올랐다.

'리베란 공작.'

모르긴 몰라도 그 역시 은연중에 움직이고 있을 터였다.

어느새 황궁에 도착한 듯, 마차의 속도가 줄어드는 게 느껴졌다.

◈

머리위로 떨어진 눈송이에 리베란 공작의 고개가 위로 올라갔다.

"흠…… 겨울 막바지에 폭설이려나."

하늘에 가득 낀 구름의 형태가 아직도 눈발은 끝난 게 아니라고 외치는 것 같았다. 이를 증명하듯 잠시간 멈췄던 눈이 다시금 떨어지고 있었다.

나이 때문인지 뼈마디가 자꾸만 시려왔다. 대마법사라 불리는 경지에 올랐으나, 너무 오랜 정체기 때문일까? 육체가 마나의 보호에서 조금씩 멀어지고 있었다.

문득, 하나의 얼굴이 떠올랐다.

"헤룬…… 트라베스."

새로운 삼공작의 일인이었다. 그들 트라베스 공작가의 세대교체는 상당히 많은 상황을 생각하게 만들었다.

"슬슬, 나도 물러날 때이려나."

트라베스 공작가의 세대교체가 정상적이지 않을 것이라는 건 예상하고 있었다. 하지만 그렇다고는 해도 분명 세대교체가 이뤄진 건 사실이었다.

그로 인해 리베란 공작 역시 다음을 생각하게 만들었다.

'어차피…… 수명도 얼마 안 남았으니.'

슬슬 육신이 한계에 다다르고 있었다. 게다가 최근 들어 '새로운 진리'를 탐구하면서 부터, 육신의 시간이 한층 빠르게 흘러가기 시작했다.

문득, 그와 같은 영역에 이른 마도의 개척자가 생각났다.

'아르만.'

비슷한 연령이건만 그는 여전히 마나의 보호 속에 건강을 유지하고 있었다.

괜히 대륙 마도의 정점이라 불리는 게 아니듯, 대마도사의 영역마저 넘어서려 하고 있는 것이다.

그를 생각하니 더욱더 마도에 대한 욕구가 불타올랐다.

"올해가 지나기 전에, 가문은 물려줘야겠군."

새로운 진리에 전념하기 위해서라도 그게 더 나을 것 같았다.

"그러자면 좀 더 기반을 다져놓는 게 좋겠지."

이미 완성되었다고 봐도 무방한 가문이었으나, 안타깝게도 금전적인 면에서는 부족한 부분이 있었다. 마도공학을 통해 상당량의 자금을 확보하고 있다고는 하나, 아무래도 상계를 휘어잡고 있는 트라베스 공작가와 비교하기는 어려웠다.

그런 만큼 세대교체로 틈이 생긴 이 시기에, 그들 트라베스 공작가의 자금력을 일부 끌어들이고자 하는 것이다.

헤룬과 그의 가문에 대해 생각하던 리베란의 머릿속에 새로운 인물이 떠올랐다.

"로렌스."

트라베스 공작가를 뒤흔들다가 자연스레 포착된 정보가 하나 있었으니, 바로 팔라얀 상단의 주인에 관련된 내용이었다.

'거대 상단의 결합으로, 대륙 자금의 주인이 되고자 하는 것이겠지.'

나름대로 멋진 그림이라고 생각했다. 때문에 허락할 수 없는 계획이기도 했다.

"루마니언 지방이었나."

헤론의 계획을 방해하기 위해서라도 움직여줘야 할 때였다.

문득, 이 임무가 그의 공작위 마지막을 장식할거란 생각이 들었다.

"직접…… 움직여 볼까."

그리 중얼거리는 그의 등 뒤로 익숙한 음성이 다가왔다.

"뭘 움직인다는 겁니까?"

저 한편으로 걸어오는 파스카인 공작이 보였다.

"흠……! 별 것 아닐세."

"뭐 대단한 거라고 숨기는지…… 그나저나 날도 추운데 밖에서 뭐 하십니까?"

파스카인 공작의 이어지는 물음에 리베란 공작이 하늘 위로 시선을 던지며 말했다.

"올 겨울 마지막일지도 모르는 눈을 감상하고 있었네."

"쯧! 하늘에서 내리는 똥 덩어리가 뭐 볼 것 있다고."

한참 수련기사 시절에 연무장에 내린 눈을 치우던 게 떠오른 듯, 파스카인 공작이 혀를 차며 투덜거렸다.

"흘흘……."

"그런데 어째, 그새 더 늙은 것 같습니다."

파스카인 공작의 이야기에 리베란이 쓰게 웃으며 말했다.

"슬슬, 세월이 밀려오는 것이지."

그 말에 파스카인 공작의 표정이 살짝 굳어졌다.

'끝이 다가온 것인가.'

마도에 이른 육신으로도 더 이상 노화를 막기가 어렵다는 걸 눈치 챈 것이다.

'리베란 공작가도 세대교체가 이뤄지는가.'

함께 한 시대의 역사를 만들어 온 동지들이 이렇게 간다고 생각하자, 왠지 입맛이 썼다.

"자네는 좋겠어. 여전히 건강하니 말일세."

리베란 공작의 말에, 파스카인 공작이 짧게 혀를 차며 답했다.

"쯧! 앞으로도 30년은 거뜬할 겁니다."

"다 늙어서 너무 버티고 있는 것도 안 좋아. 욕만 잔뜩 먹으니."

"잘 됐네요. 그렇잖아도 오래오래 살고 싶었는데."

"흘흘흘……."

고개를 절레절레 저은 리베란 공작이 먼저 걸음을 옮겨 갔다. 그 뒷모습을 바라보는 파스카인 공작의 두 눈에 자그마한 불이 들어왔다.

'트라베스 가문 다음은 리베란 가문인가.'

새로운 먹잇감이 눈앞으로 걸어간다는 생각이 들자, 맹수의 눈이 빛을 발하기 시작했다.

◈

한차례 폭풍처럼 쏟아지던 폭설이 겨울의 마지막 인사였던 것일까?

눈이 그치고 다시 맑은 하늘이 드러났을 때, 날씨는 거짓말처럼 따뜻한 공기를 허락하고 있었다.

여전히 겨울의 한기가 곳곳으로 휘날리고 있었으나, 그럼에도 불구하고 피어나기 시작한 꽃향기가 봄맞이를 준비하라고 외쳐대는 것 같았다.

"봄인가."

그 단어를 입에 올리니 자연스레 떠오르는 얼굴이 있었다.

'셀린 누나.'

제튼은 다가오는 봄에 그녀와 결혼을 하기로 한 상태라서, 지금 밀려드는 은은한 봄기운에 가슴이 두근거릴 수밖에 없었다.

"결혼하면 어디서 살 생각이냐?"

언제고 모친이 던졌던 질문이 생각났다. 당시에 '글쎄요.' 라는 대답을 했다가 뒤통수에 불이 났던 것 역시 떠올랐다.

'집이라.'

근처에 따로 집을 구하기보다는 부모님과 함께 살려고 생각하는 중이었다.

그도 그럴게 겨우겨우 찾아온 고향이 아니던가. 가족이 그리워 돌아왔건만, 채 1년이 되기도 전에 떨어져 살 생각은 없었다.

또한, 뒤늦게나마 장남의 역할에 충실하고자 하는 마음도 있었다.

"무슨 생각을 그리 하고 있나?"

문득 들려온 음성에 고개가 돌아갔다. 싱글거리며 다가오는 벨로아가 보였다.

'끄응…….'

그 얼굴을 확인하기가 무섭게 뒷골이 땡겼다.

"오셨습니까."

"표정이 별로 반기는 것 같지가 않구만."

"아시니 다행이네요."

"허허허헛!"

벨로아가 웃음을 터트리며 성큼 다가왔다.

"집에 안 가십니까?"

"여기에다 집 한 채 구했네."

"진짜 집 말입니다. 명색이 레어 아닙니까. 도굴꾼이 와서 털어 가면 어쩌시려고요. 듣자하니 드래곤 레어에는 금은보화가 미어터질 만큼 가득하다면서요."

"이야기책을 너무 많이 봤구만."

"그러면 금은보화는 뻥입니까?"

"설마, 당연히 있지. 그래도 레어 한 가득까지는 아니라네."

"어쨌든, 그 보물들 안 지킵니까?"

"따로 관리하는 녀석들이 있다네. 이야기책에도 나왔을 텐데, 레어를 지키는 가디언들에 대해서."

'끄응…… 그게 있었지.'

제튼의 표정이 와락 구겨졌다. 그 모습에 재차 웃음을 터트린 벨로아가 미소 가득한 얼굴로 물었다.

"그나저나 언제인가?"

"뭐가 말입니까?"

"자네 결혼식. 마르한 그 친구에게 듣자하니 3월 중에 치를 예정이라며. 그 친구가 주례를 봐 준다고 하던데, 어떤가? 그런 노땅보다는 내가 더 잘 봐줄 자신이 있는데."

'누가 누굴 보고 노땅이래.'

연배로 치면 벨로아가 한참 조상의 조상 뻘이었다.

"거절하겠습니다."

"흠. 이래봬도 과거에 왕가의 결혼식 주례를 여러 차례 해본 경험도 있다네."

"너무 부담스러우니까. 거절하겠습니다."

"허허…… 거참."

입맛을 다시던 그가 재차 처음의 질문을 던졌다.

"그래서 식은 언제인가?"

"3월 두 번째 일요일 날로 잡았습니다."

결혼식 날까지 이제 겨우 보름 남짓 남아있었다. 보통의 혼인처럼 오랜 시간을 준비하고 꾸미며 단장하는 게 아닌, 아주 약소하게 치르는 것이다 보니 이처럼 조금은 즉흥적으로 날을 잡고 식을 치르는 게 가능했다.

"내 필히 주례를 서서 축복을 내려주고 싶지만, 자네가 굳이 마르한 그 친구를 원하는 것 같으니, 신랑측 하객으로 자리를 채워주겠네."

이것도 됐다며 거절하고 싶었으나, 이마저도 거부하면

반발이 생길지도 모르기에, 할 수 없이 수락해야만 했다.

“식장은 소학원에서 한다던데, 정말인가?”

“예. 공짜니까요.”

“마르한 그 친구가 자네 정체를 알고 있으니까 가능한 거야.”

“어르신은 안 들켰습니까?”

마르한의 감각은 실로 특별했다. 괜히 교황급이라 불리는 게 아니었다.

“뭐, 나도 조금은 들켰지. 애초에 첫 만남부터 이상한 낌새를 느낀 것 같아서, 적당히 마법사라고 둘러댔지.”

새삼 마르한의 대단함이 느껴지는 순간이었다.

‘드래곤도 속일 수 없는 감각이라니. 확실히 그 영감님이 대단하기는 하단 말이야.’

그렇게 대단한 성직자가 근처에 있다는 건, 여러모로 고마운 일이었다.

“그나저나 생각보다 조용하군.”

“뭐가 말입니까?”

“탐욕의 정령이 바로 찾아올 거라고 생각했는데, 여전히 소식이 없구만.”

제튼이 눈을 게슴츠레하게 뜨며 마르한의 가슴을 바라봤다.

“그 녀석이야말로 언제 깨어나는 겁니까?”

"아직 약속했던 보름이 안 지났는데, 벌써 재촉하는 건가?"

확실히 그건 그랬다. 할 말이 없었던지 제튼이 화제를 살짝 틀었다.

"마누스라는 녀석은 어떻게 지내는데요?"

"뭐, 여전하지. 하루 빨리 가족을 구하고 싶어서 안절부절하고 있다네."

안타까운 이야기였다. 특히, 가족들의 위치를 모른다는 부분 때문에, 더욱 마음이 쓰였다.

연결이 끊기면서 발동된 기억의 제약에 가족들의 위치도 담긴 것인지, 아니면 애초부터 가족들의 위치는 몰랐던 건지는 모르겠으나, 당장은 어떻게 해도 가족을 구할 수가 없다는 게 그를 더욱 안쓰럽게 만들었다.

"매일처럼 정령이 언제 깨어나느냐고 물어오는 게, 아무래도 정령술을 이용해서 찾아 볼 생각인 것 같더군."

"그런데…… 지금도 정령술을 가르쳐 달라고 합니까?"

"허헛! 여러모로 귀찮은 녀석이지."

마누스는 현재 벨로아를 '엘프'라고 믿고 있었는데, 이는 타인의 정령을 가슴에 품고, 거기에 더해 치유까지 시켜주는 모습을 보며, 그 멋대로 착각을 한 것이었다.

보통의 정령술사는 결코 불가능한 일이다.

이런 주장으로 인해 벨로아는 뜬금없이 엘프, 그것도 상당한 고위의 엘프가 되어있는 실정이었다.

게다가 벨로아 스스로도 긍정하거나 부정하지를 않은 탓에, 더욱더 그 믿음이 커져버린 상황이기도 했다.

"그렇게 귀찮으면 엘프가 아니라고 하시면 되는 것 아닙니까."

제튼의 이야기에 벨로아가 뒷머리를 긁적이며 말했다.

"마르한 그 친구의 감이 좀 더 좋아져서 말이지. 적당한 변명거리로 엘프가 딱이겠더라구."

그 말에 제튼의 눈이 크게 뜨여졌다.

'거기서 또 발전했다고?'

기사로 치면 마스터요, 마법사로 치면 대마법사 혹은 마도사에 발을 걸친 수준일거라 여겨지는 게 바로 마르한의 위치였다.

헌데, 거기서 또 한 걸음 나아간 모양이었다.

'이제는 정말, 교황급이라고 해도 되겠는데.'

감탄하고 있는 제튼을 향해 벨로아가 새로운 질문을 던졌다.

"헌데, 자네는 정말 평생 이곳에서만 지낼 생각인가?"

"앞전에도 말씀 드렸듯이, 천마 그놈 덕분에 나름대로 안 해본 게 없어서요."

지난 번 전투가 끝난 뒤, 각자의 이야기를 나누던 당시에도 이와 같은 대화를 했었다.

"굳이 더 바깥세상을 경험하고 싶은 마음은 없네요. 남은여생은 고향에서 적당히 즐기면서 보내는 것도 나쁘지는 않으니까요."

"그 경험이라는 게, 결국은 간접경험인데 겨우 그걸로 충분하단 말인가?"

제튼이 쓰게 웃으며 말했다.

"간접 경험이라…… 하지만 너무 생생해서 간접경험 같지가 않네요."

왠지 아프게 느껴지는 그 미소를 마주하고 있자니, 벨로아도 더는 이 부분에 대한 언급을 하기가 어려웠다.

'허…… 거 참.'

여러모로 그가 아는 영웅들과는 다르다는 생각이 들었다. 어쩌면 이런 부분 때문에 더욱 관심이 가는 것일지도 몰랐다.

"그나저나 자네에게 해 줄 이야기가 있네."

또 무슨 말을 하려고 이러는 것일까.

"그게…… 저, 어쩌다 보니 말일세."

말하기를 주저하는 게 영 꺼림칙했다.

"자네에 대해서 로드가 알아버렸네."

"……."

이어지는 침묵이 싸늘했다.

"어르신이 이야기 한 겁니까?"

그리고 흘러나온 질문이 뜨거웠다. 당장 폭발할 것 같은 불꽃이 그 안에 잔뜩 담겨 있었다.

"아니. 그런 건 아닐세. 단지…… 저번에 자네와 내가 화끈하게 한 판 하지 않았나."

그 힘의 파동을 읽어버린 것이다.

"정기적으로 연락을 드려야 해서, 오랜만에 인사를 올렸더니, 저번 전투를 언급하시더군."

대대로 로드는 차기 로드의 행적에 대해 민감할 수밖에 없었는데, 그 때문인지 지난 전투도 알려진 상태였다.

"게다가 이미 로드께서는 자네의 존재를 느끼고 있던 것 같더군."

천마가 차원의 틈을 넘어서던 무렵부터, 이미 이질적 존재가 들어섰음을 읽어내고 있던 것이다.

벨로아보다 고위의 고룡이며, 동시에 드래곤 중에서 가장 높은 '격'을 지닌 게 바로 '로드'이지 않던가.

"그리고…… 그 분 말고도 또 한 분, 자네에 대해서 알고 있을 거라고 여겨지는 분이 있다네."

"또 누굽니까?"

"말했잖나. 전체 일족 중에서 내가 세 번째로 나이가 많다고."

최고 연령의 고룡은 우선 현 드래곤들의 수장인 로드였다. 그리고 두 번째의 경우는 대자연의 마나에 가장 민감하다는 골드 일족의 원로였다.

"우리 일족이 원래 마나와 소통하는 체질이라서, 기본적으로 민감하기는 하지만, 그 안에서도 나름대로의 차이가 있다네."

그리고 그 미묘한 차이에서 최고라고 할 수 있는 게 바로 골드 일족이었다.

"말이 두 번째지. 사실, 그 분도 연세는 로드와 비슷하시니까."

"어느 정도인데요?"

"겨우 백 아홉 살 차이밖에 안 난다네. 이 나이 먹고쯤 되면 그 정도 차이는 동갑이나 마찬가지야."

문득, 인간사에서도 60을 넘으면 두어 살 차이는 여유 있게 친구를 먹는 게 떠올랐다.

그 나이가 백 단위라는 격한 거리감이 있기는 했으나, 어쨌든 비슷한 경우일거라 여겨졌다.

"나보다 더 민감한 분들이니. 자네의 흔적만 어렴풋이 알던 나와 달리, 자네에 대해서 충분히 인지하고 있었을 가능성이 크지."

이야기를 듣다 보니 자연스레 의문이 하나 떠올랐다.

'왜…… 나를 가만히 뒀을까?'

이러한 제튼의 의문을 짐작하기라도 한 듯, 벨로아가 대뜸 입을 열어서 말했다.

"자네를 신경쓰지 않은 건, 아마도 나와 비슷한 경우겠지."

이질적 존재의 등장은 눈치 챘으나, 그 정확한 정체는 파악하지 못한 것이다. 그저 누군가가 있다! 나타났다! 정도로만 인지하고 있던 모양이었다.

"신경을 안 썼다기 보다, 못 쓴 거지. 게다가 사실, 우리 나이쯤 되면 조금…… 게을러 지니까. 흠흠!"

"그거 직무태만 아닙니까?"

명색이 드래곤 로드에 골드 일족의 원로가 아닌가.

"허헛!"

그저 웃어버리는 벨로아의 모습에 제튼이 고개를 흔들었다.

"그분들 말고, 또 저에 대해서 아는 분들이 있습니까?"

"글쎄. 아마도 없을 거네."

"확신이 없는 대답이군요."

"허허허헛! 우리 일족이 원래 서로간의 교류가 별로 없다보니. 허헛!"

웃음으로 무마하는 그의 모습을 보고 있자니, 슬슬 주먹에 힘이 들어갈 것 같았다.

"후우…… 속 긁으러 오신 거면 그만 가주시죠."

"차 한 잔도 안 주는 건가?"

"차는 마르한 영감님이 좋은 거 많이 가지고 계시니까. 그분께 가서 찾으시는 게 나을 겁니다."

"뭐, 그건 그렇지. 그나저나 또 흙장난 하러 가는 건가?"

"표현 참. 농사라고 해 주시죠."

"농사는 무슨. 아직도 땅 고르느라 정신 없더만."

"끄응……."

정리가 얼추 되기는 했으나, 아직 완전히 마무리 된 건 아니었다. 회색들판이라고 불릴 만큼 엉망인 땅이라서, 그 작업이 여간 오래 걸리는 게 아니었다.

그리고 이런 부분이 또 벨로아를 재밌게 했다.

'힘 한 번 쓰면 금방일 것을, 굳이 어렵게 돌아가다니. 참…… 여러모로 흥미롭단 말이지.'

하는 행동 하나하나가 눈을 뗄 수 없게 만든다. 이러니 이곳을 떠날 수가 없었다.

'뭐, 이제는 로드의 명령 때문에라도 떨어질 수가 없지만. 허허…….'

이질적 존재의 등장을 알고서도 굳이 침묵을 지킨 이유는 사실 따로 있었다.

그들은 조율자이자 중재자이며, 또한 지켜보는 관전자이기도 했다.

일이 벌어지기 전에 나서는 것이 아니라, 일이 벌어진 뒤, 그 문제가 도를 넘어섰을 때, 그 때가 돼서야 나서는 존재였다.

이곳 세상의 마지막 안전선 같은 이들인 것이다.

때문에 굳이 먼저 나서서 찾으려 하지는 않았다. 하지만 지금처럼 우연찮게 발견하게 되면, 나름대로 시야 안에 두고서 감시를 하는 게 그들의 방식이었다.

'우선 밑밥은 깔아놓은 건가.'

로드에 관해 이야기한 이유는 언제고 이러한 사정이 들키거나, 혹은 로드가 그를 보고자 할 때, 좀 더 부드럽게 상황을 해결하기 위한 초전작업이었다.

"허허…… 자네 결혼 날짜도 알아냈고, 전할 이야기도 전했으니. 나는 슬슬 가보겠네."

"잘 가십쇼."

"안 잡나?"

"예."

"쬐끔 서운해지려 그러네."

"반가운 말씀이네요. 서운한 김에 영영 가시면 더 좋을 텐데요."

"허헛!"

제튼의 반응에 가볍게 실소하며 걸음을 돌렸다. 목적지는 마르한이 있는 소학원이었다. 제튼의 이야기를 들었더니, 그의 거처에 있는 찻잎이 생각난 것이다.

'그런데…….'

문득 걸음이 느려지며 한 가지 의문점이 머릿속에 끼어들었다.

'제튼에 대해서 알고 있는 일족이 그 두 분 말고도 또 있

으려나?'

갑자기 궁금증이 일어났다.

'한 번 알아봐?'

다른 일족의 원로들이 하나 둘 머릿속을 스쳐갔다. 어쩌면 그들 중에서도 누군가는 알고 있을지도 모르겠다는 생각이 들었다.

'언제 시간 내서 알아봐야겠군.'

우선은 마르한의 고급차가 먼저였다. 늦춰졌던 그의 걸음걸이에 다시금 속도가 붙었다.

멀찍이 사라져가는 벨로아의 모습을 바라보던 제튼이 뒷마당으로 향했다. 농기구를 준비하러 가는 것이었다.

"후…… 꽃이 피기 전에 마무리를 하고 싶은데."

회색들판의 모양새는 이미 갖춰 놨다. 하지만 아직 완성된 건 아니었다. 때문에 이 추운 날씨에도 무리해서 나가는 것이었다.

봄기운이 밀려온다고는 하나, 아직 아이들이 버티기에는 무리가 있다고 여기는 탓에, 그 혼자 들판으로 향하고 있었다.

'뭐, 늦어도 다음 주 중에는 끝이 나겠지.'

그리고는 멋지게 셀린에게 그의 땅이라고 소개하고 싶었다.

"흐흐……."

자작농의 위엄을 처가에 보일 생각을 하니, 슬쩍 어깨에 힘이 들어갔다.

그러기 위해서라도 당장은 움직여야 할 때였다. 농기구를 짊어진 제튼이 바삐 집을 나섰다.

막바지 작업이었기 때문일까?

일주일 뒤 꽃향기가 깨어날 무렵에는 결국 원하던 마무리를 지을 수 있었다.

그리고 봄,

어느새 결혼식이 코앞이었다.

#3. 결혼

#3. 결혼

알고 있었다.

'그분을 내 뜻대로 할 수 없다는 것 정도는, 이미 알고 있었지만.'

그래도 왠지 가능할 것 같았다.

'그분을 가질 수 있는 기회라고 믿었는데.'

과거와는 달라진 모습에서, 온기가 느껴지는 태도에서 희망을 꿈꿨다.

"방법이 잘못 된 것일까?"

로렌스는 혼잣말처럼 중얼거리며 창밖을 바라봤다. 정원에서부터 올라오는 은은한 봄꽃 내음이 코끝을 간질거렸다.

평소라면 즐겼을 향기였으나, 이번만큼은 너무도 화가 나는 향이었다.

저 향기가 만연할 때, 그가 결혼을 하기 때문이었다.

'주인님!'

브라만 대공.

그녀에게 전부라고 해도 과언이 아닌 존재가 한 여인의 남자가 되는 것이다.

과거에도 여자는 많았다. 하지만 결단코 단 한명의 여자에게 전부를 바친 적은 없었다.

'아니지…….'

생각해보면 딱 한 여인은 남다른 혜택을 받았던 것 같았다.

'황제!'

그토록 많은 그의 애인 중에서 유일하게 그의 혈육을 가지게 된, 그야말로 선택받은 여인이었다.

부러웠다. 화가 나고 미웠다. 그래서 팔라얀 상단을 황실파가 아닌 중도파와 귀족파로 돌렸다.

물론, 완전히 황실에서 손을 뗄 수는 없었다. 그 분, 브라만 대공이 원했던 게 황실과의 연계였기 때문이다. 그래서 한 발 정도만 걸쳐놓은 상황이었다.

헌데, 이제는 그보다 더욱 부럽게 만드는 여인이 생겨버렸다.

'셀린, 웰븐!'

이제 곧, 그 성이 웰븐에서 반트가 될 터였다.

'반트…….'

너무도 가지고 싶었으나 그녀에게는 허락되지 않았다.

"역시, 방법이 잘못 된 거겠지."

주변인을 공략해서 제튼을 자빠트리려던 계획이었으나, 결국 중심에 있는 제튼이 넘어지지 않으면 말짱 꽝이었다.

게다가 제튼이 직접 셀린의 지지대 역할을 해 주고 있으니, 더욱더 이야기가 진행되질 않았다.

"결국…… 그분을 직접 타격해야 하는 거였는데."

하지만 이거야말로 가장 불가능한 이야기가 아니던가. 제튼을 공격한다?

그녀에게는 가능성이 없는 일이었다. 브라만 대공 시절부터 그에게 절대적인 복종을 하도록 키워진 탓이다.

일부러 주변인들을 끌어들인 것도 이러한 이유 때문이었다.

"어쩔 수 없나."

결국, 포기해야만 한다는 걸 깨달았다.

"역시……."

그녀의 눈에 불이 들어왔다.

"독점은 무리라는 건가."

죽어가던 목소리에 다시 생기가 맴돌기 시작했다.

"예전처럼…… 혼자 가질 수 없다면, 결코 그 누구도 그 분을 독차지해서는 안 돼!"

그리 중얼거리는 그녀의 두 눈이 번뜩였다.

"이렇게 되면 두 번째 부인 자리라도 차지하는 수밖에 없나."

뒤편에서 숨죽여 듣고 있던 카모룬이 조용히 머리를 싸맸다.

'상단에는 언제 관심을 가져주실 겁니까.'

물론, 그녀가 일을 안 하는 건 아니었다. 하지만 그래도 전념하는 게 아니다 보니, 전과는 다른 결과가 나올 수밖에 없었다.

'후우…….'

어찌 보면 은인이라 할 수 있는 브라만 대공이었으나, 왠지 지금 이 순간만큼은 원망스러운 마음이 컸다.

◈

가까운 친인척만 불러서 약소하게 치르기로 예정되어 있던 결혼식이었다.

특히, 셀린의 의견이 많이 반영된 것으로써, 두 번째인 만큼 굳이 요란하게 하고 싶지 않다는 이유가 컸다.

제튼도 동의했고, 그렇게 진행되었다. 실제로 그들의 초대를 받은 이들은 진정 손에 꼽을 정도였기 때문이었다.

그럼에도 불구하고 막상 식장에 들어서고 보니, 이 바글거리는 머릿수는 무엇이란 말인가.

'뭐지?'

자신이 잘 못 본 것일까? 제튼은 그도 모르게 눈가를 비비며 연신 예식장 안을 둘러봤다.

보고 또 봐도 바글바글했다.

"이게 대체……."

초대받지 않은 손님들이 너무 많았다. 짜증이 확 치밀어 그 길로 마르한을 찾아갔다.

"어떻게 된 겁니까?"

그의 질문에 마르한의 대답이 가관이었다.

"식장 공짜로 빌려준 값은 하게."

헌데, 대답을 하는 마르한이 시선을 피하는 것이 영 찜찜했다. 제튼이 실눈을 뜨며 그를 살폈다. 그러다가 대뜸 물었다.

"교장 선생님이 시킨 겁니까?"

"끄으으응……."

앓는 소리가 튀어나왔다. 정답이라는 뜻이었다.

"설마, 이걸 빌미로 소학원 홍보라도 할 생각은 아니겠죠?"

"으음……."

신음성이 새어나왔다. 이번에도 정답인 모양이었다.

"아니, 남의 결혼식을 대체……."

머리가 뜨끈뜨끈해 지는 기분이었다. 마르한은 조용히 시선을 피하고만 있을 뿐이었다.

제튼은 아스트 교장이 그의 초대를 받고도 나타나지 않은 이유를 알 것 같았다. 업무가 바쁘다고 생각했는데, 아무래도 그게 아니었던 모양이었다.

'그래도 양심은 있네.'

물론, 애초에 이런 사태를 벌인 시점부터 양심의 크기가 의심되기는 했다.

"어쩌겠나. 자네가 너무 유명해져 버린 것을."

마르한이 슬쩍 흘리듯 뱉은 이야기가 제튼의 가슴을 찔렀다.

아카데미에서 기사들을 단체로 눕힌 사건 덕분에, 이곳 루마니언 지방에서 그의 이름은 제법 무게를 지니게 되어버린 상태였다.

"아스트 그 친구가 이번 일을 계획한 것이기는 하지만, 반쯤은 원치 않은 결과라네."

어떻게 알려진 것인지, 제튼의 결혼식에 대한 소식이 퍼져버렸고, 이 근방에서 제법 이름이 있는 인사들은 하나같이 참석 의사를 밝혀왔다.

루마니언 지방에서 손에 꼽히는 기사의 결혼식이 아니

겠는가. 따로 자리가 마련되지 않은 이상, 이 기회를 빌려 나름의 눈도장을 찍겠다는 의미였다.

"적당히 초대에도 응하고, 파티도 참석하고 그랬으면 이 정도로 복잡해지지는 않았을 것을……."

마르한의 중얼거림에 제튼의 표정이 와락 구겨졌다. 알게 모르게 그에게로 날아들던 파티 초대장들이 제법 있었다.

하나 같이 무시하고 거절해 왔었다.

'그 여파가 이렇게 밀려들 줄이야.'

적당히 참석을 했더라면 어땠을까?

'어차피 마찬가지였을 것 같은데.'

그리 생각하는 제튼이었으나, 꼭 그렇지만은 않았다. 그가 너무 얼굴을 감추는 바람에, 이 근방 인사들의 몸이 제법 달아오른 상태였다.

때문에 그의 결혼식이 있다는 소식에, 얼씨구나 하면서 몰려든 것이다.

정보 길드를 통해 얼굴을 아는 것과 직접 두 눈으로 확인하며 얼굴을 익히는 건, 여러모로 차이가 있을 수밖에 없기 때문이었다.

약소하게 하려는 제튼의 바람을 아는 까닭에, 아스트 교장도 나름대로 잘 제어를 해보려고 했으나, 밀려드는 귀족들의 수가 너무 많았다.

"후우…… 그래서 이 근방 귀족이란 귀족들은 죄다 몰려온 겁니까?"

"뭐, 대충 그렇지. 날이 추워서, 한동안 이렇다 할 파티도 없었고, 자네 결혼식이 여러모로 모임을 열기에는 딱이라고 여겼겠지."

'남의 결혼식을, 뭐가 어째?'

"게다가 아스트도 기왕 이렇게 된 바에야, 이걸 기회로 홍보나 하자면서, 화끈하게 오픈해 버리더군."

"끄응……."

뒷목이 뻐근해져왔다.

"신부에게 가 보는 것이 안 좋겠나?"

마르한의 이야기에 제튼이 한숨을 푸욱 내쉬며 발길을 돌렸다.

"그렇잖아도 생각하고 있었습니다. 후우……."

뜬금없는 머릿수에 그녀가 얼마나 놀랐을지 생각하니 절로 걸음이 빨라졌다.

의외라고 해야 할까?

"많이 놀랐구나?"

그녀는 너무도 태연한 모습으로 그를 반기고 있었다. 게다가 제튼의 걱정과는 다르게 오히려 제튼을 걱정하는 태도마저 보일 정도였다.

"누나…… 괜찮아?"

제튼의 물음에 셀린이 고개를 흔들었다.

"괜찮지는 않아."

초대하지도 않았던 사람들이 식장 가득 바글거리는데 어찌 놀라지 않을 수 있겠는가.

"그래도…… 침착하려고."

저 바깥의 손님들이 누굴 보러 왔는지 잘 알기 때문이었다.

"남편 얼굴 보겠다고 찾아온 사람들을 쫓아낼 수는 없잖아."

그러며 미소를 지어 보이는데, 제튼은 그녀의 심장이 표정과는 달리 빠르게 뛰고 있다는 걸 알고 있었다.

그녀의 노력이 느껴진 까닭일까? 제튼도 미소를 그려내며 그녀를 바라봤다.

"이거 참. 나 보려고 온 사람들이 다 누나한테 홀딱 빠져버리는 거 아닐까 몰라."

그의 너스레에 셀린이 실소하며 말했다.

"이런 아줌마가 뭐 볼게 있겠니."

"그러니까."

"뭣!"

순간 도끼눈이 되는 그녀의 모습에 제튼이 침을 꼴깍 삼켰다.

'자기가 아줌마라고 했으면서.'

"그래서 내가 늙었다는 말이야?"

이어지는 물음에 제튼의 머리가 빠르게 돌아갔다.

"그럴 리가 있겠어. 아줌마가 이렇게 예뻐도 되는 거냐고 말하려 했지."

나름대로 통한 것인지. 그녀의 표정이 살짝 풀어지는 게 보였다. 속으로 안도의 한숨을 내쉴 때였다.

"어쨌든 아줌마라는 이야기네."

"으음……."

통한 줄 알았는데 아니었던 것일까?

"풉!"

그 순간 셀린의 웃음이 터졌다.

"아하핫! 당황하기는. 장난이야. 그냥 장난 좀 쳐 본 거야."

그제야 제튼의 표정도 풀어질 수 있었다.

"호홋! 나이가 마흔을 넘긴데다가, 애까지 있는데 아가씨라고 할 수는 없지. 그리고 난 아줌마라는 소리 그렇게 싫어하지 않아."

"할머니는?"

"뭣!"

그건 아무래도 싫은 모양이었다. 이번에는 정말 그녀의 눈에서 불이 나올 것 같았다.

"그나저나 네가 이 정도로 유명할 줄은 몰랐네."

그래도 한 때는 바헨가의 안주인이었던 그녀였다. 근방의 귀족들 전부를 아는 건 아니겠으나, 몇몇 정도는 얼굴을 익히고 있었다.

그리고 그녀가 아는 얼굴들은 하나같이 제법 힘깨나 쓰는 귀족들뿐이었다.

이러한 상황으로 인해 그녀는 제튼에 대해 많은 것들을 생각할 수 있었다.

'스스로를 감추려고 하는 지금도 이 정도인데, 과거에는 어땠을까?'

모르긴 몰라도 지금 보여 지는 것 이상으로 대단한 사람이었을 거라는 것 정도는 짐작할 수 있었다.

"괜찮겠어?"

제튼이 걱정스런 음성으로 물었다. 그 역시 바헨가에 대한 부분을 알고 있기에, 그녀가 저들을 안다는 걸 짐작한 것이다. 이에 오히려 그녀가 되물었다.

"너는?"

제튼이 실소하며 대답했다.

"원래, 볼 생각도 없는 자들이야."

이에 셀린고 웃으며 말했다.

"나도 마찬가지야."

바헨가에 있을 때도, 파티자리에 일부러 나간 적은 없었다.

"그럼 신경 쓸 필요는 없겠네."

혹여, 누군가 그녀를 불편하게 한다면?

'재미없어 지는 거지.'

그리 생각하는 제튼의 눈 위로 은은한 불길이 일렁이고 있었다.

◆

식장을 찾은 하객들 중에는 이 근방에서 이름값이 두둑한 이들이 제법 여럿이었는데, 하나같이 제튼과 친분을 나누기 위해, 또 그를 자신의 세력권에 끌어들이기 위해 찾아온 이들이 대부분이었다.

하지만 단 한 명.

딱 한 사람만큼은 전혀 다른 의미로써 식장을 찾아온 이가 있었다.

"어…… 설마?"

제튼의 눈이 동그래지고, 그와 막 인사를 나누던 벨로아의 얼굴이 흥미롭게 변하더니, 이내 약속이나 한 듯 한쪽으로 시선을 모았다.

정확히 식이 거행되는 식장의 입구 방향이었다.

"오르카?"

제튼의 의문성과 함께 정말로 그녀가 등장했다. 그녀 역시 그를 발견한 듯, 활짝 웃으며 손을 흔들고 있었는데, 이상하게 그 미소가 소름끼쳤다.

"으음……."

저절로 새나오는 신음성은 그녀가 은밀히 보내오는 기운을 느낀 까닭이었다.

"허헛!"

옆에 있던 벨로아도 그 기운의 잔재를 느낀 듯, 너털웃음을 터트리고 있었다.

'또 초월자라니.'

황당한 한편, 제튼과 연관시켜놓고 생각해보니 이해가 되었다.

'여인이라…….'

머릿속으로 현 시대의 '별' 들에 관한 정보가 흘러갔다. 그리고 이내 별 중에서 유일한 여성이 떠올랐다.

'그래, 검작공이군.'

워낙에 유명한 여인이다 보니, 정보를 알아내는 건 순식간이었다.

역사상 유일한 여성 마스터.

드래곤들 사이에서도 제법 회자가 되는 여인이었다.

'마스터마저 넘어섰다니.'

이 사실이 그들 일족 사회에 퍼진다면, 또 다시 한참을 입에 오를 것 같았다.

'그나저나…… 이 매서운 기운이라니.'

하나의 정보가 머릿속을 스쳐갔다. 오르카와 브라만 대공 사이가 심상치 않을지도 모른다는 내용이었다.

'설마…… 난동이라도 부리려는 건 아니겠지?'

어쩐지 제튼의 표정 위로 떠오른 불안감이 안쓰럽게 느껴지는 순간이기도 했다.

'뿌린 만큼 거두는 것이지.'

때문에 더욱 짠하게 느껴진다고 할까? 뿌린 게 제튼이 아니라는 걸 알기 때문이었다.

'고생하시게.'

마음으로나마 응원해주며 슬그머니 발을 빼고 있었다.

◈

검작공 오르카 메르셀로안.

황실에서 황자의 검술선생 역할을 충실히 하고 있던 그녀에게 뜻밖의 편지가 날아들었다.

〈제튼 반트 결혼.〉

상대는 그녀도 알고 있는 여인이었다.

셀린 웰븐.

그 길로 임시휴가를 발급받았다. 황자의 검술선생이라는 무거운 직책을 멋대로 내던지는 행위였으나, 황제라 해도 그녀를 막을 수는 없었다.

그리고 이내, 바람처럼 이곳 아루낙 마을로 달려왔다.

"오랜만이네."

그녀의 말에 제튼이 표정을 굳히면서 말했다.

"1년 동안 황자를 봐주기로 한 걸로 아는데."

"그랬지. 하지만 이런 상황에도 자리만 지키고 있을 수는 없잖아?"

그녀가 말하는 건 제튼의 결혼에 관한 부분이었다. 제튼이 짧게 한숨을 쉬며 물었다.

"어떻게 알았지?"

"이 근처에 여우 한 마리가 숨어 있을 텐데."

듣는 즉시 이해가 됐다.

'로렌스!'

아무래도 그녀에게서 소식이 간 모양이었다. 황제는 이상할 정도로 싫어하는 그녀였으나, 오르카와는 그럭저럭 친분을 유지하고 있는 게 기억났다.

"결국…… 결혼을 하나보네?"

그녀의 물음에 제튼이 작게 고개를 끄덕였다.

"황제는?"

침묵을 지켰다.

"황자는?"

역시 대답하지 않았다.

"그래. 로렌스가 말해주기 전에는 나도 몰랐으니까. 큭! 하긴, 과거는 과거일 뿐이라고 지껄였을 정도니."

중얼중얼 거리던 오르카가 제튼에게 턱을 들이밀며 물었다.

"황자를 맡길 때, 몸값으로 거래한 거 기억나지?"

왠지 느낌이 싸늘했다.

"뭐가 됐건, 네가 할 수 있는 거 한 가지 들어주기로."

제튼이 급히 부가설명을 더했다.

"너무 과하고 심각한 건 안 된다고도 이야기 했었다."

고개를 끄덕인 오르카가 말했다.

"결혼 때려 쳐."

"……."

골이 빡 하니 당겼다. 설마설마 했는데, 정말로 저걸 조건이랍시고 꺼내 들 줄이야.

잠시간의 침묵을 유지하던 제튼이 힘겹게 입을 열었다.

"그걸…… 들어 줄 거라고 생각하는 건 아니겠지?"

"왜? 별 거 아니잖아? 한 여자한테 얽매이는 건, 너답지 않아."

확실히 천마답지는 않은 행동이었다.

"과거는……."

"과거일 뿐이라고? 그게 설마 여자문제까지 더한 거였어? 그럼, 내가 좀 화가 날지도 모르는데? 내가 과거의 여자가 되는 거니까."

그렇게 되면 아주 재미없어질 터였다. 제튼이 침착하게 대화로 상황해결을 유도했다.

"너도 셀린 누나를 좋아했던 것 같은데?"

"맞아. 내가 분명 셀린 언니를 맘에 들어 하기는 했지. 하지만 그래도 그거하고 이거는 다르지. 두 눈 멀쩡히 뜨고 내 남자를 뺏기고 싶지는 않으니까."

천마를 연기해야 한다는 걸 알면서도, 제튼은 한숨을 멈추지 못했다. 연달아서 숨을 늘어놓는 그를 향해 오르카가 말했다.

"그러니까 결혼하고 싶으면, 내 두 눈을 감겨놓고 해."

이건 또 무슨 말인가?

'설마…….'

제튼이 표정으로 드러날 만큼 당황하는 모습으로 오르카를 바라봤다.

"왜? 간단하잖아. 날 쓰러트리면 되는 거야."

그제야 제튼은 자신이 착각했다는 걸 알았다. 그녀가 자심의 목숨을 끊어놓으라는 의미로 한 말인 줄 알았는데, 다시 듣고 보니 그렇게까지 극단적인 선택지는 아닌 모양이었다.

"대신!"

오르카가 날카롭게 눈을 부라리며 말했다.

"전력으로 해야 할 거야. 저번처럼 봐주지 마."

그러더니 이내 발걸음을 휙 하니 돌린다. 제튼이 의아한 얼굴로 그녀의 뒷모습을 바라보니, 그녀가 식장 밖으로 걸어 나가며 말했다.

"당장 붙어!"

'곧 있으면 시작인데, 지금?'

왠지, 머리가 아파왔다. 그렇다고 가만히 있을 수는 없었다. 왠지 그랬다가는 식장이 불바다가 될 것 같았기 때문이었다.

◈

이미 한 차례 전투의 흔적으로 엉망이 되어버린 평야.

제튼과 오르카가 향한 곳은, 지난 번 벨로아와 일전을 치렀던 그 장소였다. 전투가 끝난 뒤, 이 장소에 대해서는 까맣게 잊고 있었던 탓에, 그만 평야 정리를 못 한 상태였다.

'어르신이 해 놓을 줄 알았는데.'

슬쩍 벨로아에게 책임을 전가하는 제튼이었다. 등 뒤로 오르카의 경악성 섞인 음성이 들려왔다.

"이건…… 또 놀랍네."

단번에 전투의 흔적을 읽어내고, 그 안에 담긴 거력을

훔쳐 본 듯, 오르카는 부르르 몸을 떨며 평야를 돌아봤다.

그 떨림은 충격의 표시면서 동시에 기쁨에 흥분하며 내비치는 몸의 울림과도 같았다.

"누구야?"

그녀는 대뜸 제튼에게 질문을 던졌다.

"너 말고 누가 또 이런 엄청난 짓을 한 거야?"

제튼이 쓰게 웃으며 고개를 저었다.

'말해 주면 당장에 달려갈 기세네.'

문득, 기회를 봐서 벨로아를 소개해주는 것도 나쁘지는 않을 것 같았다. 제튼에게 향한 관심의 일부를 그에게로 돌리려는 음모의 시작이었다.

[자네 표정이 안 좋군.]

순간 날아든 메시지 마법에 제튼의 얼굴위로 짧은 경련이 스쳤다. 벨로아가 보낸 메시지인 탓이었다.

어렴풋이 감각권의 끝자락에 걸리는 기운이 아무래도 벨로아인 모양이었다.

[별 것 아닙니다. 흠흠!]

음모는 그렇게 시작과 함께 끝을 고했다. 제튼은 벨로아에게 전음을 보내는 한편, 오르카에게도 말문을 건네고 있었다.

"그건 나중에 이야기하고, 지금은 당장 해야 할 일이나 하지."

"바빠 보이네."

"시간이 없으니까."

"그래? 그럼, 여기서 내가 시간을 질질 끌면, 결국 식이 엉망이 되겠네?"

슬그머니 올라가는 그녀의 입 꼬리가 표독하게 느껴지는 이유가 뭘까.

"후……."

제튼이 한숨을 내쉬면서 검지와 중지 손가락을 세웠다.

검결지!

그 손에서 느껴지는 기묘한 압박감에 오르카의 표정이 굳어졌다.

"그건…… 뭐야?"

"전력을 다하라면서. 시간이 없으니까, 바라던 대로 전력으로 딱 한번만 공격할게."

"한 번?"

황당하다는 표정의 오르카를 향해 제튼이 싸늘하게 말했다.

"못 막으면 죽는다고 생각해라."

동시에 밀려드는 짜릿짜릿한 살기가 오르카의 전신을 제압하듯 억눌러왔다.

"그건…… 검이냐?"

오르카의 물음에 제튼이 고개를 끄덕였다.

"역시 감이 좋네. 네 예상대로 검이다."

그의 대답에 오르카의 눈이 빛났다.

'정말로 검이란 말이지.'

브라만 대공은 맨주먹으로 모든 전장을 박살냈다. 말인즉, 그의 검은 지금껏 단 한 번도 보여진 적이 없다는 의미였다.

물론 전투 중에 잡히는 대로 무기를 사용하기도 해서, 간혹 검을 들기는 했다. 하지만 제대로 휘두르는 모습을 본 적은 한 번도 없었다.

가슴이 두근거렸다.

그녀 역시 검을 사용하기에 더욱 심장이 뛰었다.

"보여줘 봐."

그녀도 검을 뽑았다.

"네 전력!"

그러며 전방으로 날을 세웠다.

준비가 끝났음을 안 제튼이 짧게 한 마디 던졌다.

"살아라."

그리고 제튼의 검이 불을 뿜었다.

◈

식이 시작되었다.

예정하지 않았던 하객들의 숫자로 인해, 조금은 지연되었으나 그래도 마르한의 능숙한 통제 덕분에, 큰 시간소모 없이 일정을 진행할 수 있었다.

신랑이 나왔다.

제튼 반트!

동시에 하객들의 시선이 쏠렸다. 당연했다. 그를 보기 위해서 찾아온 것이 아니던가.

"저자인가."

"떠오르는 신예라던데, 너무 늙은 거 아니야?"

"덩치 말고는 별 볼일 없게 생겼는데, 이 근방에서 손에 꼽히는 실력자라고?"

거슬리는 이야기들이 제법 귀에 들어왔으나 애써 무시하며 신랑의 자리로 찾아갔다.

그리고 차분히 기다렸다.

"신부 입장!"

뒤이어 기다리던 그녀가 등장했다.

또 다시 하객들의 시선이 모아졌다. 이번에는 순수한 의미로써 관심이 쏠린 것이다.

"예쁘다!"

"저런 여인이 있었다고?"

"마흔이 넘어? 저 얼굴에? 말도 안 돼!"

남녀를 불문하고 식장에 모인 모든 하객들을 압도하는

미의 찬가.

그녀에게는 그런 아름다움이 존재했다.

"흠흠!"

괜히 뿌듯함이 느껴졌던지 제튼의 입 꼬리가 슬그머니 올라갔다. 그러면서 다가오는 그녀를 바라봤다.

'예쁘다!'

알고 있었으나 새삼 깨닫게 된다고나 할까? 천마의 여인들에게도 밀리지 않는 미모였다.

특히, 식장을 걸어오는 와중에 은은히 드러나는 기품이 그 미모와 어우러지며, 그야말로 압도적인 미의 아우라를 뿜어내고 있었다.

'치명적이네!'

그에 반응한 것인지, 몇몇 하객들 중 불길한 기운들이 느껴졌다. 듣도 보도 못 한 얼굴들이었는데, 앉아있는 위치로 봐서는 제법 이름값이 있는 귀족일 것으로 여겨졌다.

누가누구인 줄 모르는 제튼을 위해, 좌석의 배치로 상대의 신분을 표현해 놓은 것이다.

물론, 이 자리에 없는 아스트 교장의 아이디어였다.

'쯧!'

상쾌하던 기분이 살짝 틀어지는 느낌이었다. 그래서 일일이 불쾌한 기운을 흘려내는 이들의 얼굴을 머리에 담았다.

'기억해뒀어!'

그리고는 다시 셀린에게로 시선을 던졌다. 나이가 먹어도 여자는 여자라고 해야 할까?

수줍은 듯 살짝 볼을 붉히는 그녀의 모습이 보였다. 면사포로 얼굴을 가리고 있었으나, 면사포가 너무 얇아서 제대로 얼굴이 가려지질 않았다.

어느새 다가온 그녀와 함께 남은 길을 걸었다. 마르한이 웃으며 그들을 반겨줬다.

"꽃향기가 만연한 오늘, 이렇게 멋진 신랑과 아름다운 신부가……."

그리고 주례사가 시작되었다.

◈

잠에서 깨어났을 때, 가장 먼저 눈에 들어온 건 낯선 천장의 모습이었고, 그 다음으로 담긴 건 왠지 모르게 눈에 익은 찻잔들이었다.

그 찻잔의 모습에 대략적인 위치파악이 끝났다.

'치료실인가.'

아마도 소학원에 위치한 마르한의 방인 것 같았다. 간간히 마르한과 개인적 편지를 주고받다 보니, 빠른 파악이 가능했다.

몸을 일으키기가 무섭게 전신으로 격한 통증이 밀려들었다.

"크윽!"

신음성이 절로 새어나왔다.

"일검을…… 못 버틴 건가."

오르카는 쓰게 웃으며 다시금 침대에 몸을 눕혔다. 창밖으로 시선을 던져보니 아직 환한 하늘이 눈에 들어왔다.

조심스레 감각을 일으키니, 저 한편에 득실거리는 인기척들이 느껴졌다.

'식이…… 시작됐나.'

입맛이 썼다.

'결국 못 막은 건가.'

육신의 고통과 더불어 정신적인 아픔이 밀려들며 무기력증이 전신을 옭아맸다.

"후……."

깊은 한숨과 함께 천장만 올려다보고 있을 때였다.

"일어났는가."

갑작스런 음성이 그녀만의 사색을 방해하는 것이 아닌가.

'누구?'

통증에 눈살을 찌푸리면서도 다급히 몸을 일으켜, 방비 태세를 갖췄다.

“허헛! 그리 경계할 필요 없네. 제튼 그 친구가 자네를 살펴봐 달라고 해서 온 것이니.”

나타난 인물은 벨로아였는데, 그의 이야기에는 약간의 수정이 필요했다. 그가 이곳에 온 실질적인 이유가 사실은 그녀를 감시하기 위한 것이기 때문이었다.

〈혹시라도 결혼식 중에 일어나면, 깽판친다고 뛰어올지도 모르니까. 좀 막아주십시오.〉

때문에 그녀가 깨어난 걸 느끼자마자 바로 이곳으로 달려온 것이었다.

“누구십니까?”

그녀의 정중한 물음에 벨로아가 재차 너털웃음을 터트렸다.

“허헛! 듣던 것과 다르게 아주 예의가 바르군.”

나름대로 농담을 던져본다고 한 것인데, 안타깝게도 경계가 한참인 그녀에게는 받아줄 여유가 없었다.

‘이런 실력자가 있었다고?’

몸이 성치 않다고는 하나, 그 감각마저 무너진 건 아니었다. 정상일 때에 비한다면야 부족할지 모르겠으나, 그래도 경계를 넘어설만한 수준의 감각은 됐다.

헌데, 그런 그녀의 감각이 상대의 접근을 잡아내지 못한 것이다.

거기에 더욱 놀라운 건, 눈앞에 둔 지금도 여전히 상대의 수준이 측정되질 않는다는 점이었다. 그녀의 영역에 너무도 쉽게 발을 들인 존재였다. 그런 이가 평범한 사람일 리는 없었다.

그녀의 경계심이 한층 깊어졌다.

"이거 참. 그래도 자네의 목숨을 구해 준 사람인데, 이리 야박하게 굴어서야."

'목숨?'

오르카가 의아한 얼굴로 벨로아를 바라봤다.

"제튼 그 친구. 정말 전력으로 검을 휘두르더군."

그리고 이에 대응하던 오르카의 모습이 인상적이었다.

"거기에 방어가 아닌 공격으로 응수하던 자네 모습도 정말 놀라웠다네. 설마, 거기서 검을 뻗을 줄은 몰랐으니까."

그의 이야기에 오르카의 눈이 빛을 발했다.

'보고 있었던 건가.'

전투의 현장에 눈앞의 노인도 있었음을 깨달은 것이다.

'그 어디서도 감시의 기척은 느껴지지 않았었는데.'

새삼 노인에 대한 경계심이 물씬 피어올랐다.

"정말 깜짝 놀랐다네. 제튼 그 친구의 검은 정말…… 환상적이었지. 헌데, 자네는……."

벨로아는 문득 지금 식장에 있을 제튼이 떠올랐다.

"그걸 꿰뚫었단 말이지. 충격에 충격이었네. 허헛!"

예식 중에 혹시나 신랑이 다리를 저는 사태가 발생하지는 않을까, 새삼 걱정이 되는 순간이기도 했다.

제튼이 검결지를 전방으로 향하자, 설마설마 했던 검이 쭈욱 뻗어 나왔다.

그리고 그건 오르카 생애 본 적이 없는 강렬한 일검이었다. 어릴 적, 첫 실전을 치르던 당시에나 겨우 느꼈던 두려움과 공포가 다시금 깨어났다.

피하고 싶었다.

도망치고 싶었다.

〈저 검은 결코 마주할 수 없는 '죽음' 이다!〉

본능의 외침이었다. 그래서 더욱 이를 악 물고 검을 내질렀다.

"죽어!"

이렇게도 외쳤던 것 같았다.

사실, 당시의 기억은 이 즈음부터 끊겨있었다. 이후로는 그저 무의식에 내맡긴 본능 그 이상의 무언가였다.

이를 향해 벨로아가 설명했다.

"그건 그야말로 혼의 외침이었네."

오르카라는 한 여인이, 기사가, 검사가 평생을 이뤄 갈고 닦은 그 영혼의 절규였다.

"정말…… 놀라운 장면이었지."

오랜 드래곤의 삶 속에서, 이토록 열정적인 순간이 있었던가.

마치 혼의 불꽃을 태우듯, 오르카는 그 일검에 전부를 내걸었다.

오러 스피릿!

그 의지의 발현이 마치 혼을 담아내는 것 같아서, 오러 스피릿이라고 부르듯, 진정 그녀가 뻗은 검에는 혼이 담겨 있었다.

순수한 오러의 정수 가득 그녀의 혼이 실린 것이다.

그리고 이 모습은 제튼을 당황하게 만들기에 충분했다.

'당연히 막을 거라고 생각했건만, 오히려 역공을 한 것에 더해서, 한계마저 넘겨버렸으니.'

제튼의 예상을 한참이나 벗어나버린 상황이었다. 검을 돌리기에는 이미 너무 늦어버렸다. 제튼은 정말로 그녀가 바라고 원한 것처럼, 그의 전력을 다 했기 때문이었다.

'제튼 그 친구만의 전력이었지.'

천마신공을 배제한 순수한 제튼의 힘이었다. 하지만 충분히 오르카를 베기에 부족함이 없었다.

물론, 그녀가 전력으로 방비한다면, 충분히 그녀도 살아남을 수 있을 거라고도 믿었다. 그렇기에 전력을 다 할 수 있었던 것이기도 했다.

예상 밖의 상황!

때문에 힘을 거뒀다. 검에 제동을 걸었다.

'그렇게 하고도 검의 기세가 강했지.'

이미 내던진 의지가, 되돌리려는 의지를 앞서고 있었기 때문이다. '진심'을 원했기에 너무 진지하게 나선 게 실수였다.

드래곤이기에 느낄 수 있는 찰나간의 변화였다.

결국,

검과 검이 만났다.

조금은 힘을 뺐다고는 하나, 제튼의 전력이었던 일검과 이를 마주하고자 전력을 넘어 한계 그 이상을 불태운 일검이 정면으로 마주한 것이다.

그리고 제튼의 검에 금이 갔다.

아주 미세한 틈이었으나, 그 틈을 놓치지 않고 오르카의 기운이 전진했다. 그리고 이내 힘겹게나마 제튼의 옆구리까지 닿을 수 있었다.

그리고 이 희미한 결과를 끝으로 오르카는 목숨의 위기에 봉착했다.

제튼이 제지한 덕분에 속도가 많이 죽었으나, 여전히 그의 검은 오르카를 위협하고 있었다.

마지막으로 한 번 더 의지를 거둬들이듯, 제튼이 재차 검을 비틀었다. 혼신의 힘을 다해 전방으로 내딛은 발을 반 바퀴나 틀었다.

발목이 부러질 것 같은 통증이 일어나며, 근육들이 비명성을 내질렀다. 그 결과, 아슬아슬하게 그의 검이 오르카의 머리 바로 옆을 스쳐지나갔다.

머리카락이 후두둑 잘려나가는 게 보였다.

하지만 그녀의 머리가 떨어지는 충격적 결말은 피할 수 있었다.

옆구리에 가벼운 자상.

그리고 발목에 중상.

현재, 예식을 치르고 있는 제튼의 몸 상태였다.

"결국…… 제가 낸 상처보다 본인이 만든 상처가 더 큰 모양이네요. 멍청하긴!"

벨로아의 이야기를 다 들은 오르카의 품평이었다.

어느새 그녀의 경계심은 상당부분 희석된 상태였는데, 이는 이야기의 중간에 날아든 제튼의 전음 덕분이었다.

[너 치료해 주신 분이다.]

덕분에 경계심이 일부 사라졌으나, 완전히 지워진 건 아니었다. 여전히 그녀의 인지능력 바깥에 존재하는 강자란 생각에 긴장되는 마음은 어쩔 수가 없었다.

물론, 이를 겉으로 드러내려 하지는 않았다. 어쨌든 그녀를 치료해 준 상대가 아닌가.

오르카의 품평을 들은 벨로아가 쓰게 웃으며 답했다.

"솔직히 그렇지. 하지만 분명 자네는 그의 검에 틈을 만들었네."

'나 역시도 그 일검은 가볍게 여길 수 없을 정도였건만.'

때문에 오르카의 존재가 놀라웠다.

'역사상 이렇게 대단한 여인이 존재한 적이 있던가.'

감탄에 감탄이 더해졌다. 한 때, 그들 일족 사회에서 회자될만 했다.

"……어르신이 저를 치료해 주신 분이라는 거군요."

"그렇다네."

자신의 혼의 의지를 전부 쏟아내어, 하얗게 불태웠던 그녀였다. 제튼이 마지막에 부상을 입어가며 검을 틀어줬다고는 하나, 그 육신과 달리 내적인 부분에서 이미 중상이었다.

일반적인 치료로는 답을 낼 수가 없는 상황인 것이다.

살아난다고 해도, 전과 같은 힘을 쓰려면 한두해 가지고는 부족한 상황이었다.

"내 비약 덕분에 이 정도까지 치료할 수 있었지."

"비약…… 입니까?"

"그렇다네. 아마 자네의 오러에도 큰 진전이 있었을 걸세."

이에 오르카가 잠시 내부를 관조해 보니, 아니나 다를까

전에 없는 거력이 내부에서 소용돌이치는 게 느껴졌다.

'대단해!'

눈이 번쩍 뜨였다. 조금 전까지 벨로아를 향하던 마지막 경계심의 잔재가 빠르게 흩어져갔다.

"대체…… 어떤 비약이기에……."

이 정도로 엄청난 기운을 잠재할 수 있단 말인가. 오르카의 표정에 벨로아가 쓰게 웃으며 말했다.

"그건, 비밀이라네."

말 하는 순간 벨로아의 정체도 탄로가 날 수도 있기 때문이었다.

드래곤 하트!

진정 전설이라고 해도 부족함이 없는 비약이기는 했다.

'아마도 오늘을 기점으로 크게 발전하게 되겠지.'

한계를 넘어 본능의 샘을 건너 혼의 의지를 일깨웠다.

'제튼 그 친구와 같은 초월자가 나오는 것이겠지.'

그녀를 치료하며 그 재능의 일부를 엿봤다. 이를 통해서 언제고 규격외의 초월자가 될 것임을 알았다.

하지만 오늘 사건을 통해서, 그 날이 더욱 빨리 올 거라는 걸 직감했다.

"저기…… 혹시, 제튼과 그 장소에서 겨루신 분이, 어르신입니까?"

그녀는 전투를 치르기 전, 평야에 남겨진 흔적들을 통해 거대한 힘의 잔재를 느꼈었다. 당시에는 제튼이 시간이 없다면서 대답을 피한 탓에, 그냥 넘어가야만 했다.

하지만 이렇게 벨로아를 마주하고 보니, 왠지 그가 평야에 흔적을 남긴 존재라는 느낌이 왔다.

이에 벨로아가 빙긋 웃으며 답해줬다.

"감이 좋군. 맞네. 지난달에 한 번 힘겨루기를 한 적이 있지."

'역시!'

오르카는 새삼스런 얼굴로 벨로아를 바라봤다. 언제고 제튼이 했던 이야기가 떠올랐다.

'세상은 넓고 강자는 많다더니.'

정말로 그런 것 같았다. 저 대단한 제튼과 힘겨루기라니.

"혹시…… 승부의 결과를 알 수 있겠습니까?"

"허허허헛!"

오르카의 물음에 벨로아는 그저 너털웃음만 흘릴 뿐이었다.

'설마…… 무승부?'

그냥 느낌이 그랬다. 웃음소리에서는 어떠한 패배의 여운도 승리의 쾌감도 느껴지질 않았기 때문이다.

뭐가 되었건 저 제튼과 대단한 전투를 치렀다는 건 분명

했고, 그 전투의 흔적만으로도 그녀를 놀라게 할 정도인 건 확실했다.

'사람인가?'

당연한 의문이었다. 그리고 당연히 사람은 아니었다. 이를 입 밖에 내뱉어 묻지 않으면서, 이에 관한 의문은 잠시간 보류상태가 될 수 있었다.

"결혼식도 거의 끝 무렵인 것 같은데, 그냥 저대로 둘 생각인가?"

벨로아가 슬쩍 그리 물으며 반응을 살피는데, 의외로 오르카의 반응은 덤덤했다.

"어쩔 수 없죠. 몸도 엉망이고…… 게다가 저는 그 일검을 막지 못했으니까요."

못 막았다고 하기 보다는 아예 안 막았다. 너 죽고 나 죽자는 형식으로 달려들었다. 검을 내지르던 무렵부터 기억이 없기에 자세히는 모르겠으나, 벨로아의 이야기를 토대로 재구성해 본 결과, 대충 그런 막장 그림이 그려졌다.

"게다가……."

지금쯤 제튼의 옆에 나란히 서 있을 여인의 얼굴이 떠올랐다.

"그녀는 나도 싫지 않아요."

벨로아가 의외라는 얼굴로 오르카를 바라봤다. 보통, 연적을 좋게 생각하기란 쉬운 일이 아니기 때문이었다.

'닮았으니까.'

몸이 약해서 일찍 세상을 떠났던 그녀의 친언니가 떠올랐다.

그 때문에 첫 만남부터 그녀에게 친근한 모습을 보여줬던 것이 아니겠는가. 게다가 친분을 나누고 난 뒤에는 그녀의 바른 성격에 재차 마음이 혹해버렸다.

"그렇다니 다행이군."

벨로아가 그렇게 말하며 치료실 구석을 뒤적거리기 시작했다.

'뭐지?'

그 모습에 오르카가 의아한 듯 바라보는데, 돌연 벨로아가 웃음을 터트리며 구석에서 나오는 게 아닌가.

"허허허헛! 역시, 여기에 있을 줄 알았지."

그의 손에 들린 건 찻잎을 보관하는 통처럼 보였는데, 오르카의 눈에도 제법 익숙한 통이었다.

'어라? 영감님이 고급 찻잎을 담아둘 때 쓰는 건데.'

그걸 어떻게 벨로아가 알고 있는 것일까? 아니, 애초에 왜 저게 저 구석에 숨어있는 것일까? 이해할 수 없는 의문이 연신 머릿속을 두드렸다.

"허헛! 마르한 이 친구, 찻잎 좀 담아갔기로서니 쪼잔하게 그걸 또 숨겨 놓을 줄이야. 하지만 내 코를 속일 수는 없지. 뿌헛헛헛!"

그의 행동에 한 가지 짐작가는 것이 있던지, 오르카가 조심스레 그에게 물었다.

"혹시…… 마르한 영감님과 아시는 사이세요?"

"허헛! 내 몇 안 되는 친구라네. 생긴 거나 직업에 안 어울리게, 조금 쪼잔한 부분이 있어서 더욱 재미있단 말이야. 허허헛!"

마르한이 들었더라면 노호성을 터트릴 이야기였다.

〈찻잎 조금 털어가? 어허! 그 귀한 찻잎을 두어번 먹을 것만 남기고 싹 털어간 놈이. 뭐? 조금? 조금!〉

이리 외치며 게거품을 물었을지도 몰랐다.

마치 자기 집이라도 되는 듯, 치료실 곳곳을 뒤적거리며 자연스레 찻잎을 우릴 준비를 마친 그가 찬찬히 물을 데우며 물었다.

"제튼 그 녀석은 결국 포기하는 건가?"

이에 오르카가 고개를 저었다.

"그럴리가요."

"이미 한 여자의 남편인데, 아직도 미련이 남나?"

"훗! 그 인간은 한 여자한테 만족할 작자가 아니네요."

그녀의 이야기에 벨로아의 표정에 작은 그늘이 생겼다.

'으음…… 그러고 보니, 천마에 대해서 모르는구나.'

브라만 대공과 제튼.

그녀는 그 차이를 알지 못했다.

'이것 참, 설명해 줄 수도 없고.'

제튼이 평소 느꼈을 갈등이 일부 이해가 됐다.

'어찌한다…….'

고민해 봤자 내어놓을 마땅한 해결책이 없었다.

"과거의 그와 지금의 그는 다른 사람이라고 생각하게."

이 정도 이야기가 해줄 수 있는 전부였다.

"과거는 과거일 뿐이라는 뭐 그런 말인 모양이네요?"

그녀의 물음에 벨로아가 고개를 끄덕이며 말했다.

"솔직히 묻겠네."

"예."

"제튼 그 친구가 과거의 모습 그대로라면, 자네에게 검을 뻗을 때, 과연 제 몸을 바쳐가며 검로를 틀었겠는가?"

"……."

오르카는 대답을 하지 못했다.

"직접 두 눈으로 확인을 하지 않아서 내 말이 믿기지는 않겠지만, 그래도 내 허언을 하는 사람은 아닐세. 지금 예식이 진행되고 있는 이 순간에도, 제튼 그 사람의 다리는 아주 엉망일 것이야. 내가 치료를 해 줬는데도 불구하고, 여전히 다리의 부상이 심각하단 말일세. 그런 부상을 입어 가면서 굳이 자네를 살리려 한 것이네."

그가 묻고 있었다.

〈과연, 브라만 대공은 그럴 수 있을까?〉

오르카의 침묵이 길게 이어졌다.

◈

오른 다리가 욱씬거렸다. 근육이 비틀리다 못해 파열된 부분들이 여럿 있었는데, 한 순간에 워낙 큰 힘을 강제하려 했던 나머지, 뼈에도 무리가 있었던 듯, 깊은 곳에서부터 올라오는 통증도 만만치가 않았다.

'급한대로 치료를 하기는 했는데도 이 정도니. 쯧!'

드래곤의 마법으로도 완치가 어려울 만큼 만신창이가 된 모양이었다.

당연하다면 당연하달까?

'전력이 담긴 검이었으니까.'

제튼은 스스로도 왜 그랬나 싶은 생각이 들었다.

'미친 거지.'

그녀, 오르카가 보내던 눈빛에 반쯤 넘어가버렸다. 그래서 정말 진심으로 마음의 검을 뽑았다.

벤다!

오로지 그 생각만으로 내지른 검을 뒤늦게 회수하려 하니, 그 안에 담겼던 그의 의지들이 반발하는 건 당연했다.

그 반작용이 다리에 몰린 것이다.

'에휴…….'

한숨이 절로 나올 것 같았으나, 웃었다.

활짝!

지금은 예식이 한창이었다. 이 아름다운 순간에 인상 찌푸리며 끙끙대는 건, 아무리 생각하도 어울리지 않았다.

슬슬 예식도 끝을 향해 가고 있었다.

"이제 맹세의 입맞춤을 통해, 주신 앞에서 서로의 사랑을 확인하도록 하겠습니다."

첫 결혼식이라고는 하나, 이 부분이 예식의 마무리 단계라는 것 정도는 알고 있었다. 제튼이 조심스레 셀린의 면사포를 걷어 올렸다.

안이 비칠 정도로 얇은 면사포건만, 이상하게도 그게 있고 없고의 차이가 크게 느껴졌다.

한층 선명하게 다가오는 그녀의 아름다운 얼굴에 왠지 모르게 가슴이 두근거리는 게 아닌가. 이런 그의 모습에 전염이라도 된 듯, 셀린 역시 얼굴을 더욱 붉히며 긴장한 모습이 되어버렸다.

결혼식이라는 특별한 상황 때문일까?

이상하게 긴장이 되고 있었다. 하지만 주저하지는 않았다. 평소보다 더욱 조심스러운 모습이기는 했으나, 분명하게 다가갔고 선명히 입술을 마주하고 포갰다.

이내, 그들의 입술이 떨어지자 기다렸다는 듯 마르한이

외쳤다

"이로써 두 사람은 주신의 축복아래 하나의 운명공동체가 되었습니다. 모두 힘찬 박수로 이들 부부를 축하해 주시기를 바랍니다."

마르한의 주례사에 맞춰, 하객들이 일제히 힘차게 박수를 쳤다.

'드디어 끝난 건가.'

생각 이상으로 힘들었다고 해야 할까? 다리의 통증 때문이 아니라, 그냥 힘겨운 순간이었다. 긴장감에 아픈 다리도 아닌 멀쩡한 다리가 후들거릴 정도였다.

잠시 숨을 고르며 셀린에게 손을 내밀었다. 마침 그녀도 호흡을 조절하는 중이었던 듯, 입술을 달싹거리고 있는 게 보였다.

이내 손을 맞잡은 채, 하객들의 축하와 축복이 내려앉는 길 위를 천천히 걸어 나갔다.

짧지만 긴장감 가득했던 예식이 끝을 알렸다.

◈

심각하다 못 해, 저승문턱에 한 발 걸치고 나왔던 오르카였다. 헌데도 깨어난지 얼마나 됐다고 금세 회복에 돌입하고 있으니, 벨로아는 새삼 대단하다는 생각을 하며 그녀를 바라봐야만 했다.

'이거야 원…… 괴물이 따로 없어.'

제튼이야 따로 규격 외의 존재가 개입한 것이고, 천마는 직접 만나보질 못해서 이렇다 할 평을 내리기가 어려웠다.

하지만 눈앞의 여인.

검작공 오르카!

과연, 검의 귀족이라고 해야 할까. 대단하다는 생각과 함께, 드래곤의 뇌리에 '괴물' 이라는 단어를 연상하게끔 만드는 놀라운 쾌거를 이룩해버렸다.

'연공법의 힘인가.'

신체의 치유력을 극한까지 끌어올리고 있었는데, 그 와중에 아주 자연스럽게 그가 심어놓은 드래곤 하트를 흡수하는 게 보였다.

문득, 그녀를 치유하면서 관찰했던 육신의 비밀이 생각났다.

'축복받은 신체인가.'

다른 말로는 하늘이 내린 재능의 소유자였다. 보통은 이런 아이들을 데려다 영웅으로 키우고는 했다.

'역대 영웅들 중에서도 가장 뛰어나.'

감탄에 감탄이 더해질 만큼 놀라운 신체였는데, 더욱 충격적인 건 '그녀' 라는 점이었다.

역대 최강의 육신을 지닌 '여인' 인 것이다.

'정말…… 재미있단 말이지.'

제튼을 만나고 난 뒤로는 매 순간순간 흥미로운 일들로 가득했다.

문득 또 다른 관심거리가 생각났다.

'용병왕.'

그 역시 영웅급의 육신을 지녔다.

'하지만 겨우겨우 한 발 걸친 정도란 말이지.'

그가 영웅을 뽑아야 한다면, 순위 바깥으로 밀릴 그런 육신이었다.

헌데, 역대 영웅들 중에서도 손에 꼽히는 실력자가 됐다.

'천마…….'

자연스럽게 또 다른 존재에게로 관심이 넘어갔다. 사실, 가장 큰 관심거리는 따로 있었으나, 안타깝게도 이 세상에 없는 까닭에 제외대상이었다.

때문에 주변 인물들을 상대로 대리만족을 할 수밖에 없었다.

'제튼.'

그런 의미에서, 결국 관심의 방향이 제자리로 돌아오는 것이다.

"후우우우……."

문득 들려오는 깊은 숨소리에 고개가 돌아갔다. 연공법을 마친 것인지, 오르카가 눈을 뜨고 있었다.

동시에 한층 정제된 기운이 느껴졌다.

“어떤가? 내 비약이 제법 괜찮지?”

그의 물음에 오르카가 그 자리에서 일어나 깊이 예를 취하며 말했다.

“감사합니다. 이 은혜 평생을 잊지 않도록 하겠습니다.”

그녀의 인사에 고개를 끄덕이던 벨로아가 슬쩍 질문을 던졌다.

“그렇다면, 내 궁금증이나 하나 해결해주게.”

“뭐든 물어보십시오.”

그녀답지 않은 정중한 태도였으나, 이는 어쩔 수 없는 일로써, 그만큼 몸 안에서 느껴지는 ‘비약’이 대단했던 것이다.

“혹시, 어릴 적에 커다란 빛의 힘을 받은 적 있나?”

그녀의 육신을 살피면서 발견해낸 가장 큰 화젯거리였다.

이에 오르카가 깜짝 놀라는가 싶더니 잠시간의 망설임 끝에 결국 입을 열었다.

“예. 그로 인해서 제 육신이 크게 변했다고 들었습니다.”

“그렇군…… 혹시 마르한 그 친구의 성력인가?”

“……예. 목숨이 위험했던 저를 살리시려고, 탈진하실 때까지 성력을 퍼부으셨죠.”

실제로 마르한은 그 당시 치료가 끝나고 사흘을 내리 잠만 잤다. 깨고 난 뒤에도 일주일이 지나서야 거동이 가능했을 정도였으니, 그가 한 고생이 충분히 짐작가고도 남았다.

그는 당시의 경험으로 새로운 빛의 찬가를 깨우쳤다며, 감사하는 그녀를 오히려 친 손녀처럼 아껴주었다.

"그래. 그랬어. 그런 거였군."

벨로아가 연신 고개를 끄덕여보였다.

"제 스스로 이런 말을 하는 것도 우습지만, 제 재능이 제법 뛰어나 가문의 후계로 뽑혔습니다. 하지만 마르한 사제님의 성력 덕분에, 그 재능이 한층 더 성장했다고 들었습니다."

평소라면 마르한 영감님이라 했겠으나, 큰 은인이라 할 수 있는 벨로아의 앞이기에 예의를 지키는 것이었다.

굳이 비교를 하자면, 과거 그녀의 목숨을 구해줬던 마르한에 버금가는 은혜를 입었다고 여겼다.

경지를 넘어 정체되기 시작한 그녀였다. 몸 안의 기운은 그런 그녀에게 새로운 도약의 발판을 마련해 줄 것이 틀림없었다.

'이런 비약이 존재한다니.'

그녀의 가문에도 나름의 비약들이 존재하고 있었으나, 이 정도로 대단한 건 여태껏 경험해 본 적이 없었다.

그녀 이전에는 이렇다 할 뛰어난 실력자가 배출되지는 않았으나, 그래도 오랜 시간을 꾸준히 개발하고 연구를 이어 온 가문이었다. 힘의 크기에 상관없이 역사로 쌓은 경험의 산물들이 집안 가득 존재했다.

그런 만큼 비약의 위력이 한 층 절실하게 와 닿았다.

"앞으로 어르신도 마르한 사제님과 마찬가지로, 집안의 큰 어른으로 여기며 모시도록 하겠습니다."

"허헛! 거 참. 자네 생각이 그렇다면야 거절하는 것도 도리가 아니겠지. 그리고 굳이 그렇게 딱딱하게 대할 필요 없이, 그냥 편안하게 대하게. 자네 말처럼 집안 어른, 그러니까 할아버지 대하듯 하면 될 게야."

"알겠습니다."

대답을 하는 오르카의 눈이 요상하게 빛을 뿜었다.

"앞으로 잘 부탁해요. 영감님."

허락이 떨어지기가 무섭게 풀어지는 그녀의 모습에, 벨로아가 잠시 넋을 놓으며 바라봤다.

"저희 집안이 생각보다 자유분방해서요."

이어지는 그녀의 이야기에 결국 벨로아가 웃음을 터트렸다.

"허허허헛!"

낚였다는 기분이 드는 건 왜일까?

적당히 분위기가 풀렸다고 생각될 즈음, 문득 오르카가 허공을 바라보며 말문을 열었다.

"야. 들리냐? 바람둥이 들려?"

누구를 향해서 하는 소리인가 싶었는데, 황당하게도 대답하는 음성이 있었다.

[바람둥이라니. 누구 말하는 거냐?]

허공중에 나직이 울리는 목소리가 익숙했다.

"너 말하는 거다. 제튼 반트, 너!"

그녀의 이야기에 재차 허공이 울렸다.

[쓸데없는 소리 말고, 왜 부른 건데?]

허공중에 날아든 물음에 오르카가 용건을 말했다.

"결혼 선물이나 줄까 하고."

[선물이라니?]

옆에서 듣고 있던 벨로아 역시 의문이 담긴 눈빛으로 그녀를 바라봤다.

"오는 길에 재밌는 걸 발견했거든."

[재밌는 거?]

그녀가 활짝 웃으며 대답했다.

"리베란 공작. 그 영감님이 이곳으로 오고 있던데."

[……그건, 재미없는 이야기 아니냐?]

"왜? 난 재밌는데. 오호호홋! 그 영감이 더 빨리 달려와서 아주 여기를 난장판으로 만들었어야 하는 건데."

어째선지 싸늘한 한기가 느껴지는 내용이었다.

그 순간 식장에서 행진 중이던 제튼이 몸서리를 쳤고, 셀린의 걱정스런 눈길이 따라왔다.

"하~! 재밌겠다. 빨리 안 오려나?"

아는지 모르는지, 오르카는 그저 재미있다는 듯 밝게, 맑게 웃으며 그리 중얼거릴 뿐이었다.

이를 본 벨로아가 작게 몸서리를 쳤다.

'으음…… 여인의 한이란.'

다행히 신음성이 새는 건 막을 수 있었다.

◈

다그닥…… 다그닥……

너른 평야를 가로지르며 멋들어진 마차 한 대가 나아가고 있었다.

언뜻 마차에서 풍기는 고급스러움이 고위 귀족가의 마차라는 걸 연상케 했다.

어디의 마차인가?

안타깝게도 마차 어디에도 상징적인 문양들이 비치질 않아, 어느 집안의 마차인지는 판별이 어려웠다.

드르륵.

그 순간 마차의 창문이 열리면서 드러난 얼굴 덕분에 작

게나마 의문을 걷어갈 수 있었다.

리베란 공작.

빠른 속도로 노화가 진행되기라도 하듯, 하루하루 늙어가는 그가 주름 가득한 얼굴로 창밖을 향해 고개를 내밀었다.

"멋지군."

저 하늘 너머로 떨어져 내리는 태양빛이 마치 자신을 닮은 것 같아 일부러 창까지 열어가며 눈에 담았다.

"바람이 찹니다."

맞은편에서 그의 오른팔이라 할 수 있는 브레드가 걱정스런 어조로 말을 건네 왔다.

"허헛! 괜찮네. 아무리 노쇠했다고 해도 이 정도 바람은 거뜬하니까. 걱정 말게."

그러나 브레드의 안색은 전혀 풀어지질 않았다.

'공작님…….'

그의 주군이며, 동시에 마법의 스승이고 또한 동반자이기도 한 리베란 공작이었다.

'새로운 진리의 폐해가 이토록 클 줄이야.'

리베란 공작은 이 역시 진리로 향하는 길로써, 진리의 한 갈래라고 하였으나, 그것은 마치 전혀 다른 종류의 힘인 듯, 리베란 공작의 생을 빠르게 앗아가고 있었다.

마도에 이른 그의 육신이 저처럼 빠르게 노쇠하고 있는 건 그 때문이었다. 물론, 그 연령이 워낙 고령인 까닭도 있었으나, 그래도 지금의 모습은 정상적이지 않았다.

"자꾸 그런 눈빛으로 보지 말게나. 꼭 당장이라도 관을 짤 것 같아서 무섭네."

"그…… 그 무슨 말씀을."

리베란이야 농으로 던진 말이라고 하나, 이를 받아들이는 브레드는 너무 와 닿는 내용이라 웃어넘길 수가 없었다.

"허허……."

수하의 모습에 너털웃음을 터트린 리베란 공작이 재차 창밖으로 시선을 던지며 말했다.

"멋진 풍경이야. 그런 어두운 표정만 하지 말고, 자네도 함께 감상하는 게 어떤가."

결국 브레드도 창밖으로 시선을 던졌고, 이내 저 맑은 창공을 붉게 물들이고 있는 석양을 확인할 수 있었다.

이를 곁눈질로 바라본 리베란 공작이 슬쩍 물었다.

"멋지지 않나."

"예. 멋집니다."

리베란 공작만큼은 아니라고는 하나, 브레드 역시 황혼 무렵에 이른 고령의 나이였다.

그 역시 저 석양을 통해 나름대로 느끼는 바가 있는 것이다.

"이번 임무가 아마, 자네와 하는 마지막 임무일 거야."

문득, 리베란 공작이 감상에서 벗어나는 화젯거리를 내던졌다.

"잘 부탁하네."

뜬금없는 이야기에 브레드의 시선이 그에게로 돌아갔다.

여전히 창밖을 바라보고 있는 리베란의 옆얼굴이 보였다. 석양을 받아 불그스름한 그 모습이 너무나 잘 어울린다는 생각이 들었다.

"……예."

왠지 목이 메여와 제대로 답을 하기가 어려웠다.

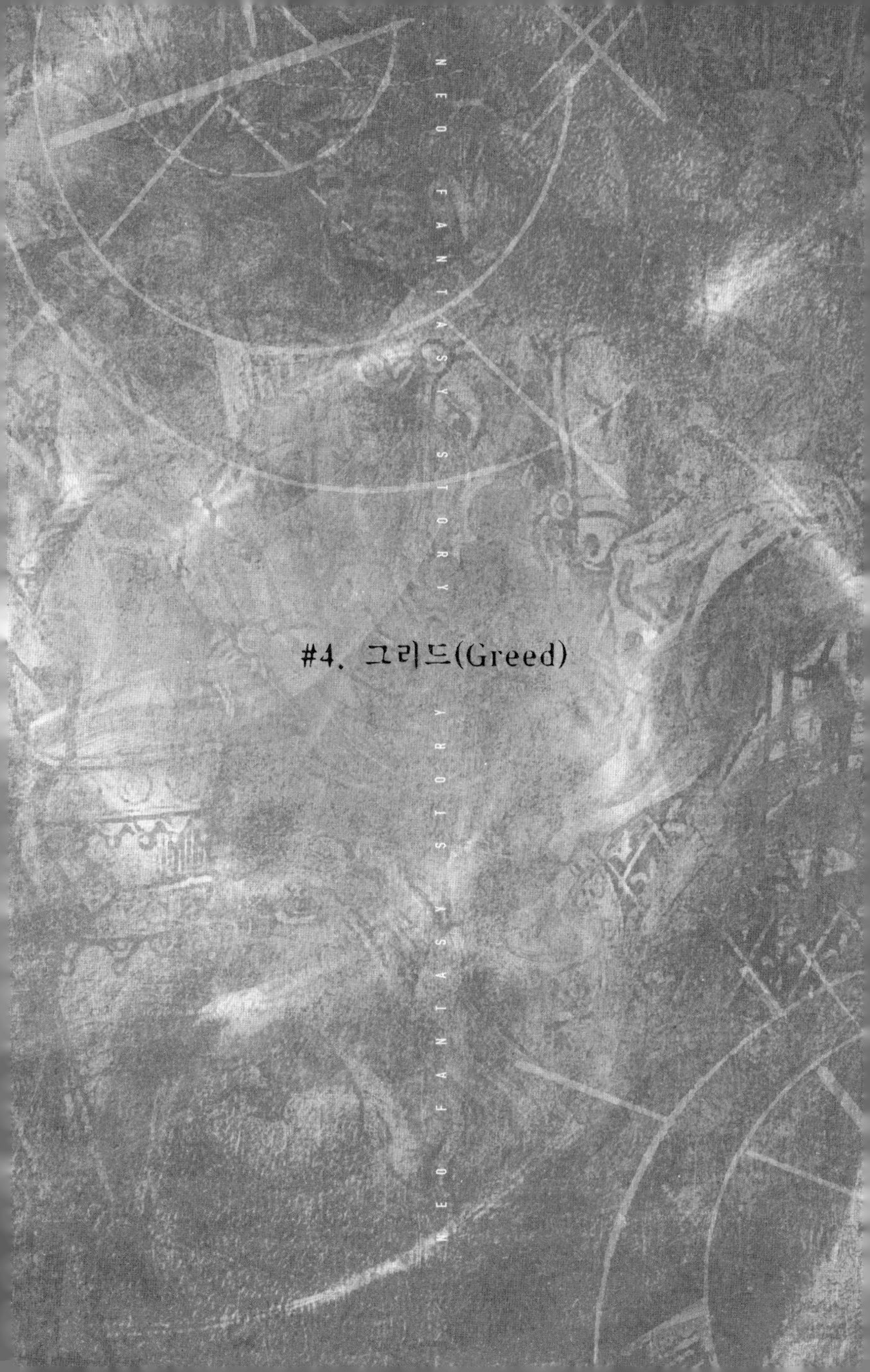

#4. 그리드(Greed)

#4. 그리드(Greed)

신혼여행.

그 축복받은 부부만의 시간이 제튼과 셀린에게도 찾아왔다. 예식이 끝나기가 무섭게 출발 준비를 서둘렀다. 시간이 얼마 없기 때문이었다.

각자의 일이 있는데다가 제니와도 길게 떨어져 지내기가 어려운 탓에, 1박 2일로 짧게 잡힌 여정이었다.

그동안 제니는 외가에서 맡게 되었다. 어찌 보면 아이에게는 지금까지와 다를 것 없는 생활이기에, 크게 걱정이 되지는 않았다.

그렇게 허락된 그들만의 시간이었으나, 안타깝게도 제튼은 이를 온전히 만끽하기가 어렵다는 걸 깨달았다.

'리베란 공작… 으음!'

그가 이곳으로 오고 있는 것 같다는 이야기를 들었다. 고민 끝내 내린 결론은 하나였다.

"신혼여행. 다른 지방으로 가 보는 게 어때요?"

"……뭐?"

셀린의 놀란 얼굴에 제튼이 쓰게 웃었다. 원래 예정된 장소는 이곳 루마니언의 중심지라 할 수 있는 로사테인 자작령 정도였기 때문이다.

"어디로 갈 생각인데?"

그녀의 물음에 제튼이 생각해놨던 장소를 입에 올렸다.

"헤일로만 백작령 어때?"

셀린의 눈이 동그래졌다.

"그렇게 멀리?"

바로 옆 지방이라고는 해도, 타 지방인데다가 그곳의 대영지인 헤일로만 백작령은 이곳 루마니언 지방의 반대편 쪽에 더 가까웠기에, 1박 2일이라는 시간에 다녀오기에는 시간이 부족했다.

마차를 타고 종일 달린다고 가정을 했을 때에야 겨우 다녀올 수 있는 거리였다.

"걱정 마세요. 금방 도착할 수 있으니까요."

제튼이 그 말과 함께 셀린에게 손을 내밀었고, 잠시간 주저하는 듯싶던 그녀도 결국 허락하듯 그 손을 맞잡았다.

그리고,

이내 그 둘의 신형이 아르낙 마을에서 사라졌다.

◈

은은한 차향에 이끌리듯, 찻잔을 입에 가져가던 손길이 멈췄다. 동시에 시선이 창밖으로 향하는데 입가에 걸린 씁쓸한 미소가 왠지 신경 쓰였다.

"왜 그러느냐?"

마르한은 조심스레 물음을 던졌고, 이에 창밖으로 시선을 줬던 오르카가 시선을 거두며 찻잔을 입에 기울였다.

그리고 이내, 와락 일그러지는 표정이 가관이었다.

"으엑! 이런 걸 왜 먹는 겁니까. 대체!"

"어허허헛!"

선물 받은 고가의 잔을 던지듯 내려놓는 그녀의 모습에 살짝 당황하기는 했으나, 이내 웃음으로 털어버렸다.

그보다는 조금 전 그녀의 표정이 신경 쓰인 까닭이었다.

이런 그의 마음을 눈치 챈 듯, 오르카가 재차 창밖으로 시선을 던지며 말했다.

"결국…… 가버렸네요."

"무슨 말이냐?"

"그놈이요. 조금 전에 막 신혼여행인지 뭔지를 떠난 모양이에요."

"허헛!"

"그놈의 신혼여행 다 폐지해 버려야 하는데."

"귀족들이 먼저 즐기던 문화가 아니더냐."

"그러면 귀족들이나 계속 즐길 것이지, 왜 쓸데없이 밑에까지 퍼져가지고는, 쯧!"

"어쩌겠느냐. 위에서 하는 건 좋게 보이는 법이니. 그리고 크게 나쁜 것도 아니지 않느냐. 게다가 이제는 전 대륙적인 문화가 된 것이니, 아무래도 폐지는 불가능 할 게다."

"쯧!"

연달아 혀를 찬 오르카가 조금 전에 느껴졌던 기운의 흐름을 떠올려봤다.

'저 방향인가.'

왠지 술이 땡겼다. 그래서일까? 무의식중에 잔을 들고 입에 기울여버렸다.

"우엑!"

재차 쓴맛이 입 안 가득 퍼져갔다.

◆

점점 멀어지는 두 개의 기척을 쫓아, 저 먼 하늘로 시선을 던지던 벨로아는 등 뒤에 다가든 기척에 고개를 내려야만 했다.

"허허…… 거 참, 안 된다고 하는데도 끈질기군 그래."

그리 말하며 뒤편을 바라보니, 웬 그림자 하나가 땅바닥으로 흘러내리는 게 아닌가.

"정령술을 가르쳐 주십시오."

그림자는 마누스였는데, 그가 무릎을 꿇으며 크게 외치고 있었다. 거기에 더해 흙바닥에 머리까지 비비며 처절하다 싶은 모습까지 보여주는데, 벨로아의 대답은 한결같았다.

"누차 말하지만, 우리 일족의 정령술은 외인에게 함부로 누설할 수 없다네."

이에 대응하는 마누스의 모습도 한결같았다.

"정령술을 가르쳐 주십시오!"

그 말밖에 모르는 듯, 매번 그리 외쳐대는 그의 모습에 벨로아가 고개를 절레절레 저었다.

슬쩍 시선을 내려 그의 안색을 살피니, 허옇던 얼굴이 꺼멓게 죽어 있었다. 바닥에 머리를 대고 있어서 제대로 확인하기가 어려웠으나, 하도 자주 마주하는데다가 언뜻 비치는 얼굴색으로도 충분히 가늠할 수 있었다.

가족에 대한 걱정이 그를 저리 어둡게 만든 것이다.

자신을 바라보는 시선을 느꼈음일까? 마누스가 고개를 들어 벨로아와 시선을 마주했다.

잠시간 그렇게 눈을 맞춘 채 침묵의 시간이 흘렀다.

"후…… 인간의 집념이란. 쯧!"

어지간하면 웃음을 잃지 않던 벨로아가 결국 한숨과 함께 얼굴 표정을 굳혔다. 짧게 혀를 찬 그가 자세를 낮춰 마누스와 눈높이를 맞추며 말했다.

"말했듯이, 우리 일족의 정령술은 외인에게 전하는 게 불가하다네. 그러니 자네의 정성이 갸륵하다고 해서 전수할 수는 없단 말일세."

'애초에…… 전수 자체가 불가능하지.'

드래곤의 정령술은 그들 일족이기에 가능한 것이었다. 인간이 그들의 것을 익히고자 한다면, 적어도 해츨링 수준의 드래곤 하트라도 지니고 있어야 했다.

그렇다고 엘프들의 정령술을 전수하기도 어려웠다. 비록 그들 일족이 중간계 최강의 종족으로써, 전 생명체들의 정점에 있다고는 하나, 타 일족의 운명과 직결되는 문화를 함부로 전수하는 건 불가능했다.

위대한 존재.

이 수식어와 함께 따라오는 또 다른 단어.

조율자!

어쩌면 그들이야말로 가장 많은 제약 속에서 살아가는 종족일지도 몰랐다.

'거대한 힘에는 그에 따르는 책임감도 큰 것이니.'

이도저도 쉽지가 않은 상황이었다.

"하지만 간단한 충고 정도는 해 줄 수 있지."

때문에 나름의 타협점을 제시하기로 했다.

"정령술은 배우기 이전에 느끼는 것일세."

아리송한 이야기에 마누스의 두 눈 가득 의문이 깃드는 순간이었다.

"나머지는 자네의 정령에게 듣게나."

벨로아가 그 말과 함께 대뜸 마누스의 어깨에 손을 올리는 게 아닌가.

'이게…… 무슨?'

깜짝 놀라야만 했다. 그도 그럴게 어깨 위로 밀려드는 거대한 힘의 흐름이 생경했기 때문이었다.

하지만 또 익숙하기도 했다.

'이건?'

그의 정령이었다. 한동안 떨어졌던 그의 정령이 어깨를 통해 넘어오고 있었다.

'이 무슨…… 말도 안 되는!'

기억 속에 존재하는 정령의 힘은 이 정도가 아니었다. 어마어마한 존재감이 밀려드니 절로 정신이 아찔해지려 했다.

[정신을 바로 잡게!]

순간 가슴을 두드리는 외침에 눈이 번쩍 뜨였다. 벨로아의 음성이었는데, 고위의 메시지 마법이라도 사용한 것 마냥 귀로 전달되는 음성이 아니었다.

"크으으음!"

신음성이 절로 새나왔다. 그러나 조금 전 그 음성 덕분인지 이상하게도 정신을 잃지는 않았다.

그 모습에 벨로아가 작게 고개를 끄덕였다. 용언으로 힘을 불어넣어준 덕분에 무리 없이 정령의 전이를 마칠 수 있을 것 같았다.

제튼과 약조했던 보름은 이미 지났다. 다행스럽게도 정령이 눈을 떠 줬으나, 아직 완전히 깨어난 건 아니었다.

아직 온전한 정신이 아니라는 의미였다. 그저 급한 불만 끄듯이, 치료만 일단락 시킨 상태인 것이다.

결혼식도 끼어있는 까닭에 제튼도 이야기를 다음으로 미룰 수밖에 없었다. 그리고 벨로아는 이 틈을 이용해 정령을 마누스에게 보내기로 결심한 것이다.

'나를 괴롭히던 집념이라면 충분히 정령을 받아들일 수 있겠지.'

완전히 깨어나고 전이할까도 생각했으나, 그렇게 되면 마누스가 정령을 받아들이는데 준비하는 시간이 길어질 터였다.

차라리 지금 정령을 보내고, 정령이 깨어나면서 함께 그의 정령력도 키워나가게 하는 것이 나을 터였다.

'대신, 한동안은 좀 고통스럽겠지만……'

갑작스레 큰 힘을 받아들이고, 거기에 더해 그 큰 힘에 맞춰 육신도 함께 강제적인 변화를 맞이하게 될 것이었다.

최소한의 준비가 갖춰지기 전까지는 지독한 통증이 매 순간을 함께 할 터였다.

'그 집념이라면, 분명…… 버텨낼 수 있겠지.'

그리 믿으며 강제적으로 정령을 넘긴 것이다. 정령 스스로도 자신의 계약자를 살리고자 적당히 호흡을 맞춰 줄 것이라고 믿었다.

정령이 아직 완전히 깨어나진 않았다?

이는 바꿔 말하면 일부 의식이 깨어있다는 의미이기도 했다.

'가장 뛰어난 정령술은 정령과 계약자가 함께 성장하는 것이지.'

강제적인데다가 의견일치도 되지 않은 채 시작한 것이라고는 하나, 어쨌든 짧은 기간을 통해 마누스와 그의 정령은 함께 커 나갈 터였다.

'그나저나…… 이를 어찌한다.'

조금 전, 정령의 전이가 막 이뤄지려는 찰나, 정령이 그의 의도를 눈치 챈 듯, 힘겹게 하나의 의념을 보내왔다.

[그가…… 온다.]

의미를 알 수 없어서 바쁘게 머리가 돌아가려는데, 다행히도 하나의 단어가 더 이어지면서, 대략적인 추측이 가능해졌다.

[……탐욕……]

탐욕의 계약자가 오고 있는 모양이었다. 그리고 이 짧은 의념으로 뜻밖의 정보도 얻을 수 있었다.

'그…… 남자인가.'

거기에 더해 오고 있다는 걸 느꼈다는 건, 상당부분 가까운 거리에 존재한다는 의미였다.

아직 완전히 회복하지 못 한 상태이건만, 헌데도 이를 느꼈다?

'한때나마 연결되어 있었기에 가능한 일이겠지.'

거기에 더해, 탐욕이 일정 영역 이상으로 들어왔기에 읽어낼 수 있던 부분이기도 할 터였다.

마지막으로 한 가지 더 결정적으로 중요한 것이 있었으니, 바로 정령의 상태였다.

'그걸 파악할 정도로 회복이 된 것인가.'

예상대로 정령왕의 가드가 맞는 모양이었다. 감각 면에서는 드래곤도 감탄할 정도로 대단한 이들이 바로 정령들이었다.

정령왕 바로 아래인 가드들의 감각은 그와 같은 고룡도 감탄할만한 영역일 것이 분명했다.

'게다가 상대가 탐욕이라는 걸 인지하고 있다는 건, 기억적인 부분에서도 큰 이상이 없다는 거겠지.'

완전히 깨어났을 때, 생각 이상으로 많은 정보를 얻어낼 수 있을 것 같았다.

'얼마나 걸리려나.'

마누스에게 전이한 이상, 예정이 좀 더 길어질 것은 뻔한 흐름이었다. 당장 자세한 정보를 얻기는 어렵다는 의미였다.

'뭐…… 급할 필요는 없으려나.'

탐욕이 이곳으로 오고 있다는 걸 생각해 본다면, 결국 만나게 될 것 같았다.

'직접 알아보면 될 일이지.'

그렇게 생각하며 마누스에게서 손을 뗐다. 어느새 정령의 전이가 끝난 까닭이었다.

"으…… 으으으으……."

용언의 힘으로 정신을 부여잡고 있기는 하나, 상당히 고통스러워 보이는 마누스의 얼굴이 보였다.

"고생하시게."

밸로아는 그렇게 한 마디를 남기고는 그곳을 벗어났다.

이제부터는 마누스의 외로운 싸움이었다.

◆

"빌어먹을 영감탱이들! 그 눈알을 후벼 파고…… 주둥이를 찢어……."

연신 욕짓거리를 늘어놓으며 산길을 걸어가는 사내가 있었다. 헌데, 걸어가는 모습과 달리 신형은 날아가는 신비로운 모습이 비쳤다.

바람처럼 산길을 지나가는 사내의 정체는 바로 헤룬이었다.

어쩐 일인지 황실 회의가 잠시간 미뤄지고 있는 상황이어서, 이를 틈타 빠르게 마누스의 일을 해결하러 달려가는 중이었다.

시간 적 여유가 있다면, 다른 수하들과 함께 길을 나서겠으나, 생각보다 긴 시간을 내기가 어려운 탓에, 이처럼 그 홀로 움직이는 중이었다.

'혼자서 해결하는 게 가장 빠르다니. 아직도 멀었군.'

적어도 정령부대의 수하들이 그가 내달리는 이 속도는 따라와 줄 수 있어야 했다.

하지만 아직 수준이 미미한 탓인지, 거기까지는 바라기가 어려웠다.

때문에 이번 마누스의 사태에 더욱 화가 나는 것이었다.

'그나마 쓸 만한 놈이었는데. 쯧!'

유일하게 그의 뒤를 따라올 수 있는 존재이기도 했다.

짧게 혀를 찬 그가 더욱 큰 정령력을 일으키며 바람에 몸을 맡겼다.

탐욕에게 이름을 빼앗긴 바람의 정령이 그의 등을 부드럽게 밀어주고 있었다.

'루마니언 지방의 아루낙.'

수하들에게 들은 목적지를 떠올리며 바람을 탔다.

◈

과연 대영지라고 해야 할까? 헤일로만 백작령의 규모는 어마어마했다. 게다가 눈이 돌아갈 만큼 멋드러진 건물들이 가득해서, 보는 즐거움이 절로 충족될 정도였다.

하지만 그럼에도 불구하고 셀린은 주변의 풍경에 제대로 집중하지 못했다.

조금 전, 이곳으로 오기 위해서 거닐었던 하늘의 풍경이 머릿속에서 떠나질 않는 까닭이었다.

하늘 구경이 처음은 아니었다. 이미 지난해에 제튼과 함께 올라가 본 적이 있었다.

하지만 당시에는 제튼의 충격 선언 때문에 복잡한 심경으로 주변을 둘러봐야 했다. 당연히 제대로 눈에 들어왔을 리가 없었다.

하지만 이번에는 달랐다.

결혼식을 올리고, 마치 환상처럼 기쁨이 정점에 달한 상황에서 하늘에 올랐다. 최고의 상황이었다.

게다가 풍경 역시 최고였다.

마침 저 멀리 해가 떨어지며 쏟아내기 시작한 붉은 빛의 찬가는 절로 탄성이 나오게 만들었고, 그에 화답하듯 발 아래로 펼쳐진 산과 들 그리고 강의 하모니는 감탄사로 호응하게끔 해줬다.

대자연이 만들어낸 걸작을 보고 온 것이다.

'당연히 백작령의 풍경이 눈에 들어올 리가 없지.'

게다가 이미 이와 비슷한 풍경은 로사테인 자작령에서 한껏 즐기지 않았던가.

비슷한 것이라고는 하나, 어쨌든 이미 겪어 본 것과 완전히 처음 겪어 본 것의 차이가 더욱 그녀의 집중력을 빼앗고 있는 것이다.

대자연의 풍경을 머릿속에 그려가던 셀린은 문득 제튼에게로 시선을 넘기며 눈을 빛냈다.

'어떤 과거를 지낸 걸까?'

그녀가 비록 마법사나 기사와 같은 방면에 대해 아는 것이 없다고는 하나, 그래도 기본적으로 주워듣는 지식만으로도 추려낼 수 있는 정보가 있었다.

제튼은 특별했다.

감히 그녀가 상상하지 못 할 정도로 대단하다는 걸, 이제는 충분히 짐작이 가능했다. 자꾸만 그의 과거에 대해 묻고 싶어지려는 마음이 생겨났다.

'안 돼!'

하지만 참았다. 그의 마음이 내킬 때까지 기다려 주기로 했다.

단지, 한 가지 걱정거리가 있었으니,

'내가 감당할 수 있을까?'

상상을 넘어설지도 모르는 그의 과거를 받아들이는 게 가능할지, 여러모로 걱정이 될 뿐이었다.

그녀의 마음을 아는지 모르는지, 제튼은 그녀의 손을 당기며 앞으로 걸어가고 있었다.

"여행을 즐기러 가 볼까요."

제튼의 그 말에 셀린이 고개를 끄덕이며 상념을 훌훌 털어냈다.

'지금, 이 순간에 집중하자!'

그렇게 헤일로만 백작령 탐방이 시작되었다.

헤일로만 백작령을 한껏 돌아보다, 어둠이 깊게 내려앉고 난 후에야 숙소를 잡았다.

하지만 워낙 잘 구비된 마법등 덕분인지, 밤이 깊어도 깊었다는 느낌이 전혀 들지 않았다.

게다가 어둠을 밝혀주는 마법등이 도로 가득 깔려 있어서일까? 여전히 많은 사람들이 거리를 득실거리는 탓에, 여전한 활동감이 거리에 넘쳐흘렀다.

하늘을 보고 어둠을 확인하지만 않는다면, 대낮이라고 해도 믿어줄만한 풍경이었다.

“여기…… 너무 비싸 보이는데.”

셀린은 제튼이 잡은 숙소를 바라보며 연신 불안감을 내비쳤다. 그도 그럴게 제튼이 잡은 숙소라는 게, 바로 귀족들이나 이용할 법한 고가의 ‘호텔’이라는 숙박시설인 까닭이었다.

한 때, 바헨가의 안주인이었던 만큼 이런 곳의 가격에 대해서도 제법 빠삭했다. 당연히 만만찮은 숙박비를 염려할 수밖에 없는 것이다.

“걱정 마요. 저 생각보다 능력 있는 남자에요.”

그리 말하며 힘차게 셀린을 이끌어가니 결국 그녀도 안으로 발을 들일 수밖에 없었다.

“그리고 신혼여행인데, 좀 특별해야하지 않겠어요.”

거기까지 이야기를 들으니, 셀린도 정 반대만 하기가 애매해져 버렸다.

‘확실히…….’

그들은 신혼이 아니던가. 제튼이 그녀를 이끌고 걸어가며 말했다.

"오늘은 정말, 특별한 밤을 보내봐야죠."

그 말과 함께 눈을 반짝이며 쳐다보는데, 괜히 얼굴이 붉어지는 기분이었다.

"가죠."

그의 손길을 따르는 셀린의 걸음걸이가 한결 가벼워져 있었다.

◈

가뜩이나 없는 살림에 생각지도 못한 지출이 생겨버렸다고나 할까?

'망할!'

바알슨은 갑작스런 제튼의 출현으로 인해 머리가 아파왔다. 그도 그럴게 무려 '신혼여행'을 이곳으로 왔다는데, 어찌 가만히 있을 수 있겠는가.

즉시 최고급의 숙소를 잡아서 그에게 알렸고, 백작령에서 필히 들러야 하는 명소들을 전해줬다.

직접 만나서 전해 줄 필요는 없었다. 제튼이라면 지금 이 자리에서 중얼거리기만 해도 모든 대화를 듣는 게 가능했기 때문이다.

중간중간 가격대가 비싼 장소들은 일찌감치 그의 이름으로 처리를 해 놓은 상태였다.

예상하건데 충분히 만족스러운 시간을 보내고 있을 게 분명했다.

그리고 이렇게 그들 부부가 흥겨워하는 만큼, 바알슨은 고통에 몸부림을 쳐야만 했다.

육체적인 부분이 아닌 정신적인 고통으로써, 저들의 여행비용이 그의 주머니에서 나온 까닭이었다.

물론, 제튼은 그에게 돈을 대라는 명령을 내린 적은 없었다. 그저 전음으로 명소가 어디냐고 물어 본 정도가 전부였다.

결국 바알슨이 알아서 가져다 바친 것뿐이었다.

'신혼여행이니까…… 젠장!'

제튼의 과거, 브라만 대공 시절을 알기에 더더욱 '모른 척' 이 불가능했다.

"후우우우……."

그가 할 수 있는 것이라고는, 길게 숨을 늘어트리며 가슴의 답답함을 밀어내는 것뿐이었다.

"본진의 돈을 조금만 끌어올 수 있어도, 이런 고민 따위 할 필요가 없는 건데."

이곳에서 새롭게 시작을 하기로 되어 있기에, 자금적인 면에서 부담이 제법 컸다.

물론, 완전히 새 출발을 하기에는 그들 세력의 규모가 너무 엄청났고 또 유명했다.

때문에 일종의 지부 형식으로 이곳에 새로운 터를 다지려는 것인데, 중요한 건 그와 용병왕이 이곳에 머무른다는 사실을 정보조직에 들키면 안 된다는 점이었다.

'그것만 아니면 애들 좀 부르고, 돈도 맘껏 끌어오고 하는 건데.'

골머리가 아파 미칠 지경이었다.

물론, 본진과의 연락은 틈틈이 하고 있는 중이었다. 용병왕의 비밀호위 중에는 발이 빠른데다가 동시에 은밀하기까지 한 이들이 여럿 있기 때문이었다.

그 중에서도 가장 뛰어난 베힘을 직접 부려가며 본진과 연락을 취했기에, 소식에 관해서는 문제될 것이 없었다.

게다가 다행스러운 부분은 쓸 만한 실력자들은 거의 대부분이 이미 제국에 들어와 있다는 부분이었다.

그들도 바알슨처럼 각자의 세력을 키우며, 제국 곳곳에서 새로운 지부들을 건설 중이었다.

물론, 그들과의 연락 역시 베힘이 도맡아서 하고 있는 상황이기도 했다.

"후우……."

한숨을 푸욱 내쉬며 오늘 하루 사이에 소모한 돈들을 차근차근 정리해봤다. 이마에 주름이 주욱 그어졌다.

"앓느니 죽지. 어쩌다 내 신세가 이리 된 건지."

크라이온의 수하들 중 두뇌파라고 할 수 있는 바알슨이었으나, 사실 그의 시작은 육체노동쪽이었다.

단지, 생각 이상으로 머리가 뛰어나서 반강제적으로 두뇌개발이 이뤄진 것뿐이었다.

"그래도 대충 주변 정리는 끝나가고 있으니."

헤일로만 백작령에서 새롭게 세력을 다지는데, 가장 단순하고 편안한 방법을 선택했다.

암흑가.

전대 트라베스 공작과의 거래를 통해 시행했던 계획을 고스란히 그들의 것으로써 이어나가는 중이었다.

"이제 남은 건, 헤일로만 백작과 안면을 트는 건가."

어찌 보면 가장 중요한 부분이기도 했다.

이 지역의 지배자라 할 수 있는 존재가 바로 헤일로만 백작이기 때문이었다.

대영주.

그 직책은 결코 가벼운 게 아니었다. 특히, 이 거대 제국 칼레이드의 한 지방을 다스린다는 건, 바알슨의 본 직책으로도 함부로 대하기가 어려운 위치였다.

"그래도…… 그 무식한 작자가 없어서 편하기는 하네."

문득, 크라이온의 근황이 떠올랐다.

"큭!"

절로 실소가 새어나왔다.

"그 커다란 덩치에 쩔쩔매는 꼴이라니."

에리스의 눈치를 보던 그 생경한 모습이 그렇게 통쾌할 수가 없었다. 게다가 아기를 위해 열심히 재롱을 부리는 모습은 아주 가관이기까지 했다.

"큭큭큭큭……."

하루 내 쌓였던 피로를 크라이온을 떠올리며 푸는 날이 올 줄이야. 과거에는 상상이나 해 봤겠는가.

그렇게 연신 웃음을 흘리며 업무에 다시 돌입해갔다.

◈

과연, 비싼 값을 한다고 해야 할까?

호텔은 그야말로 신혼여행의 마침표를 찍기에 더할 나위 없는 공간이었다.

기본적으로 눈을 즐겁게 하는 세련된 고급 가구제품들이 분위기를 잡아주고, 한 눈에 봐도 드러눕게 만들어주는 침대가 유혹의 손길을 보내왔다.

거기에 서비스로 나온 고급 와인으로 잠시 귀족적인 분위기에 취해보기도 했다.

그렇게 저절로 만들어진 매혹의 공기를 마시며, 제튼과 셀린은 부부로써의 첫날밤을 한껏 만끽할 수 있었다.

제대로 기분이 잡힌 것인지, 사랑의 속삭임은 깊은 밤을 지나 새벽이 한참 흐를 때까지 멈추지를 않았다.

지쳐서 반쯤 기절하듯 눈을 감고, 늘어지듯 수면의 바다에 빠져들어 갔다.

그리고 약 10여분 가량 정도가 흘렀을 때, 그들 부부 중 한명이 눈을 뜨며 자리에서 일어났다.

'잘 자네.'

제튼은 옆에서 색색 거리며 잠들어 있는 셀린을 바라보며 작게 미소 지었다. 언뜻 드러난 나신을 살짝 터치하고 싶은 마음이 샘솟았으나, 애써 참으며 이불을 덮어주었다.

봄이라고는 하나 아직은 겨울 한기가 남아있는 시기였기 때문이다.

이내 침대에서 벗어난 그가 던져놓은 옷가지를 주섬주섬 챙겨 입으며, 조용히 창가로 다가갔다.

'리베란…….'

이곳으로 향하고 있을 공작의 얼굴을 떠올리며 잠시간 고민했다.

오르카에게 얻은 정보가 생각났다.

〈내일 즈음이나 해서 헤일로만 백작령에 도착하겠네.〉

그게 결정적이었다.

루마니언 지방으로 다가오지 못하게 할 생각에, 일부러 이곳 헤일로만 백작령으로 여행을 왔다.

일종의 마중을 나온 것이다.

어지간하면 이 중요한 여행을 이런 식으로 이용하고 싶지는 않았으나, 그의 영역인 루마니언 지방에 발을 들이게 놓아 둘 수는 없기에 이리 행동한 것이었다.

사실, 크라이온을 시켜서 해결할 수도 있었다. 하지만 이내 크라이온의 상황을 보고는 생각을 지워버렸다.

'지금이 중요한 시기니까.'

아기를 본다고 결혼식도 불참하는 그의 모습에 적잖게 놀라는 한편, 다행이라는 생각도 들었다.

그의 내면에 가득 차있던 살육의 광기가 아기, 모네와의 만남을 통해 씻겨 내려가고 있다는 걸 느낀 것이다.

그 때문에 제튼이 직접 움직일 수밖에 없었다.

'어디까지 왔을라나.'

이곳으로 오며 감각을 극한까지 운용하며 살피면서 날아왔다. 다행스럽게도 아직 루마니언 지방에 들어선 건 아닌 것 같았다.

오르카의 예상대로라면 이곳까지도 도착하지 못한 상태일 터였다.

'우선은 움직이는 게 좋겠지.'

셀린을 생각해서 조심스레 창을 여닫으며 밖으로 향했다.

헤일로만 백작령을 나서기가 무섭게 잠들어 있던 녀석을 깨웠다.

천마신공!

그의 감각으로도 충분하겠으나, 만에 하나라는 상황이 있기에 더욱 예민하게 감을 일으키려는 의도였다.

물론, 급작스럽게 완전개방을 하지는 않았다. 지난번처럼 흥분감에 취하고 싶은 마음은 없기 때문이었다.

천천히 안정적인 흐름으로 천마신공을 일깨우며, 그 감각을 최대한 넓게 퍼트렸다.

그러면서 발은 신속하게 움직여 헤일로만 백작령 주변을 살피며 들쑤시고 있었다.

그리고 어느 순간 제튼의 눈에 불이 들어오는가 싶더니, 그의 신형이 한 줄기 화살처럼 쭈욱 쏘아져갔다.

허공을 격하며 바람이 되어 산과 강을 건넜을 때, 돌연 눈에 들어오는 불빛이 있었다. 저 멀리 산 중턱에 여행객으로 보이는 일행이 노숙 중이었는데, 그 옆으로 세워진 마차가 유독 눈에 들어왔다.

'별다른 표식은 없지만, 충분히 고가라는 건 알겠군.'

마차를 지나친 제튼의 시선이 모닥불을 두고 잠을 청하는 사람들에게로 향했다.

두 명이었는데, 하나 같이 머리가 허연 노인들이었다. 그리고 그 중 한명은 아주 눈에 익은 얼굴이었다.

'리베란 공작!'

단 둘이서 움직이는 것일까?

가볍게 실소한 제튼의 시선이 모닥불에서 조금 떨어진 장소로 이동했다. 곳곳에서 느껴지는 인기척들이 심상치가 않았다.

'실력자들로만 구성됐군. 하긴…… 공작이 직접 움직이는 거니.'

잠시간 고민을 하던 그가 결정을 내린 듯 훌쩍 신형을 내던졌다

'우선은 깨워 볼까나.'

그리고는 이내 크게 외쳤다.

"커허어엉!"

일순 거대한 맹수의 울부짖음이 산중에 울려 퍼지고, 잠들어 있던 생명체들을 몸서리치게 만들었다.

리베란 공작 일행이 벌떡 일어나는 게 눈에 들어왔다.

'잠이 번쩍 깨게 해주지.'

"읏차!"

밑도 끝도 없이 제튼의 주먹이 뻗어졌다. 동시에 거대한 기류가 전방으로 쏘아져나갔다. 목표는 정확히 모닥불이 타오르고 있는 장소였다.

갑작스런 거대한 외침에 화들짝 놀라며 잠에서 깼다.

'이게, 무슨?'

당혹스러운 와중에도 리베란 공작의 시선은 빠르게 주변을 훑고 있었다. 습관적으로 마나가 일어나며 인근을 스캔하는데, 돌연 등골이 오싹해지며 고개가 위로 들렸다.

본능적인 움직임이었다.

'저건?'

하늘 위로 하나의 그림자가 새처럼 날아오는 게 보였다. 하지만 결코 새는 아니었다.

누구인지 확인할 시간은 없었다. 그림자의 전방으로 무시무시한 기운의 소용돌이가 형성되는 걸 느낀 까닭이었다.

피하기에는 이미 너무 늦었다는 걸 깨달았다. 급히 마나를 끌어올려 주변을 보호했다.

"실드!"

옆에서 함께 깨어난 브레드가 마찬가지로 마법을 시전하며 방어태세를 갖추고 있었다.

그리고 이내, 거대한 힘이 그들이 펼친 막 위로 떨어졌다.

꽈르르릉!

그들의 실드 위로, 조금 전의 거대한 외침에 버금가는 폭발성이 울려 퍼졌다.

동시에 밀려든 폭발의 여운에 내부 마나가 일부 흔들렸

다. 다행히 실드가 깨어진 건 아닌 까닭에, 내부가 뒤틀리는 상황이 벌어지진 않았다.

때문에 더욱 놀라야만 했다.

'막아냈건만 이런 충격이라니.'

절로 상대에 대한 경계심이 커져갔다. 입술을 질끈 깨물며 마나를 극한까지 활성화시키는 사이, 그들을 따라 은밀히 이동하던 호위들이 숲 속에서 튀어나왔다.

그들 역시도 조금 전 일어났던 거대한 힘을 느낀 것인지, 하나 같이 긴장한 기색이 역력했다.

일제히 이어질 공격에 대비하고 있는데, 예상 외로 다음 공격은 떨어지질 않았다.

대신, 습격의 주인공이 그들 앞으로 내려서고 있었다.

'으음…….'

리베란 공작이 신음성을 흘리며 상대를 바라봤다. 생전 처음 보는 사내인 까닭이었다.

사실, 얼굴 확인을 제대로 하기가 어려운 상황이었는데, 얼굴에 무슨 수작을 해 놓은 것인지, 보고 있으면서도 제대로 인식이 되질 않았다.

'저런 자가 있었던가.'

여러모로 놀랍다고 해야 할까? 특히, 무려 마도의 길에 오른 그의 감각으로도 정확한 경지가 측정되질 않는다는 건 충격이었다.

'그저…… 암흑뿐인가.'

거대한 수렁에 빠진 기분이었다. 상대는 그 정도로 어마어마한 강자인 것이다.

'진정, 세상은 넓구나.'

스스로가 최고라 여기지는 않았다. 하지만 그래도 손에 꼽는다는 생각 정도는 했다. 이는 브라만 대공을 만난 이후에도 변함없는 생각이었다.

하지만 이런 그의 가치관이 지금 이 순간 흔들리려 하고 있었다. 너무도 뜬금없는 장소에서 예측불가의 강자를 만난 충격에 심적으로 크게 흔들린 것이다.

"그대는…… 그대는 누구요?"

은연중에 떨리는 음성이 그의 감정을 말해주고 있었다. 이에 제튼이 짧게 답했다.

"돌아가라."

그의 것과는 전혀 다른 거친 쇳소리 섞인 음성이 낮게 흘러나왔다.

오러를 이용해 음성을 변조한 것이었는데, 상대에게 정체에 관한 빌미를 조금이라도 제공하지 않기 위함이었다.

그의 얼굴 역시도 변화를 준 상태였는데, 천마신공의 기운을 피부 위로 풀어 놓아서, 자세히 관찰하려 해도 희미한 인상만이 남을 뿐이었다.

상당량의 기운을 얼굴에 풀어야 하는 기술인 탓에, 그

효율은 별로 좋지 않았으나, 오러의 양이 바다와 같은 제트에게는 해당사항이 아니었다.

"그게…… 무슨 말이오?"

리베란 공작의 의문에 제튼이 재차 말했다.

"돌아가라."

하지만 제튼은 최대한 대화를 피하고 싶었기에, 이처럼 한마디만 반복할 따름이었다.

이에 잠시간 갈등하던 리베란 공작이 재차 물었다.

"만약, 우리가 돌아가지 않는다면 어떻게 할 생각이시오?"

"죽음."

그 말에 짜릿한 기세들이 곳곳에서 피어났다. 리베란 공작을 호위하는 수하들이 발끈한 듯 기운을 일으킨 것이다. 하지만 이내 리베란 공작의 손이 올라가자 거짓말처럼 사그라졌다.

"진정…… 홀로 그게 가능할 거라 생각하시오."

"여유."

"……문제없다는 의미구려. 허허!"

웃음을 터트리는 리베란 공작이었으나, 그 눈빛만큼은 싸늘히 식어가고 있었다.

"내가 누구인 줄 아는 것 같은데, 자신감이 너무 과하구려."

제튼이 실소하며 말했다.

"우물 안 개구리."

저쪽 천마의 세상에서나 들을 수 있는 속담이었는데, 마도에 오를 만큼 뛰어난 머리를 지닌 리베란 공작은 단번에 그 의미를 파악해냈다.

"건방지구려."

결국 분노가 머리까지 치민 듯, 그의 얼굴이 슬쩍 붉어지고 있었다. 하지만 선뜻 공격을 지시하지는 못했다.

앞서의 외침이 지금도 귓가를 맴돌았고, 실드 위를 두드렸던 그 엄청난 파괴력의 여운도 아직 선명했기 때문이었다.

'으음…….'

이성을 앞세워야 할 때였다. 하지만 자꾸만 감정적인 면모가 드러나려 했다. 그답지 않은 이 뜨거운 열기는 무엇 때문일까?

'새로운 진리 때문인가.'

그 답은 이미 알고 있었다, 얼마 안 남은 수명을 갉아먹고 있는 그 '힘' 이 문제였다.

'이성보다 감정을 자극하는 진리라니. 쯧!'

짧게 혀를 찬 그가 슬쩍 브레드에게 시선을 던졌다. 아무래도 지금 당장은 불안전한 스스로의 의견보다 그의 의견이 더 바람직 할 것 같았기 때문이었다.

이런 마음을 읽은 듯, 브레드의 메시지가 날아들었다.

[물러나야 합니다.]

그 역시 상대의 엄청난 기세를 정면으로 마주한 당사자였다. 덕분에 상대가 예측을 넘어서는 강자라는 걸 알아버렸다.

'역시…… 그래야겠지.'

치미는 감정을 힘겹게 억누르며 수하들에게 후퇴를 준비하라는 신호를 보냈다. 그러면서 제튼을 향해 물었다.

"그대의 이름을 알 수 있겠소?"

"불가."

"……그럼 다른 거라도 대답해 주시오. 어째서 우릴 돌려보내는 거요?"

"불가."

"허허허허……."

웃고 있으나 웃는 게 아니었다. 무엇하나 제대로 대답해 주지 않는 상대로 인해, 다시금 가슴 속 불꽃이 일렁이며 심장이 격렬한 열을 뿜었다.

[공작님.]

그 순간 들려온 브레드의 메시지가 아슬아슬하게 이성의 끈을 잡아줬다.

"……그대는 진정…… 후우! 너무하구려."

그렇게 말하며 불만이라도 토로할까 싶어 상대를 바라보는데, 상대편의 고개가 다른 곳으로 향해 있는 게 아닌가.

이상하게도 그 안면에 대한 이미지가 명확히 인식되질 않는 탓에, 시선의 위치는 정확히 파악하기가 어려웠으나, 그를 보고 있지 않다는 것 정도는 알 수 있었다.

'뭐지?'

의아해하는 한편, 상대가 자신을 무시한다는 느낌에, 재차 이성이 바닥으로 가라앉으려는 찰나였다.

[이런 곳에서 뵙는군요.]

뜻밖의 음성이 귓전으로 파고드는 게 아닌가.

'설마?'

깜짝 놀라서 음성의 방향을 쫓았다. 저 멀리 하늘위에서 새로운 그림자가 떨어져 내리고 있었다.

"으음……."

그도 모르게 신음성이 새나왔다.

'헤룬…… 트라베스.'

그와 같은 귀족파의 정점이라 할 수 있는 트라베스 가문의 주인이 등장한 것이다.

"갑자기 큰 기운의 흐름이 느껴져서 와 봤더니, 설마 리베란 공작님께서 계실 줄은 몰랐습니다."

"허허…… 허헛!"

너무도 황당한 상황에 조금 전까지의 노기도 사라진 듯, 리베란 공작은 허탈하게 웃어 보이고 있었다.

그도 그럴게 헤룬의 계획을 망치고자 움직이는 길이 아니던가. 헌데, 하필이면 딱 그에게 걸려버렸다. 상황이 이러니 웃음만 나올 뿐이었다.

이는 서로 간에 움직이던 방식으로 인한 결과였다.

일찌감치 출발했던 리베란 공작의 경우에는 그의 공작위 마지막 임무라는 생각에, 조금은 느긋한 여정을 꾸리며 이동했다.

반면, 헤룬의 경우에는 리베란 공작보다 늦은 출발이었으나 바삐 움직였기에, 이처럼 급격히 거리가 좁혀져서는 지금과 같이 마주치게 된 것이었다.

허탈한 웃음을 흘려대던 리베란 공작이 웃음을 멈추며 눈을 빛냈다.

'나처럼 그 역시 직접 움직일 줄이야.'

팔라얀 상단주 로렌스를 끌어들이고자 트라베스 가문에서도 움직이고 있다는 걸 알고 있었다. 하지만 아직까지 뚜렷한 결과가 없다는 것 역시 짐작하는 바였다.

'아무리 일의 진척이 느리다지만, 그래도 설마 가문의 주인이 직접 움직일 줄이야.'

이 부분은 약간의 오해가 섞여 있었으나, 어찌 되었건 헤룬이 직접 움직인 건 사실이었다.

'그나저나…… 대단하군.'

현재, 헤룬은 그의 정령술을 한껏 내비치고 있는 중이었다.

'이 정도의 실력자였을 줄이야.'

트라베스 공작가도 나름의 숨겨진 힘이 있을 거라고 생각은 했다. 단지 그 측정도가 눈에 보이는 것과 다른 게 문제였다.

'예상 이상이군.'

게다가 놀라운 건 그가 사용하는 힘이었다.

'설마, 저들의 숨겨진 힘이 정령술일 줄이야.'

짐작컨대 그의 오른팔이라 할 수 있는 브레드도 긴장해야 할 수준인 것 같았다.

하지만 이 역시 그의 착각이었는데, 현재 헤룬은 이름 없는 정령들을 내세운 상태일 뿐이었다.

그의 전부라 할 수 있는 탐욕의 정령은 여전히 뒤편에서 구경만 하는 중이었다.

"뜻밖의 장소에서 만날 줄은 몰랐습니다. 그래서 그런지 더욱 반가운 마음이네요."

헤룬은 그 말과 함께 활짝 웃고 있었는데, 리베란 공작은 단번에 그게 연기라는 걸 알아챘다.

'애초에 우리를 못마땅해 하는 녀석이, 반가운 마음이 생길 리가 없지.'

물론, 생각과는 달리 리베란 공작 역시도 안면 가득 미소를 지어보이고 있었다.

"그런데…… 이건 또 아주 재밌는 상황이군요."

헤룬이 그렇게 말하며 제튼에게로 시선을 보냈다.

'어마어마하군.'

정령술을 익힌 그의 감각으로도 상대를 파악하기가 어려웠다.

일반적으로 마법사나 기사에 비해 감각적인 면에서만큼은 한층 뛰어난 정령술사가 아니던가.

'탐욕…… 그리드를 내세워야 하나?'

이내 리베란 공작을 의식하며 생각을 거둬야만 했다.

'아직 들켜서는 안 되지.'

아쉬움을 뒤로 하며 제튼에게 질문을 던지려는 찰나였다.

번쩍!

순간적으로 눈앞에 불이 비쳤다.

빠아악!

그리고 정신이 날아갔다. 물론 육신도 함께 허공을 날고 있었다.

땅바닥을 한참이나 구르고 굴러 멈춰 선 뒤에야 겨우 정신을 차릴 수 있었다. 그리고 어지러운 머리를 부여잡으며 당황해야만 했다.

아주 잠시였지만 스스로가 기절을 했다는 걸 아는 탓이었다.

'아니…… 그보다 다짜고짜 공격이라니?'

황당한 상황에 울컥 분노가 치밀어 올랐다.

"으득!"

이빨을 갈아 마시는 그의 두 눈 위로 선명한 광기가 피어오르고 있었다.

이러한 헤룬의 모습에 제튼이 눈을 빛냈다.

'역시, 마기인가?'

헤룬이 그를 알아보지 못 한 것과 달리, 그는 한 눈에 헤룬의 내부에 깃든 광기를 감지할 수 있었다.

리베란 공작을 견제하려는 생각 따위는 이미 던져버린 듯, 그의 내부에 숨어있던 탐욕이 조금씩 모습을 드러내기 시작했다.

'이건…….'

그 순간 제튼의 눈에 이채가 어렸다.

'마기가 아니었나?'

분명 저 음습한 기운은 마기를 연상시켰다. 하지만 미묘한 차이가 느껴졌다.

'그런데…… 묘하게 익숙하단 말이야.'

어디선가 저와 비슷한 기운을 마주친 적이 있었다.

'아!'

순간 떠오르는 얼굴이 있었다.

'마누스.'

좀 더 정확히는 그의 정령이었다. 정령에게 연결된 두 개의 선 중에서, 그가 끊어냈던 연결선에 저와 같은 기운이 담겨 있었던 게 기억났다.

"탐욕?"

제튼이 저도 모르게 그 단어를 입 밖에 냈다. 그 순간 헤륜의 표정이 경직되는 게 보였다.

'정답인가.'

설마하니 이런 곳에서 마주칠 줄은 몰랐으나, 차라리 잘 되었다는 생각이 들었다.

'이참에 해결을 보는 것도 나쁘지는 않겠군.'

리베란 공작과는 달리 헤륜은 그냥 보내 줄 생각이 없었다.

'제국이 좀 더 굳건했더라면, 리베란 공작 당신도 이곳에서 명을 달리했을 거야.'

잠시간 싸늘한 그의 눈빛이 리베란 공작을 훑고 지나갔다. 얼굴인식 문제로 눈빛을 확인하지는 못하나, 그 안에 담긴 기운을 느낀 듯, 리베란 공작이 부르르 몸을 떨었다.

"너…… 정체가 뭐냐?"

문득 들려오는 음성에 시선을 되돌렸다. 헤륜이 딱딱하게 굳은 얼굴로 그를 바라보고 있었다.

'탐욕을 알고 있어?'

고대 던전에서 우연찮게 찾아낸 미지의 힘이 바로 탐욕, 그리드였다. 이 시대의 누구도 그것을 알 수 있을 리가 없었다.

아득한 고대에 봉인되어 세상에서 사라진 힘이기 때문이다. 그런데 이 잊혀져버린 힘을 알고 있다?

"누구냐 너?"

그의 음성에 은은한 떨림이 담겨 있었다.

그것은 우연한 만남이었다. 집안의 막대한 자금력으로 인해 어지간한 상황이 아니고서는 생명의 위협을 느낄 이유가 없었다.

헤룬 트라베스.

그 이름을 대는 것으로 해결되는 상황들도 여럿 있었다. 덕분에 여행은 생각보다 너무 여유로웠다.

때문에 짜릿한 쾌감을 구하고자 직접 위험지대로 뛰어들었고, 그러던 중에 발견하게 되었다.

고대 던전!

몬스터가 우글거리는 산길을 지나다 힘이 부치는 걸 알고 도망치다 찾게 된 장소였다.

그리고 만났다.

감히 헤아리기도 어려운 오랜 시절부터 잠들어 있던 미

지의 정령.

탐욕!

계약을 하고 탐욕의 정령을 몸에 받아들이며, 그에 관한 비밀들을 하나하나 알게 되었다.

그 이름이 '그리드' 이고 오래전 정령세계에서 추방당했다는 사실, 거기에 수많은 정령들을 그 뱃속에 삼키고 있다는 것 까지.

진정 다양한 이야기들을 전해 들었다.

사실, 들었다는 개념이 아닌, 뇌리로 직접 전이 되었다고 보는 게 옳았다.

때문에 눈앞의 사내가 믿기질 않았다.

'이 세상에 그리드의 정체를 아는 사람이 있을 리가 없는데…….'

그의 머릿속으로 말도 안 되는 상상이 흘러갔다. 그럴 리가 없다는 생각을 하면서도, 혹시나 하는 마음에 침을 꼴깍 삼키며 조심스레 물었다.

"혹시, 위대한 존재…… 이십니까?"

그에 반응한 건 옆에서 지켜보던 리베란 공작이었다.

"드래곤!"

두 눈을 부릅뜬 그가 경악한 얼굴로 헤룬을 바라보다가 이내 제튼에게로 시선을 던졌다.

'그러고 보니…….'

제법 그럴듯한 이야기가 아닌가.

'마도에 이른 내 감각으로도 그 경지가 측정되지 않는 사람이 과연 있을까?'

한 사람의 얼굴이 잠깐 스쳐갔다.

'브라만 대공…….'

하지만 이내 고개를 흔들며 그 생각을 지웠다.

'그는 저렇게 자신의 정체를 감추려고 하는 성격이 아니지.'

지금도 이상한 기운 때문에 안면의 인식이 제대로 되질 않아 정체를 확인할 수 없는 걸 보면, 확실히 브라만 대공과는 거리가 멀어 보였다.

'그래. 사람이 아니라면 말이 돼!'

그러면서 설마 하는 얼굴로 제튼을 바라봤다. 그 역시 작게나마 드래곤에 대한 가능성을 생각하기 시작한 것이다.

그 뿐만 아니라 이곳에 있는 모든 이들이 동일한 마음으로 제튼의 대답을 기다렸다. 이런 그들의 모습에 속으로 쓰게 웃은 제튼이 예의 그 음성으로 말문을 열었다.

"아니다."

동시에 터져 나오는 안도의 한숨소리가 한 가득이었다.

물론, 드래곤들이 스스로 자기 정체를 밝힐 리가 없겠다는 생각도 들었으나, 그래도 지금 이 순간만큼은 저 대답이 진실이라고 믿었다.

아니, 믿고 싶었다.

헤룬이 재차 질문을 던졌다.

"그러면…… 숲의 일족이냐?"

감쪽같이 사라진 높임말에 어이가 없었으나, 이내 제튼이 고개를 흔들며 대답했다.

"아니다."

이에 헤룬이 머리가 어지러워졌다.

'엘프도 아니라고?'

그렇다면 어떻게 탐욕의 정령을 알고 있는 것일까?

'드워프?'

하지만 이내 고개를 흔들었다. 수명이 천년단위로 넘어가는 엘프까지는 그리드에 대해 알 가능성이 조금이라도 있었으나, 그들의 절반도 살지 못하는 드워프들은 아무래도 알고 있을 확률이 낮았다.

특히, 다양한 정령들과 소통하는 엘프와 달리, 오로지 대지와 불을 숭상하는 그들이 아니던가. 그런 만큼 정령과의 관계 역시 한정적이었기에, 아무래도 정령계의 정보가 적을 터였다.

'설마…….'

처음의 생각만큼 말도 안 되는 단어가 떠올랐다.

"마…… 족?"

이번에도 입 밖에 그 의문을 내어버렸는데, 제튼의 대답은 한결 같았다.

"아니다."

'그럼 대체 뭐냐?'

답답한 상황에 두통이라도 온 듯, 머리 한편이 지끈거렸다. 이런 그의 마음을 짐작이라도 한 듯, 제튼이 슬쩍 한 단어를 던졌다.

"사람."

그걸로 정체에 관한 부분은 일부 해결이었다. 물론, 이들이 진정 알고 싶은 건 그 세부적인 내용들이었으나, 당장 드래곤이나 마족이 아니라는 사실에 안도하고 있을 뿐이었다.

"사람이라고?"

헤룬의 반문에 제튼이 고개를 끄덕였다.

'어떻게 사람이 탐욕을…… 아!'

문득 떠오르는 게 한 가지 있었다.

"너냐?"

가늘어진 헤룬의 눈동자 위로 뜨거운 광기의 불꽃이 피어오르기 시작했다.

"네가 마누스를 죽인 놈이구나!"

이에 제튼이 짧게 답했다.

"살아있다."

그 순간 흠칫하는 헤룬의 모습이 보였다. 진정 눈앞의

존재가 정령의 연결을 끊어냈다는 사실을 확인한 건 문제가 아니었다.

그가 놀란 이유는 마누스의 생존 사실 때문이었다.

'살려놓은 상태에서 연결을 끊었다고?'

있을 수 없는 일이었다.

[말도 안 돼!]

돌연 그리드의 성난 외침이 들려왔다. 그만의 권능이라 할 수 있는 부분을 침범 당했다고 여긴 것이다.

[죽여!]

그 분노의 감정이 헤룬을 재촉했다. 하지만 그는 선뜻 움직이지 않았다. 마누스를 살려놓은 상태로 연결을 끊었다는 부분에, 적잖은 경계심이 일어난 것이다.

[죽여!]

재차 그리드의 노호성이 터졌다. 그리고 헤룬은 머리 한편이 재차 지끈거리는 것을 느껴야만 했다.

[죽여!]

다시금 터져 나오는 일갈.

"끄으으윽……."

그리고 흘러나오는 신음성.

[죽여!]

또 다시 그리드의 외침이 뇌리를 울렸을 때, 더 이상 헤룬에게 자의식이란 존재하지 않았다.

"크아아아!"

마치 짐승처럼 여겨지는 울부짖음을 내지르며, 헤룬이 훌쩍 신형을 내던졌다.

갑작스런 그의 모습에 리베란 공작 일행이 깜짝 놀라서 바라봤다. 이런 공작일행과 달리, 제튼은 침착한 태도로 그를 마주하고 있었다.

'먹혀버렸나.'

헤룬의 등 뒤로 피어나던 탐욕의 기운이 광포하게 변질된 것을 느꼈고, 그에 맞춰서 헤룬이 이성을 놓아버린 걸 봤다.

상황에 대한 분석은 간단했다.

생각을 길게 이어갈 수는 없었다. 어느새 도달한 헤룬의 주먹이 그를 향해 휘둘러지고 있는 까닭이었다.

하지만 제튼이 주시하는 건 그 주먹이 아닌, 헤룬의 등 뒤에 피어난 탐욕의 흐름이었다.

육체는 본능적으로 주먹질을 하고 있는 사이, 탐욕은 이를 눈가림으로 쓰며 정령으로써의 독특한 공격을 펼쳐내고 있었다.

언뜻 마법처럼 여겨질 법도 한 검붉은 화살들이 허공중에 생겨났다. 바로 코앞에서 생성되고 쏘아진 그 화살에 몸이 꿰뚫리려는 찰나였다.

파스스슥!

제튼에게 닿은 화살들이 거짓말처럼 흩어지는 게 아닌가.

그리고 이내 한 박자 늦게 헤룬의 주먹이 얼굴이 도달했다.

이것을 슬쩍 고갯짓으로 피하며 제튼이 손을 전방으로 뻗었다. 정확히 헤룬의 복부를 파고든 그의 장심에서 오러가 발현됐다.

"커헉!"

짧은 신음성과 함께 헤룬의 신형이 쭈욱 튕겨나가는데, 그 순간 제튼은 손바닥이 얼얼해지는 걸 느꼈다.

정확히 헤룬을 쳐 낸 손이었다.

'이건…… 탐욕인가?'

손바닥에 검붉은 멍울이 져 있었다. 헌데, 그 멍울위로 일렁이는 기운들이 낯설지가 않았다.

호기심에 잠시간 방치하며 이를 바라보는데, 일순간 짜릿한 통증이 손바닥에서부터 올라오는 걸 느꼈다.

검붉은 멍울이 손바닥을 타고 팔위로 번져오는 게 아닌가. 팔을 꾸역꾸역 삼키며 넘어오는 느낌이었다.

'탐욕이라는 이름답게, 별스럽군.'

눈살을 찌푸리며 기운을 일으켰다. 천마신공이 사납게 이를 드러내며 탐욕의 기운들을 맞이했다.

그리고 이내 제 색을 되찾아가는 손바닥이 보였다.

[죽여!]

그 순간 헤룬은 그리드의 절규를 들었다. 자신의 권능과 다름없는 욕망의 불길이 너무도 허무하게 사라지는 걸 느낀 까닭이었다.

그리드는 본능적으로 눈앞의 존재가 위험하다는 걸 깨달았다.

[너무 까불지 마라.]

일순간 날아든 의념에 헤룬의 움직임이 멈췄다. 제튼이 그리드를 향해 직접적으로 날린 혜광심어였다.

헤룬의 몸이 부르르 떨렸다.

이는 그가 아니라 그리드의 감정변화가 계약자를 통해 드러나고 있는 것으로써, 제튼이 자신을 직시하고 있다는 걸 알고 경악하며 비치는 반응이었다.

[날 봤어?]

그의 물음에 제튼이 재차 심어를 보냈다.

[잘 보이는구나. 추악한 욕망의 정령이여.]

제튼의 대답에 헤룬의 몸이 재차 떨었다. 동시에 광기가 한풀 꺾이는 게 느껴졌다.

[으…… 으으…….]

그리드는 두려워하고 있었다. 비록 과거 정령계를 혼란하게 만들던 본연의 힘을 되찾은 건 아니었으나, 그래도 충분히 경이로운 수준까지 회복한 상태였다.

인간계에 그가 경계해야 할 대상은 한명 뿐이라고 여겼다.

브라만 대공.

지난 해, 헤룬을 통해서 본 그의 모습은 실로 위협적이었다. 헌데, 이 순간 그와 버금가는 존재를 마주한 것이다.

거기까지 떠올리던 탐욕은 한 가지 깨닫는 바가 있었다.

[브라만 대공!]

적의 정체가 파악됐다. 그를 두렵게 만드는 존재가 두 명이나 있을 리가 없다고 여긴 탓이었다. 게다가 조금 전 접촉 중에 느꼈던 그 기운, 그것은 분명 지난 해에 브라만 대공에게서 감지한 것과 비슷했다.

이에 제튼이 답해줬다.

[알아냈구나.]

거기에 한 마디를 더했다.

[그러니 죽어줘야겠다!]

정령들에게 죽음이란 역소환을 의미한다. 하지만 정령계에서 쫓겨난 그리드에게 죽음은 말 그대로 죽음이었다.

소멸!

그 두려운 단어에 헤룬이 뒷걸음질 쳤다. 그리드의 감정이 전달된 까닭이었다.

동시에 제튼의 등 뒤로 거대한 어둠이 피어났다.

화아아악……

언뜻 그리드가 피어낸 어둠과 닮아있는 듯싶었으나, 더욱 거대하고 진했으며 또한 깊었다.

"으…… 으으으……."

일순간 헤룬의 입술을 비집고 신음성이 흘러나왔다.

이것은 그리드가 아닌 헤룬 본연의 두려움이었다. 제튼이 보내오는 기운에 그의 자의식이 일부 깨어난 것이다.

[도망쳐!]

그리드가 외쳤고, 헤룬이 행했다.

파아앙!

흙먼지가 거칠게 피어오르고, 헤룬의 신형이 빠르게 뒤로 날아갔다.

그 순간 제튼의 어깨위로 피어난 어둠이 그를 쫓았다. 아니, 쫓았다기 보다는 그냥, 그의 주변으로 넓게 퍼져나갔다고 보는 게 옳았다.

'맙소사!'

지켜보던 리베란 공작은 오금에 힘이 풀리는 걸 느꼈다. 가까스로 꺾이는 무릎을 다잡으며 허공으로 시선을 던지니, 더 이상 빛의 잔재는 보이질 않았다.

별빛과 달빛 그 모든 것이 어둠에 먹혀버린 것이다. 겨우 이 근방만이 아니었다.

눈에 보이는 하늘 전부가 어둠으로 칠해져 있었다. 작게 짐작해도 카른(Km) 단위의 범위가 저 어둠의 기세에 먹혀버렸다는 의미였다.

'진정, 이게 인간의 능력이란 말인가?'

헤룬이 최초에 던진 질문이 떠올랐다.

'……차라리 드래곤이었다면.'

이 정도로 절망적이지는 않을 터였다. 스스로의 부족함을 실감하는 그의 무릎이 결국 바닥에 닿았다.

주변을 둘러보니 이미 브레드를 포함한 그의 호위들은 전부 땅을 짚고 있었다.

브레드와 그의 시선이 마주쳤다. 동시에 고개를 끄덕인 그들이 이내 바닥을 기듯 물러나더니, 힘겹게 자리를 이탈하기 시작했다.

리베란 공작 일행이 빠져나가건 말건 제튼의 관심사는 오직 하나뿐이었다.

'탐욕.'

천마신공을 본격적으로 풀어서 헤룬을 쫓았다. 그가 직접 움직일까도 생각했으나, 리베란 공작에게 보여주기 위해서라도 힘을 보여주는 게 나쁘지 않다고 여겼다.

그의 어둠은 헤룬이 날아가는 속도보다 빠르게 퍼지더니, 이내 헤룬과 그리드의 신형을 옭아매기에 이르렀다.

"와라."

짧은 한마디와 함께 헤룬의 신형이 날아가던 기세보다 빠르게 역으로 튕겨져서 되돌아왔다.

콰앙……

그대로 땅바닥에 내리꽂듯 처박힌 헤룬의 동공에 움직임이 일어났다. 그리드의 지배에서 벗어나 제정신을 차린 것이다.

'이게…… 무슨?'

전신 가득 느껴지는 저릿한 통증 속에서, 그의 시선이 위로 향했다. 그가 누워있는 바로 앞에 제튼이 있는 까닭이었다.

'괴물.'

정신을 제압당했어도 어느 정도는 보고 느낄 수 있었다. 기억에 남아있다는 의미였다. 이지를 상실했다는 분노보다, 제튼이라는 절대자에 대한 공포감이 더 컸다.

'으…… 으으…… 브라만 대공…….'

그리드가 중얼거리던 내용을 들었고, 그로 인해 상대를 알아버렸다.

문득 부친, 전대 트라베스 공작이 가문에서 펼친 마지막 회의가 떠올랐다.

〈우리는 발을 뺀다.〉

한 차례 대공의 힘을 보고는 움츠러든 부친의 모습에, 겁먹은 똥개마냥 꼬리를 말았다며, 그를 비난하고 거기에 더해 가주자리에서 끌어내리기까지 했다.

'아버님이 옳았어!'

브라만 대공.

그는 진정 마주해선 안 될 괴물이었다.

짙은 두려움이 전신을 옭아매고 있었다.

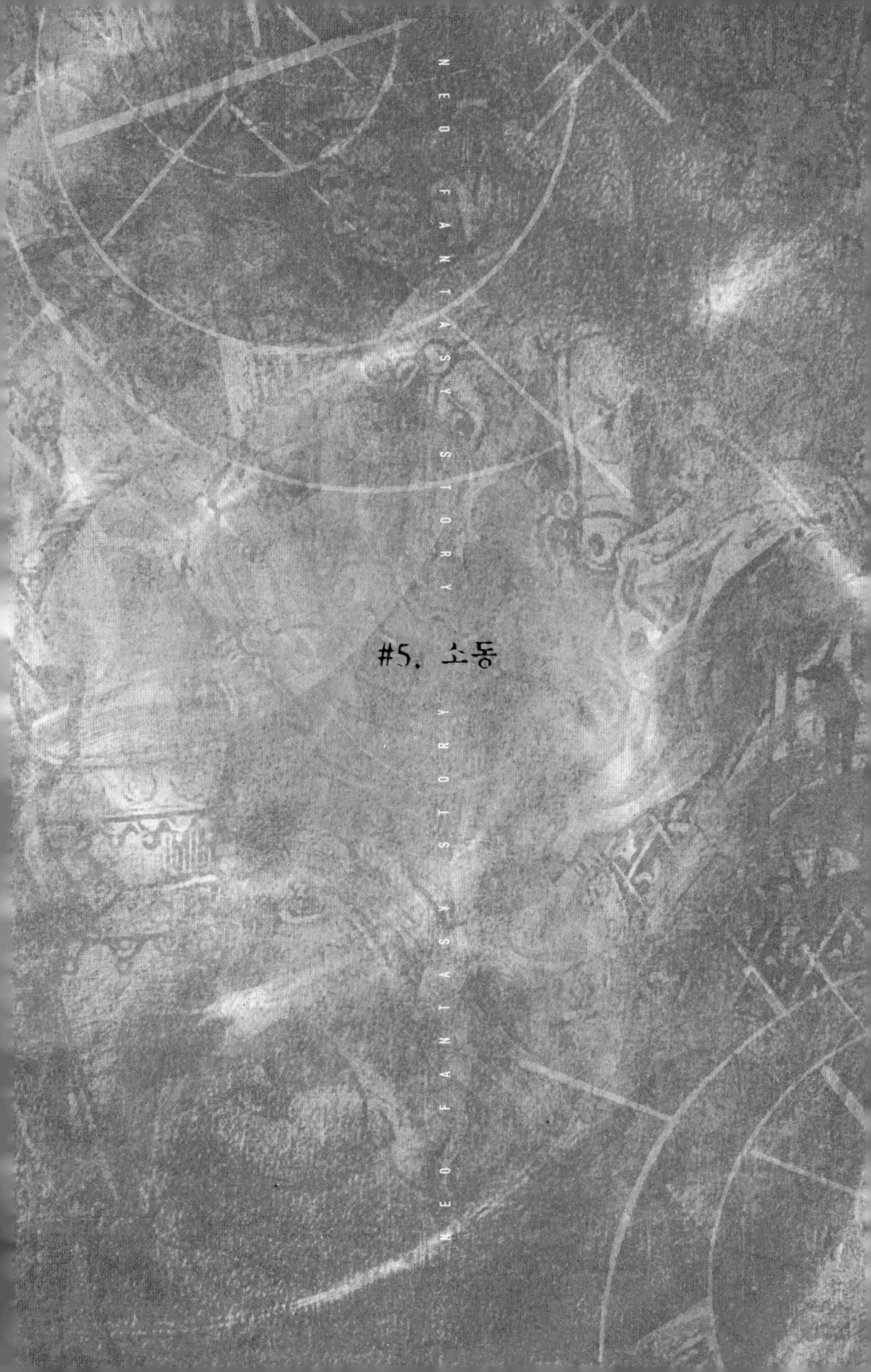

#5. 소동

#5. 소동

크와아앙!

내부를 뒤흔드는 울부짖음은 그야말로 흥에 겨워 내지르는 일종의 웃음성과 같았다.

천마신공을 완전 개방한 상태에서 극한까지 운용을 하며 한껏 힘을 쓰니, 녀석이 기쁨의 하울링을 내는 것이다.

벨로아와 한 판 붙던 당시에도 극한까지 운용을 하기는 했으나, 당시에는 몸 안의 정령으로 인해 제대로 힘을 쓰기는 힘들었다.

그러다 보니 지금 상황이 즐거울 수밖에 없는 것이다.

'덕분에 나도 기분이 좋아지려고 그러네.'

하지만 그 흥겨움에 몸을 내맡겨서는 안 된다. 결국 흥분으로 이어질 것이고, 그러다보면 천마신공에 의해 이성적 판단력이 흐려지면서, 아주 재미없는 상황까지 연결될 수 있기 때문이었다.

'우선은 이 놈 먼저.'

제튼은 자신의 발아래 죽은 듯 누워있는 헤룬을 내려다보며 손을 뻗었다.

그러자 거짓말처럼 헤룬의 신형이 들리더니, 그의 목이 손 안으로 빨려 들어왔다. 그리고 번쩍 들어 올리니 허공중에 대롱대롱 매달린 형태가 되어버렸다.

하지만 이미 전의를 상실한 모양인지, 헤룬은 반항하려는 태도를 보이지 않았다. 그저 잔뜩 겁먹은 얼굴로 제튼의 시선을 피하려고만 들 뿐이었다.

이를 잠시 바라보던 제튼이 물었다.

"유언은?"

그제야 헤룬의 시선이 제튼에게로 향했다. 물론 제대로 마주치기가 어려웠던지, 그의 얼굴 근처에서 멈출 뿐이었다.

애초에 기운이 맴돌고 있어 시선을 잡기도 어려울 터였으나, 현재 헤룬은 그런 걸 기억할 정신이 아니었다.

"사… 살려 주십시오, 대공."

그 순간 제튼의 눈이 불을 뿜었다.

'탐욕에게 먹힌 줄 알았는데, 정신은 깨어있던 건가?'

어찌 된 상황인지는 모르겠으나, 다른 걸 다 떠나서 상대가 자신을 알고 있다는 게 중요했다.

"나를 알고 있군."

제튼의 싸늘한 음성을 듣는 순간 헤룬은 자신의 실책을 깨달았다.

'애초에 왜 그가 정체를 숨기고 나타났겠어. 이런 멍청이!'

공포심에 뇌까지 굳어버린 듯, 상황을 제대로 파악하지 못하는 자신에게 화가 났다.

죽음의 그림자가 더욱 짙어졌음을 깨달은 헤룬이 다급히 외쳤다.

"저…… 저를 죽이시면 안 됩니다. 제국의 미래를 생각하신다면, 저를 꼭 살려주셔야 합니다."

"내가 너를 살려둬야 하는 이유가 뭔데?"

제튼은 더 이상 단답형으로 말하지 않았다. 이미 상대가 자신을 알고 있기 때문이었다.

"저를 죽이시면 귀족파의 균형이 무너집니다."

"그러니까 네가 뭔데?"

이해할 수 없는 이야기에 제튼의 눈살이 살짝 찌푸려졌다.

"제가 바로, 헤룬 트라베스입니다."

"뭐? 트라베스?"

"그렇습니다."

일말의 가능성을 희망하며 힘차게 고개를 끄덕였다. 그리고 제튼의 뜬금없는 질문이 날아들었다.

"트라베스 공작의 아들이냐?"

일순, 헤룬의 표정이 멍청하게 변해버렸다.

"너를 죽이면 안 된다라…… 겨우 후계자 하나 사라졌다고 해서, 귀족파의 균형이 무너지진 않는다."

제튼이 손을 쓰려고 하자 화들짝 정신을 차린 헤룬이 외쳤다.

"후계자가 아닙니다!"

"……뭐?"

"제가, 제가 트라베스 공작입니다."

"……뭐?"

순간적으로 잘 못 들은 줄 알았다.

"아버님의 건강이 안 좋아져서, 작년부터 제가 가문을 물려받았습니다."

하지만 이어진 헤룬의 이야기에 제대로 들었다는 걸 깨달았다.

'설마, 살려고 헛소리를 지껄이는 건가?'

의심의 눈길이 헤룬을 스치고 지나갔으나, 기운의 방해로 얼굴을 확인하기가 어려운 탓에 헤룬은 이를 알아채지 못했다.

"네가…… 트라베스 공작?"

제튼의 짧은 물음에 헤룬이 최선을 다해 외쳤다.

"그렇습니다. 그렇습니다."

일시적으로 골머리가 아파왔다.

'삼공작 중 한명이라니.'

리베란을 돌려보낸 이유도 바로 그 때문이지 않던가. 그게 아니었다면 그를 굳이 살려 보낼 필요가 없었다.

'헤룬 트라베스…….'

심각한 갈등 끝에서 그의 손이 움직였다.

픚……

그리고 피어오르는 붉은 혈향.

부릅뜬 헤룬의 눈동자가 지금까지와는 달리 제튼을 직시하고 있었다.

"슬슬, 한 명 정도는 없어져도 되겠지."

제튼의 그 이야기가 헤룬이 들은 생의 마지막 내용이었다.

무너져 내리는 그의 신형을 바라보던 제튼이 문득 고개를 갸웃거리며 헤룬을 살폈다.

"허……."

그리고 이어지는 탄성.

"언제 도망간 거야?"

분명 탐욕의 기운이 남아있건만, 다시 살펴보니 껍데기만 두고 본체는 사라진 상태였다.

눈살을 찌푸리던 제튼의 시선이 저 멀리 그가 펼쳐놓은 어둠의 영역 바깥으로 향했다.

"다시 오면 죽인다."

그러며 한마디 내뱉으니, 흘러든 바람을 타고 어둠의 영역 바깥으로 그의 음성이 날아갔다.

어둠의 영역에서 벗어난 뒤, 본격적으로 도주를 시작한 리베란 공작 일행은 불현 듯 날아든 음성에 몸서리를 쳐야만 했다.

[다시 오면 죽인다.]

저 뒤편으로 어둠을 일으키는 존재가 보내 온 경고라는 걸 알기 때문이었다.

하지만 지금의 경고로 인해 리베란 공작은 그들 일행의 안전을 확신했다.

'그러고 보니, 처음부터 돌아가라고 했었지.'

애초에 그들을 살려주려던 것이 아닐까, 하는 생각이 들었다. 자연스레 이어지는 의문이 있었다.

'어째서 그는 보내주지 않은 거지?'

남겨놓고 온 헤룬에게 생각이 닿았다. 그와 헤룬의 차이를 생각해봤다.

'으음…… 나이? 아니면 내가 마도사라서?'

직위에 관한 부분도 생각해 봤으나, 둘 다 삼공작이라는 특별한 위치에 있다는 걸 떠올리며, 이 부분도 고개를 저어버렸다.

사실은 바로 이 부분에서 그의 생존이 결정 된 거였으나, 리베란 공작은 알 리가 없는 내용이었다.

'대체 뭣 때문에?'

그나마 가장 그럴싸한 이유는 헤룬이 먼저 덤벼들었기 때문이라는 것이다.

'하지만, 굳이 도망가는 걸 끌어들일 정도는 아니라고 생각했는데. 내가 잘 못 생각한 것인가.'

그렇게 생각을 이어나갈 때였다. 문득, 떠오르는 단어가 하나 있었다.

'탐욕?'

어둠을 일으켰던 사내가 그 말을 언급했고, 헤룬이 광기를 내비쳤던 게 떠올랐다.

'탐욕.'

언뜻 헤룬의 어깨위로 일렁이던 기운과 연관이 있을 거란 생각이 들었다.

'한 번 알아봐야겠군.'

정령술을 사용하던 걸 생각해 봤을 때, 아마도 탐욕이라는 단어와 관련된 정령에 대해 조사를 하면 될 것 같았다.

하지만 이내 고개를 저으며 쓰게 웃어야만 했다.

'시간 안에 찾아낼 수 있으려나.'

그에게 남은 수명이 얼마 없다는 걸 알기에, 제대로 자료 수집을 하기가 어려울지도 모른다는 생각이 들었다.

'새로운 진리도 개척해야 하니까.'

지금 당장은 탐욕이라는 정령보다는 새로운 진리가 더 중요한 상황이었다.

그의 시선이 브레드에게로 향했다. 그 역시 흰머리가 그득한 나이였으나, 남은 시간이 아직 제법 될 터였다.

탐욕에 대한 조사는 그에게 맡겨야겠다는 생각이 들었다.

가문의 후계를 생각해서라도, 그는 새로운 진리를 조금이라도 더 안전하게 개척해야만 했다.

'뭐…… 그보다는 내 자신을 위해서일지도.'

생각해보면 가문을 위한다는 건 결국 변명일 뿐이었고, 사실은 그 스스로가 더 발전하고 싶은 마음이 우선인지도 몰랐다.

'욕심…… 인가.'

재차 쓴웃음을 머금은 그가 고개를 저으며 달음박질에 전념했다.

상대의 경고를 통해 일행의 안전을 확신하기는 했으나, 그래도 혹여 모르는 것이기에, 시야에서 어둠의 흔적이 사라질 때까지는 완전히 안심하기가 어려울 것 같았다.

그렇게 열심히 마나를 부어가며 내달린 결과, 금세 어둠이 눈에 닿지 않는 곳까지 도망칠 수 있었다.

사실, 그들이 멀어졌다기 보다는 제튼이 기운을 거둬들인 것이었으나, 정신없이 도망치는 탓에 리베란 공작과 그의 일행들도 거기까지는 생각을 못하고 있었다.

"허억…… 헉…… 허억…… 후우우우……."

노구에 무리를 했기 때문일까? 숨이 많이 거칠어져 있었다.

절로 허리가 꺾이고 무릎이 후들거렸다. 힘겹게 몸을 세운 상태에서 호흡을 고르며 가슴을 진정 시켰다.

그리고는 고개를 돌려 지나온 방향을 바라봤다.

'헤일로만 백작령.'

오늘 내에 도착하기로 예정된 장소였다. 그곳에서 따뜻한 물에 몸 좀 담그고 가려 했건만, 아무래도 계획은 취소해야 할 것 같았다.

'다시는 오기 싫은 곳이군. 아니. 다시 와서는 안 될 곳인가.'

어둠의 주최자가 보냈던 경고가 떠올랐다.

〈다시 오면 죽인다.〉

그저 생각하는 것뿐이건만 등 뒤가 오싹해졌다.

'오싹?'

문득 리베란 공작의 신경이 뒤편으로 향했다.

'……뭐지?'

기이한 어둠이 그의 등 뒤에 바싹 달라붙어 있었다. 눈이 아닌 감각을 통해 전달되는 괴상한 기운이었다.

'설마?'

불현 듯 떠오르는 장면이 있었다.

헤룬의 어깨 위로 피어오르던 불길한 기운.

"탐욕?"

그도 모르게 그 단어를 입에 올려버렸다. 그 순간 흐릿한 음성이 속삭이듯 들려왔다.

[나를…… 받아…… 들여라.]

왠지 갈증이 이는 기분이었다.

◈

간단히 자금정리를 마친 바알슨은 새벽이 깊은 시각이 되어서야 잠자리에 들고자 참대에 누웠다.

그리고 막 의식의 끈이 흐릿해지려는 찰나,

"일어나."

누군가의 중얼거림이 그의 의식을 붙잡았다. 갑작스러운 그 음성에 눈이 번쩍 뜨이며 허리가 바로 세워졌다.

그가 너무도 두려워하는 목소리인 까닭이었다.

'대공!'

과연, 시선을 돌려 확인해 보니 창가에 제튼이 서 있는 게 보였다. 그야말로 잠이 확 달아나는 순간이었다.

"오…… 오셨습니까."

급히 그의 앞으로 다가가 머리를 숙이며 인사말을 건넸다. 그러며 불안한 마음에 슬쩍 물어야만 했다.

"무슨, 불편하신 점이라도 있으셨습니까?"

이곳 헤일로만 백작령에서 제일 좋은 호텔의 가장 비싼 방을 잡았으나, 제국의 정점에서 지내던 대공이었다.

꼬투리를 잡으려면 얼마든 잡고도 남을 거라는 생각에 이리 묻는 것이다.

"다른 문제로 왔다."

'문제?'

바알슨의 눈에 의문의 빛이 싹텄다.

"트라베스 공작이 죽었다."

"……예?"

너무 뜬금없는 이야기에 감히 그에게 반문을 던져버렸다. 뒤늦게 이를 깨닫고 안색이 하얗게 질려버리는데, 제튼은 신경도 쓰지 않는 눈치였다.

"로렌스에게 전해라. 트라베스 공작가를 정리하라고."

'그게 무슨 말입니까?'

질문이 목구멍까지 치솟았으나 애써 삼켰다. 대신 다른 대답을 입에 올렸다.

"알겠습니다."

안타깝게도 까라면 까야 하는 게 그의 위치였다.

"그리고 방은 마음에 들었다. 고맙다."

순간 바알슨은 자신의 청력을 의심했다.

'환청인가?'

그렇지 않고서야 저 브라만 대공이 그에게 감사인사를 할 리가 없지 않은가.

'어라?'

이제는 시력에도 이상이 있는 모양이었다.

'미소?'

그가 웃고 있었다. 그것도 전에 없는 부드러운 표정이었다.

"고생해라."

그 말을 남기고는 휙 하니 사라지는 제튼의 모습에, 바알슨이 멍청한 얼굴로 턱을 떨궜다.

"허……."

정말 청각에 이상이 있는 건 아닐까?

'그가…… 격려를 했다고?'

혹시, 지금 자신이 꿈속에 있는 건 아닐까?

바알슨은 한동안 정신을 차리지 못한 채, 그렇게 넋을 놓고 있어야만 했다.

빠르게 호텔로 돌아 온 제튼은 여전히 잠들어 있는 셀린의 모습을 보며 안도의 한숨을 내쉬었다.

혹여 잠에서 깨었으면 어떻게 하나 싶었는데, 그런 기색은 없어 보였다.

조심스레 침상으로 들어가 이불을 덮었다. 천마신공 완전개방의 후유증인 듯, 흥분감이 남아서 잠이 오지는 않았으나 그래도 눈을 감고 잠자리를 청했다.

'로렌스.'

문득 그녀의 얼굴이 떠올랐다.

'로사테인 자작령에 있었지.'

셀린을 안고 이곳으로 날아오며 감각을 예민하게 퍼트리며 주변을 살피던 중, 우연찮게 로렌스의 존재를 파악할 수 있었다.

때문에 바알슨에게 그녀를 언급한 것이다.

'팔라얀 상단이라면 충분히 트라베스 공작가를 감당할 수 있겠지.'

같은 상계의 거물이라는 부분에서 우선 낙찰이었다. 물론, 삼공작의 한 기둥이이기에 완전한 흡수는 어려울 터였다.

'아무래도 두 노물들이 가만히 있지 않을 테니까.'

이미 자리를 빠져나간 리베란 공작은 가문에 복귀하기가 무섭게, 저들 트라베스 가문에 수작을 걸 것이 분명했다.

그들의 가주가 오늘 사라졌음을 알기 때문이었다.

'눈치를 보다가 파스카인 공작도 끼어들겠지.'

결국 삼공작 체재가 이공작 체재로 전환되는 것뿐이었다. 하지만 마냥 그대로 놓을 생각은 없었다.

때문에 팔라얀 상단을 끼어들게 하려는 것이다. 트라베스 공작가를 삼등분해서, 귀족파의 힘을 일부 약화시킬 생각이었다.

당장 무너트리는 건 제국에 좋지 않은 결과를 초래할지도 몰랐다.

'최대한 서서히 흩어놔야지.'

로렌스라면 충분히 그 역할을 완수할 수 있을 터였다.

'그나저나…… 탐욕을 놓친 게 아쉽군.'

껍데기만 남겨놓고 사라졌다고는 하나, 그 껍데기에 담긴 힘의 크기를 생각해 봤을 때, 정말 생명줄만 남겨서 도망간 것으로 여겨졌다.

'뭐, 어쩔 수 없나.'

미련은 버리기로 했다. 남겨놓았던 힘을 측정해 봤을 때, 다시 그만큼의 힘을 키우려면 적어도 서너 해 가지고는 어림도 없었다.

족히 십수 년을 키워도 부족할 터였다. 그러니 당장은 신경 쓸 필요가 없는 것이다.

거기에서 생각이 리베란 공작으로 넘어갔다.

그가 루마니언 지방에 발을 들이게 두는 것 보다, 차라

리 이곳에서 맞이하는 게 나아서 모습을 드러냈다

'뭐, 일단은 성공인가.'

허겁지겁 도망치던 리베란 공작의 반응으로 봤을 때, 한 동안은 이곳으로 시선도 안 줄 것 같았다.

'얼마나 가려나. 결국 공포심을 이겨냈을 때, 리베란 공작도 다시 이곳에 관심을 가지겠지.'

여기서 중요한 건 '이곳' 에 시선을 둔다는 것이다. 그로 인해 루마니언 지방은 안전할 터였다.

'언젠가는 바알슨도 찾아낼 테고.'

그렇게 되면 크라이온도 파악할 수 있을 것이다. 바알슨이 크라이온의 오른팔이기 때문이었다.

이 부분이 더더욱 리베란 공작의 시선을 루마니언에서 멀어지게 할 것이다.

거기까지 생각을 정리한 제튼이 슬쩍 이불을 목 위까지 끌어올렸다.

'우선은 쉬는 게 먼저지.'

그러며 재차 잠을 청해보지만, 여전히 정신만 말똥할 뿐이었다. 왠지 긴 밤이 될 것 같았다.

◈

날이 밝고 아침이 찾아왔을 때, 셀린은 의외로 활력 넘치는 육신에 깜짝 놀라야만 했다.

지난밤에 나눈 격정적인 사랑의 속삭임을 생각해 본다면, 이처럼 몸이 개운할 수는 없는 일이었다. 특히, 그토록 장시간 사랑을 부딪쳤다는 걸 생각해 본다면, 이런 기운은 조금 미스터리 할 정도였다.

게다가 지금은 청춘도 아닌 40대가 아니던가.

'제튼.'

왠지 지금 상황이 그와 관련되었을 것 같았다.

'그런데…… 어딜 간 거지?'

제튼이 보이질 않았다.

과연, 고급 호텔이라고 해야 할까? 그 비싸다는 시계가 벽 한쪽에 세워져 있었는데, 그녀는 그걸 보며 시간을 확인했다.

'7시 20분.'

분 단위까지 세세히 구분해놓은 고가의 시계였으나, 과거 바헨가에서 사용하던 기억 덕분에 어색함은 없었다.

이제 막 새벽을 지났다고 할 법한 시간이었건만, 이렇게 이른 아침부터 어디를 간 것일까?

의아해하며 조심스레 침상을 나왔다.

현재 그녀는 이불을 제외하고는 육신을 가려주는 요소가 없었는데, 혼자라고는 하나 아무래도 생경한 장소에서 대뜸 나신으로 움직이기에는 어색했기 때문이었다.

이불로 몸을 가린 채, 침상 아래에 떨어져 있는 옷가지를 주워들었다.

새 옷을 입고 싶었으나, 그건 씻고 난 뒤에 갈아입기로 하고, 우선은 급한 대로 입으려는 것이다.

그 순간 저 바깥, 객실 입구의 문이 열리는 소리가 나는 게 아닌가.

화들짝 놀란 그녀가 옷가지를 든 채 침상으로 몸을 던졌다. 제튼이 돌아온 것이라고 여겼으나, 그래도 만에 하나라는 사태가 있기에, 이불로 몸을 최대한 가리며 방문을 바라봤다.

잠시 후, 문이 열리더니 익숙한 얼굴이 들어왔다. 제튼이었다. 안도의 한숨을 쉬는 그녀에게 제튼이 물었다.

"일어났어요?"

"어? 으…… 응."

막상 얼굴을 대하고 나자 전날 밤의 뜨거운 사랑 나눔이 떠올랐다.

이미 서로의 전부를 알고 있는 사이라고는 하나, 전날 밤은 유난히 특별했다.

아무래도 부부가 되어 가지는 첫날밤이기에 그런 것인지, 아니면 너무도 만족스러운 시간이었기에 그런 것인지는 모르겠으나, 분명한 건 지금 이 순간 그를 마주하기가 쉽지 않다는 거였다.

분홍빛으로 물든 셀린의 얼굴에 제튼 역시도 왠지 기분이 요상해지려는 찰나, 절묘하게 이불이 살짝 흘러내리며 가려졌던 셀린의 나신이 일부 드러났다.

"흠흠……."

저도 모르게 헛기침을 한 제튼이 슬쩍 창밖으로 시선을 보냈다. 아침 햇살이 따사롭게 창을 넘어 비쳐들고 있었다.

그 기운을 받기라도 한 것일까?

제튼이 돌연 침상에 뛰어들었고, 그들은 따사로운 햇살보다 뜨거운 열기로 아침을 맞아야만 했다.

진정 신혼다운 아침이었다.

시계를 보니, 어느새 2시간이 훌쩍 지나 있었다.

생각보다 격정적인 아침을 지낸 두 사람은 뒤늦게 씻으러 침상을 벗어났는데, 실로 묘한 게 신혼이라고 거기서도 또 다시 물빛의 투명한 사랑이야기가 이어졌다.

결국 씻는데 소비된 시간만 1시간이 더 소모되고 나서야, 깔끔한 모습으로 그들은 욕실을 나올 수 있었다.

그리고 밖으로 나왔을 때, 셀린은 주방에 차려져 있는 뜻밖의 음식들을 볼 수 있었다.

"이건…… 하르만의?"

"응. 여기서 따로 음식이 나오기는 하는데, 누나 입맛에는 이게 딱이라고 생각해서."

셀린은 정말 깜짝 놀랐다. 식탁에 차려진 음식들이 너무 의외의 것들인 까닭이었다.

어찌 가져 온 것인지, 스테일 남작령에 있는 식당 '하르만'의 음식들이 식탁 가득 차려져 있는 게 아닌가.

파소 할머니의 음식 솜씨를 고스란히 이어받은 탓에, 그녀도 자주 이용하게 된 식당이었는데, 설마 여기서 그곳의 음식을 먹게 될 줄은 상상도 못했기에 더욱 놀랄 수밖에 없었다.

"이거 참…… 다 식어버렸네."

제튼이 난감한 얼굴로 음식들을 바라봤다. 아침 일찍부터 스테일 남작령까지 다녀 온 보람이 일부 식어버린 기분이었다.

뜻밖의 아침 일정으로 인한 폐해였다.

"설마, 이걸 아침에 구해 온 거야?"

하지만 셀린에게는 이 식어버린 음식들도 충분히 감동으로 다가왔다. 식어버린 외형과 달리, 그녀는 음식에 담긴 뜨거운 애정을 보고 있기 때문이었다.

"하핫…… 뭐. 새벽에 잠도 안 오고해서."

하르만이 여관처럼 24시간 쉬지 않고 영업하는 식당은 아니었으나, 그래도 아침 일찍부터 문을 여는 독특한 식당이기는 했다.

아무래도 아카데미 거리에 있다 보니, 아침부터 움직이는 학생들을 위한 그들만의 영업방침인 것 같았다.

천마신공의 영향으로 흥분감이 일부 남은 탓인지, 결국 잠들지 못한 제튼은 아침 준비나 할 겸 해서, 스테일 남작령까지 다녀 온 것이다.

타지에 왔으니 이곳의 음식들을 먹는 것도 나쁘지는 않겠으나, 전날 이미 충분히 먹을거리를 즐긴 상황이었다.

게다가 자주 먹는 음식이라도 이런 타지에서 먹으면 또 그 맛이 색다를 터였다. 애초에 맛있는 음식이 더욱 맛있게 느껴지지 않겠는가.

이런 점을 노리며 하르만 식당을 다녀온 것이다.

그녀 혼자 남겨두고 멀리 떠나는 것에 대한 걱정은 없었다.

이곳 호텔의 자체적인 경비력이 제법 괜찮았고, 거기에 더해 호텔 바깥으로 바알슨이 보낸 용병왕의 직속 수하들도 곳곳에 세워져있었다.

전날, 리베란 공작을 찾으러 갈 때도 저들이 있기에, 한결 마음 편하게 움직일 수 있던 것이다.

식어버린 음식에 다가간 제튼이 손을 가볍게 튕겼다. 그러자 이내 식어버린 음식들에서 열기가 피어나는 게 아닌가.

"아무래도 다시 데워먹는 거라서 맛이 좀 떨어질지도 모르겠네."

제튼이 그렇게 말하며 셀린을 돌아봤고, 이에 그녀가 훌쩍 그에게 뛰어들어 안기며 말했다.

"고마워."

속삭이듯 날아드는 그녀의 음성에 제튼이 빙긋 웃으며 그녀를 꼬옥 껴안았다.

"그럼, 어디 허기 좀 달래 볼까나."

이내 그들 부부의 아침식사가 시작되었다.

다시 데웠다고는 하나, 워낙 맛있는 하르만의 음식이다 보니, 그 맛은 여전히 일품이었다.

식사를 마치고 보니, 어느새 점심시간이 코앞이었다. 원래라면 이 시간 즈음해서 돌아갈 채비를 해야 했으나, 제튼 덕분에 그럴 필요는 없었다.

올 때와 마찬가지로 휙 하니 날아갈 생각이었기 때문이다.

그 환상적인 광경을 다시 본다는 생각에, 셀린 역시도 돌아가는 길이 매우 기대되는 표정이었다.

방에서 나온 그들 부부는 호텔 1층에 있는 '휴식처'라 불리는 공간으로 들어갔다. 그곳에서 커피라고 부르는 독특한 차를 마실 수 있다는 걸 알기 때문이었다.

원래는 돈을 주고 사먹어야 하는 것이었으나, 그들 부부처럼 최상층에 머무르는 이들의 경우에는 서비스로 즐길 수 있는 부분이었다.

평민들에게는 특별할 수 있는 차였으나, 그들 둘에게는 해당 사항이 아니었다.

바헨가의 안주인 이었던 셀린이나, 제국의 정점이었던 제튼에게 커피는 낯선 음식이 아니었다.

"케빈하고 메리는 어떻게 됐니?"

오랜만에 맡아보는 커피향에 잠시 부드러운 미소를 보이던 셀린이, 제튼을 향해 슬쩍 물음을 던졌다. 그녀처럼 커피향을 음미하던 제튼이 가볍게 웃으며 대답했다.

"겨우겨우 허락을 맡았어."

그들 부부는 이미 결혼 전에, 케빈과 메리를 받아들이기로 한 상태였다.

때문에 일찌감치 케빈에게 이 부분에 대한 이야기를 전했었다. 메리는 케빈이 답을 낸 다음에 이야기를 할 생각이었다.

하지만 케빈이 주저하는 기색을 내비치면서, 생각보다 답을 내는 기간이 길어져야만 했다. 아무래도 친부모를 잊기가 어려운 듯 보였다.

아직 어린 메리와 달리 어느 정도 성장을 한 케빈이기에, 더욱 친부모를 놓지 못하는 것 같았다.

이런 케빈의 마음을 알았을까?

뜻밖의 인물이 구원기사로 나섰는데, 바로 부친 홀든이었다.

〈친 부모님을 잊을 필요는 없다. 아니, 잊어서는 안 된다. 오히려 더욱 소중히 안고 가야 한다. 그분들이 있기에 너도 있고 메리도 있는 게 아니더냐. 제튼과 셀린 그 둘이라면 그런 네 마음까지 함께 아끼고 사랑해 줄 게다.〉

평소 과묵의 대명사인 부친이 그 정도로 길게 이야기를 늘어놓는 건 처음 봤다.

워낙 말수가 적어 한 마디 듣기도 힘든 부친의 특이성 때문일까?

그의 말에는 묘한 힘이 깃들어, 남다른 설득력을 지니고 있었다.

결국, 그 날 케빈이 제튼을 찾아왔고, 정식으로 부자의 연을 맺었다.

늦은 밤 시간대여서 메리는 자고 있었다.

"메리한테는 그 다음날 아침에 이야기를 전했는데, 그 자리에서 바로 승낙하더라."

애초에 아빠의 얼굴을 모르기 때문일까? 메리는 제튼을 친아빠처럼 여기고 따랐었다.

그 때문일까? 제튼의 제안에 크게 기뻐하더니 결국 눈물까지 보여버렸다.

이 모습에 모친과 포나까지 눈시울이 붉어졌고, 덕분에 그날 아침 반트가는 울음기 가득한 모습으로 하루를 시작해야만 했다.

이런 부분을 들은 셀린도 슬쩍 눈가가 촉촉해져 있었다.

"다행이다. 정말…… 그 아이들, 정말…… 잘 키울 거야."

진심으로 그리 말해주는 셀린의 모습에 제튼은 가슴이 찡해졌다.

"그나저나…… 제니가 걱정이네."

제튼의 뜬금없는 이야기에 셀린이 의아해서 바라봤다.

"제니가 케빈을 많이 좋아 하잖아."

"아!"

그제야 셀린도 말의 의미를 이해한 듯, 고개를 끄덕이고 있었다.

"오히려 같이 살게 됐다고 방방 뛰면서 좋아할 걸."

"그럴까? 하핫! 뭐…… 한 가족이 된다고는 해도, 피가 이어진 남매는 아니니까."

제튼의 이야기에 셀린도 고개를 끄덕였다.

"저기 멀리 북대륙의 경우에는 친 남매간에도 혼인이 성사되는 왕국도 있을 정도니까."

북대륙 끝자락에 있는 '베페인트 왕국'을 언급한 것인데, 지형적으로 고립되다시피 살아가다 보니, 자연스레 혈족 혼인의 풍습이 만들어진 것이다.

제니와 케빈의 관계는 크게 문젯거리가 아니었다.

"아직 한참이나 먼 미래의 일인데, 벌써부터 걱정하면 속만 상해."

제튼이 그리 말하며 슬쩍 웃었다.

확실히 이제 겨우 5살과 11살인 아이들을 중심으로 나눌 주제는 아니었다.

그 말에 셀린이 고개를 끄덕이며 물었다.

"오늘은 어디로 갈까?"

전날 제튼이 이곳 주변에 빠삭하다는 걸 이미 경험한 그녀였다. 때문에 오늘의 일정에 대해서 알고자 이리 묻는 것이다.

물론, 바알슨의 도움 덕분이었으나, 이를 알 리가 없는 셀린에게 제튼은 이곳 백작령 토박이나 다를 바가 없었다.

"글쎄…… 여기서 남쪽으로 가다 보면, 제법 괜찮은 와플집이 있는데, 우선은 거기서 점심 겸 후식을 때우면서 생각해보자."

이처럼 자신의 지식처럼 이야기하는 제튼의 말투도 셀린의 오해에 한 몫 더하는 주요 역할을 했다.

"그럼, 슬슬 움직이자."

커피도 다 마셔가는데다가, 오늘이 신혼여행 마지막 날이기에, 최대한 즐기고 싶은 마음이 든 것일까? 셀린이 그를 재촉했다.

제튼 역시 똑같은 마음이었기에 흔쾌히 자리에서 일어났다. 그리고 막 걸음을 옮기려는 찰나였다.

"와~! 장난 아니다. 그지?"

"그러게. 소름끼치게 예쁘다."

"나이가 좀 있어 보이기는 한데, 저런 미모라면 무시해도 되겠다."

저 한편에서 쑥덕이는 소리가 유난스레 귀에 와 닿았다.

그도 그럴게 반쯤 들으라는 어투로 목소리를 높이고 있는 까닭이었다.

'쯧!'

상대편을 확인한 제튼이 짧게 혀를 찼다. 20대 초반으로 보이는 젊은 청년들 세 명이, 휴식처 한쪽에서 낄낄거리며 그들 부부를 주시하고 있는 게 아닌가. 그 복장으로 추측컨대 귀한 집 자제들로 여겨졌다.

애초에 호텔을 이용하는 이들 중, 귀족 아닌 이들을 찾기가 어렵기는 했다.

'철부지들인가.'

그들에게 향했던 시선을 슬쩍 옆으로 돌렸다.

'조금 과했으려나.'

셀린의 얼굴이 눈에 들어왔다. 전날에 비해 유독 활기가 넘치는 피부상태가 한 눈에 보였다.

이는 제튼으로 인한 변화로써, 천마 세상의 특이한 연공법을 사용한 결과였다.

방중술(房中術).

남녀 사이의 은밀한 사랑방법을 통해, 서로의 기운을 일으키는 연공법으로써, 제튼은 이를 이용해서 하룻밤 사이에 그녀의 내부를 크게 바꿔놓은 상태였다.

절정에 이르는 격한 흥분감으로 인해, 그녀 스스로는 이러한 변화를 눈치 채지 못했을 것이다.

이 특이한 연공법 덕분에, 하루 사이에 그녀는 젊음을 일부 되찾은 상태였고, 아마 저들 청춘들은 이런 그녀의 외모에 반응을 한 것일 터였다.

'아니지. 저런 놈들이라면…….'

조금만 미모가 되도 껄떡거릴 성격으로 보였다.

'어쩐다.'

고민하는 사이에도 세 청년들의 이야기는 계속되고 있었다.

"야! 말 좀 걸어 봐."

"남편도 있는데?"

"큭! 우리가 언제 그런 거 신경이나 썼냐?"

세 번째 청년의 이야기로 인해, 제튼의 행동은 결정되었다.

'유죄!'

즉결 처분이 필요할 것 같았다.

청년들의 접근을 기다렸다. 옆에서 셀린이 어서 가자고 옷깃을 잡아당겼으나, 제튼은 그럴 생각이 없었다.

'자라나는 새 나라의 건방진 어른이들은 맞아야 말을 듣는 법이지.'

뭔가 상당히 이상한 어법이었으나, 어쨌든 현재 제튼은 저들을 혼내주려고 마음먹은 상태였다.

'아침 일찍부터 좋은 기분을 망쳐먹었으니까.'

솔직히 점심이 다 된 시간이었으나, 중요한 건 저들이 제튼의 신혼여행에 한 줄기 스크라치를 냈다는 점이었다.

들으라고 목소리를 높인 청년들로 인해서 셀린이 대화 내용을 들어버렸고, 이내 자신의 이야기라는 걸 깨닫고는 살짝 인상을 찌푸렸었다. 그리고 제튼이 이걸 봐버렸다.

"흠흠. 안녕하십니까. 아름다운 레이디. 혹시 시간이 되신다면 잠깐 대화를 나눌 수 있겠는지요."

어느새 다가온 청년들이 그렇게 말을 건네 오고 있었다. 조금 전 그 건방진 모습들은 어디다 던져 버린 것인지, 막상 입을 열며 나오는 이야기가 상당히 정중했다.

'놀고들 있다.'

물론 제튼이 생각하기에는 하나같이 가소로운 짓거리일 뿐이었다.

들리게 말한 뒤, 일부러 자신들의 품위를 보여준다. 아마 이 다음에 나올 이야기는 그들의 집안 내용일 것이고,

그로써 직위를 선보이며 무언의 압박을 할 터였다.

"저는 헤일로만 가문의 스카너 헤일로만이라고 합니다."

역시나 예상대로였다.

"여기 이 친구들은 메르시 자작가의 '라본'과 베세른 남작가의 '가엘론'입니다."

품위를 지킨다고 지키고 있으나, 제튼이 보기에는 영 아니었다.

'상대편 말은 들을 생각도 없이, 제 할 말만 쭈욱 늘어놓는 걸 보니, 아주 가정교육이 엉망이구만.'

재미있는 건, 현재 소개를 하고 있는 청년이 무려 헤일로만 백작의 자제라는 점이었다.

굳이 백작을 언급하지 않고 '가문'이라고 한 것도 우스웠다. 이곳에서 그들 가문을 모르는 이가 없건만, 일부러 감추는 것처럼 꾸몄다. 겸손을 가장하며 스스로를 높이려 든 것이다.

'우습다. 우스워.'

물론, 생각과 달리 주먹에는 힘이 잔뜩 들어가고 있었다.

이런 제튼의 모습을 아는지 모르는지, 청년 스카너는 연신 셀린에게만 말을 건네고만 있을 뿐이었다.

'내 쪽은 쳐다도 안 보는데, 알 리가 없지.'

행동 하나하나가 전부 매를 벌고 있었다.

"저기……."

셀린이 무어라 입을 열려고 해도, 그게 쉽지가 않았다.

"아! 그러고 보니 호텔 투숙객이셨죠."

스카너가 말을 할 기회조차 주질 않는 까닭이었다.

"이곳 '아르바문' 호텔은 저희 가문과 연계중인 상단에서 운영하고 있는 것이라, 언제든 불편사항이 있으시다면 말씀해 주십시오. 즉시 처리해 드리겠습니다."

하는 말만 듣자면, 마치 그가 호텔의 주인이라고 여겨질 정도였다.

'제 놈은 쥐뿔도 없으면서.'

가문과의 연계라고 했으니, 결국 헤일로만 백작이 나서야 하는 부분일 것이건만, 자신의 것인 듯 행세를 하고 있었다.

'슬슬 들어주기도 힘드네.'

귓밥이 차는 기분이랄까? 그래서 슬쩍 기운을 풀었다.

풀썩.

"어…… 어?"

"뭐야?"

"이게 대체……?"

세 청년이 황당하단 얼굴로 주변을 돌아봤다. 왜 이렇게 눈높이가 낮아진 것일까?

이해할 수 없다는 얼굴로 상황을 살피기가 무섭게 그 이유를 파악할 수 있었다.

"어째서 내가……."

"왜 내가 무릎을 꿇고 있는 거야?

워낙 갑작스러운 일이라 이해하지 못하는 그들에게 제튼이 말했다.

"몸이 아는 거란다."

"그게 무슨 소리냐?"

당연하다는 듯 반말을 내뱉는 스카너의 모습에 실소가 나올 뻔 봤다.

'에휴…… 문제아는 문제아네. 내가 누군 줄 알고.'

백작가의 위세를 믿고 저러는 것 같은데, 왠지 지금껏 살아있는 게 용하다 싶었다.

혹시라도 제튼이 헤일로만 백작보다 높은 위치에 있거나, 그와 비슷한 자리에 있는 인물이라면, 당장 스카너의 목숨이 위험할 수도 있었다.

비록 백작의 자제라고는 하나, 결국 스카너는 아직 작위를 지닌 귀족이 아니기 때문이었다.

한 지방을 통치하는 대귀족인 만큼, 그 자제도 기본적으로 준귀족의 작위를 지니고는 있다.

하지만 결국 진짜는 아니라는 의미였다. 결국 그렇게 된다면 그는 귀족모독죄로 제국적인 차원에서 형을 받게 될 터였다.

'사형까지는 좀 애매하지만, 못해도 사지 중 하나는 절단이 났겠지.'

그런 면에서 본다면 헤일로만 백작도 제법 대단하다는 생각이 들었다.

'이런 망나니를 지금까지 살려놨으니.'

단지 인성교육이 엉망이라는 점에서, 결국 백작도 한계점이 보이는 인물이라고 여겼다.

자신을 노려보는 세 청년들의 모습을 잠시간 바라보던 제튼이 짧게 말했다.

[궁금하면 따라와 봐.]

그 순간 세 청년의 눈이 동그래졌다. 귀가 아닌 머리에 직접 울리는 것 같은 이상한 음성을 들은 까닭이었다.

'설마…… 저자가?'

'메시지 마법은 아닌 것 같은데.'

'싸늘하다!'

왠지 잘 못 건드렸다는 느낌이 강해졌다. 하지만 이내 스카너를 믿으며 용기를 냈다.

엉망도 이런 엉망이 없는 스카너였으나, 헤일로만 백작이 그를 버리지 못하는 이유가 있었다.

외동.

단 하나뿐인 가문의 후계자라는 위치가 그를 버리지 못하게 만드는 것이다.

지금껏 발생한 문제들을 해결하며 치른 자금만 해도 감히 상상을 초월하는 액수였다. 덕분에 이곳의 세금은 인근 지방에서도 유난히 높아져 있었는데, 이를 통해서 부족한 자금을 거두려는 백작의 술수였다.

어쨌든 이러한 사정으로 인해 스카너의 오만함이 지금에 이른 것이었다.

백작이야 매번 매를 들고 벌을 내리며 그를 징치했으나, 아무래도 하나뿐인 후계자라는 위치가 손속에 제한을 두게 만들었다.

덕분에 더욱 엇나가는 현상이 발행하며, 그렇게 악순환만 계속되고 있을 뿐이었다.

'그래. 내가 바로 스카너 헤일로만이다!'

친우들의 눈빛에 자신감을 얻은 그가 힘차게 무릎을 폈다. 그러면서 저 멀리 호텔 곳곳에 퍼져있는 호위들에게 시선을 보냈다.

자신감이 넘친다고 실력도 생기는 건 아니기 때문이었다. 그 스스로는 검술 수련도 게을리 해서, 뭐라 보여줄 것이 없었다.

하지만 손짓과 눈빛으로 호위들을 부리는 그의 위치를 생각하면, 결국 저들의 힘이 그의 실력이나 다를 게 없었다.

'혼쭐을 내 주마!'

그가 앞서가는 제튼을 매섭게 바라봤다. 그러며 슬쩍 그 옆의 셀린 쪽으로 시선을 주는데, 미모뿐만이 아니라 뒷태도 환상적인 듯, 저절로 입가에 침이 고였다.

'햐! 이 와중에도 저딴 꼬라지라니.'

뒤편의 상황을 감각으로 파악한 제튼이 어이없다는 듯 고개를 흔들었다. 그러면서 셀린을 더욱 그에게로 끌어당기며, 뒤편의 시선을 최대한 차단했다.

'건방진 어른이들은 매가 약이지.'

제튼이 제대로 뿔나는 순간이었다.

◈

발바닥에 땀이 난다고 해야 할까?

어제 오늘, 바알슨은 정말 제대로 골치 아픈 상황에 처했음을 깨달았다.

'망할! 하필이면 문제아 삼인방에게 걸리다니.'

수하가 보내온 마법 전문에, 그 즉시 창문을 박차고 뛰어나왔다.

그도 그럴게 이곳 헤일로만 백작령의 최고의 골칫거리들과 제튼이 만났다는 게 아닌가. 상상만으로도 소름이 끼쳤다.

'미치겠네.'

가까운 장소에도 그럴싸한 숙소가 하나 있건만, 왜 저 먼 아르바문 호텔을 골랐을까? 뒤늦게 후회가 차올랐다.

"젠장! 빌어먹을! 썩을!"

할 수 있는 모든 욕짓거리들을 총 동원해가며 열심히 내달렸다.

아직도 갈 길이 한참이었다.

◈

밖으로 나온 제튼은 그 즉시 인적이 드문 장소로 이동했다. 바알슨이 붙여 준 용병 중 한명을 골라 먼저 길을 안내하도록 시켰기 때문에, 그의 걸음에 주저함은 없었다.

그러는 사이 등 뒤로 조금씩 인원이 불어나고 있었다.

스카너와 그의 친구들을 지키고자, 그들 가문에서 붙여준 호위들이 하나 둘 모습을 드러내며 따라붙은 까닭이었다.

급격한 인원증가에 셀린이 불안한 듯 그에게 바싹 붙어왔다. 이에 제튼이 그녀에게 기운을 불어넣어 안정감을 회복시키며 말했다.

"괜찮을 거야."

그 말에 셀린이 고개를 끄덕이면서도, 여전히 걱정 가득한 표정을 풀진 않았다. 그래도 마음이 안정된 까닭일까? 말문이 트인 그녀가 조심스레 이야기를 건네 왔다.

“굳이 이럴 필요는 없잖아. 그냥 무시하고 지나가면 되는데.”

제튼이 고개를 저었다.

“저것들 작정하고 움직인 거야.”

“하지만…….”

“걱정 마. 내 실력 알잖아. 그리고…… 미안해. 이런 상황까지 오게 만들어서.”

“아니야. 네가 잘 못 한 건 없잖아.”

그녀의 이야기에 제튼이 쓰게 웃었다.

‘연공법은 나중에 마을로 돌아간 뒤에 하는 건데.’

괜히 이곳에서 방중술을 사용해서 이런 피곤한 사태가 발생한 것이 아니겠는가.

이렇다 보니, 제튼의 잘못이 전혀 없다고는 하기가 애매한 상황이었다.

‘좋은 일 하고도 욕을 먹는, 그런 경우인가. 끄응…….’

생각해보면 돌고 돌아, 결국 그에게 좋은 일이기는 했다.

“사실, 다른 이유보다 내 마누라 훔쳐본 게 괘씸해서 혼내주고 싶었어.”

제튼의 솔직한 심경고백에 셀린의 표정이 살짝 풀어졌다.

잠시간 그를 응시하던 그녀가 조금 전까지의 걱정은 잊

어버리기라도 한 듯, 대뜸 팔짱을 끼며 그에게 머리를 기대왔다.

"남편만 믿을게."

이 뜬금없는 핑크빛 공기에 뒤에서 따라오던 스카너의 표정이 와락 일그러졌다.

과연, 그가 이토록 무시당한 적이 언제였던가. 생각해보면 아예 이 같은 기억이 없었다. 비슷한 상황 자체가 없었다.

한 지방의 왕처럼 군림하게 바로 대영주였다. 그리고 그는 이곳의 대영주인 헤일로만 백작의 외동아들로써, 이곳에서는 그도 왕족이었다.

감히 누가 그를 무시하고 깔보겠는가.

친구라고는 하나, 라본과 가엘론도 어느 정도는 그의 눈치를 보는 실정이었다.

이 근방 지역에 한해서만큼은 절대적이라 할 수 있는 막강한 권력을 지니고 있는 것이다.

'죽인다!'

일순간에 치솟은 분노가 머리끝까지 차올랐다. 당장 손짓만 하면 호위들이 달려들어 저 건방진 콧대를 박살내고, 뻣뻣한 무릎을 땅바닥에 처박아 버릴 터였다.

'당장…….'

호위들을 움직이려는 찰나였다.

[죽고 싶니?]

또 다시 뇌리를 울리는 음성이 그의 손짓을 제지했다. 동시에 등골이 오싹해지며 기운이 쭈욱 빠져나가는 게 아닌가.

[까불지 말고 얌전히 따라 와.]

이어진 내용으로 이제는 확신할 수 있었다. 분명 이건 눈앞의 사내가 보내오는 음성이었다.

'설마, 마법사인가?'

그렇다면 조금 긴장해야만 했다. 마법사는 기본적으로 귀중한 '자원' 이기 때문이다.

또한, 그들을 잘 못 건드렸다가는 마탑 차원에서 손을 쓸 수도 있었다.

부친의 힘을 믿었으나, 마법사와 마탑은 또 다른 이야기였다. 아무리 문제아에 골칫덩이라고는 하나, 그래도 고위 귀족의 자재로써 기본적인 지식과 개념 정도는 가지고 있었다.

자연히 상대에 대한 판단에 주저함이 머물 수밖에 없었다.

그렇게 고민이 이어지는 사이, 어느새 제튼이 바라던 목적지에 도착할 수 있었다.

호텔에서 멀지 않은 장소였는데, 한참 건물공사를 진행 중인 듯, 주변으로 넓게 공터가 형성되어 있었다.

제튼이 휙 하니 뒤를 돌아보며 말했다.

"자, 약 먹을 시간이다."

뜬금없는 소리에 모두 의아해 할 때였다.

"건방진 어른이들은 매가 약이거든."

잠시간의 침묵.

괴상한 단어나열에 일시적으로 그 의미를 이해하지 못한 것이다.

그리고,

"죽여!"

침묵을 찢어발기는 스카너의 힘찬 괴성이 터져 나왔다.

그 즉시 호위들의 신형이 날아올랐다.

"쯧! 주인 잘 못 만난 게 죄지."

그렇다고 해서 손속에 자비를 베풀 생각은 없었다. 직급이 깡패라고 상사 잘 못 만나면 여러모로 골 때리는 건 알고 있다. 그래도 용서해 줄 생각은 없었다. 스카너가 하는 태도와 저들의 반응을 보니, 저들 역시 무수한 잘못을 저질러 왔을 것이기 때문이었다.

"직장 선택을 잘 못 했으면, 빠르게 때려치우는 것도 개념이다."

그 말과 함께 제튼의 주먹이 손님맞이를 준비했다.

주먹이 날아온다.

얼굴이 목적지인 듯 빠르게 동공에 확장되어 왔다. 이에 슬쩍 목을 까딱거리니 귀밑을 스치며 머리카락을 털고 지나가는 게 느껴졌다.

헛손질에 놀란 듯 눈을 크게 뜨는 상대에게 한 걸음 더 다가갔다.

겨우 한 걸음이었으나, 워낙 지근거리라서 당장 껴안아도 상관없는 범위까지 몸이 파고들었다.

상대의 품 안에서 마치 인사라도 하듯, 고개를 끄덕였다.

빠악!

상대의 코뼈가 무너지는 감각이 두개골에 전달되어왔다. 혹여 코피라도 튈까 싶어 빠르게 몸을 빼냈다.

그러면 손님맞이 준비에 근질거리던 주먹이 옆으로 뻗어졌다. 눈으로 확인하지도 않고 내지른 주먹이다.

하지만 정권에 걸린 느낌은 헛손질이 아니라는 걸 확인시켜 줬다.

"커헉!"

갈비뼈가 부러진 듯 비명성을 내지르는 상대를 무시하며, 빙글 몸을 반 바퀴 돌렸다. 그러며 앞서 콧뼈가 부러져 기절하듯 무너지는 상대의 옆구리 사이로 발을 뻗었다.

반 바퀴의 회전력이 담긴 발차기가 앞선 상대의 뒤편으로 다가드는 기사의 복부를 직격했다.

"꺽!"

단말마의 신음성과 함께 발끝에 걸린 상대가 튕겨나갔다.

그리고 발을 제자리로 돌리자, 기다렸다는 듯 코뼈가 부러진 사내가 땅바닥에 드러눕고 있었다.

찰나의 순간에 세 명이 당한 것이다.

강자다!

모두의 머릿속에 동일한 생각이 떠올랐다.

차차차창!

약속이라도 하듯, 옆구리에서 폼만 잡고 있던 쇠붙이들이 일제히 모습을 드러내는 게 보였다.

제튼이 씨익 웃으며 손을 까딱거렸다.

"어여 와."

너무도 여유로운 그 모습에 발끈하듯, 일제히 검을 들고 달려들었다.

새로운 손님맞이 시간이었다.

딱 한방에 한명씩 잠자리에 들고 있었다.

물론 그 잠자리라는 게 땅바닥이고, 아직 한기가 도는 봄바람이 이불이며, 꿈나라 대신 별나라를 경험하고 있다는 약간의 사소한 차이가 있었다.

달려들던 호위 기사들 중, 제튼의 주먹질 한방을 견뎌내는 이들이 없었다.

'말도 안 돼!'

덕분에 스카너를 비롯한 그의 친우들은 떨어진 턱을 제자리로 되돌릴 생각을 하지 못했다.

특히, 그들 중 스카너의 충격이 가장 컸는데, 그의 호위기사들의 실력을 잘 알고 있는 까닭이었다.

'장난하는 건가?'

그렇지 않고서야 익스퍼트급에 오른 기사들이 저런 모습을 보여줄 이유가 없지 않은가.

겨우 오러를 검 위에 발현시키는 정도라고는 하나, 저들 하나하나가 부친인 백작이 그를 위해 붙여준 실력자들이었다.

다른 두 친우들에 비해서 호위기사의 숫자가 적다고는 하나, 실력은 그들 두 친우들의 호위를 합친 것보다 대단한 것이 바로 그의 호위들이었다.

헌데, 그런 이들마저도 한 방을 못 견뎠다.

스카너의 시선이 호위들 중에서 가장 단신의 사내에게로 향했다.

'라베인트!'

유난히 작은 덩치를 지니고 있었는데, 언뜻 드워프족의 피가 섞인 것이 아니냐는 농담이 있을 정도로 그 신장이 작았다.

하지만 그 대신 정말로 드워프가 생각날 정도로 압도적

인 근육량과 괴력을 지니고 있어서, 이를 통해 동급의 기사들보다 반수 앞서는 강함을 보여주는 특출난 실력자이기도 했다.

익스퍼트 중급.

거기서 반 수 이상을 나아간다고 생각한다면, 충분히 상급의 실력자와도 합을 나눌 수 있는 강자라는 의미였다.

백작의 기사들 중에서 세손가락 안에 들어가는 대단한 실력자이기도 했다.

그런 만큼 스카너의 시선이 그에게로 향하는 이유는 당연한 것일지도 몰랐다.

불안한 마음을 조금이라도 진정시키고자 그를 바라봤다.

"뭐하고 있어! 당장 죽여! 죽여버려!"

그러면서 흔들리는 감정을 숨기고자 버럭 성을 내며 라베인트에게 외쳤다.

"후……."

이에 나직이 한숨을 내쉰 라베인트가 슬쩍 앞으로 나섰다. 마음이 내키지 않는 듯, 그 걸음걸이가 유난히 무거워 보였다.

'골칫거리 같으니…… 쯧!'

내심 못마땅한 기색이 역력했으나, 결국 나설 수밖에 없었다. 라베인트는 백작과 거래를 했고, 백작은 그로 하여금 스카너를 지키고 따르기를 원했기 때문이다.

'그나저나 대단한 실력자로군.'

한방에 한명씩 호위들을 눕히는 제튼의 모습은 실로 경이로웠다.

'군더더기가 없어.'

비록 초급이라고는 하나 익스퍼트라 불리는 호위들이었다. 그런 이들이 무려 5명에 스카너의 친우들의 호위들까지 더하면, 그 숫자가 무려 30명이나 되는 기사들을 상대하고 있는 것이다.

익스퍼트는 아닐지언정, 저들 라본과 가엘론의 기사들 역시 상당한 실력자들이었다.

그런 이들을 상대하면서도 호흡에 흐트러짐이 비치질 않았다.

'대단해!'

솔직히 스카너의 명을 굳이 따라야 할 필요는 없었다. 그가 비록 백작에게 충성을 '거래'를 했다고는 하나, 충성을 '맹세'한 건 아니기 때문이다.

말인 즉, 백작도 그를 함부로 대할 수는 없다는 의미였다.

그럼에도 불구하고 굳이 나선 이유는 바로 상대의 실력 때문이었다.

'익스퍼트 상급.'

충분히 그 정도는 되어 보였다. 그리고 아주 재미있게도 그는 알려진 것보다 한 단계 윗선의 실력자였다.

익스퍼트 상급!

오래간만에 동급으로 여겨지는 실력자를 마주하게 되자, 절로 손이 근질거린 것이다.

후와아악!

일순간 피어난 라베인트의 기운이 제튼에게로 밀려들었다.

사라락……

그리고 마치 거짓말처럼 지워져버리는 오러의 기척에 라베인트의 두 눈이 휘둥그레졌다.

'이게…… 무슨?'

당혹스러운 마음 한편으로 경악하는 감정이 일어나고 있었다.

'설마, 내 예상보다 더 뛰어난 건가?'

비록 자신의 모든 기운을 끌어올린 건 아니라고는 하나, 조금 전 쏘아낸 그의 기세는 이토록 간단히 흩어버릴 수 있는 게 아니었다.

빠악!

호쾌한 타격음과 함께 또 다시 호위기사 한명이 쓰러지는 게 보였다. 가엘론의 호위 중 가장 실력이 좋은 기사가 무너진 것이다. 그를 증명하듯 가엘론의 얼굴이 하얗게 탈색되고 있었다.

"으득!"

이를 악 문 라베인트가 재차 기운을 쏘아 보냈다. 이번에는 전력으로 오러를 피어낸 듯, 그의 주변 공기가 크게 떨리고 있었다.

사사사삭……

하지만 여전히 제튼에게 닿지 못하고 흩어져버리는 게 아닌가.

'맙소사!'

그제야 라베인트는 정신이 번쩍 들었다. 동시에 상대를 잘 못 건드렸다는 생각이 머릿속을 꽉꽉 채웠다.

'마스터?'

거기까지 생각하던 그가 이내 고개를 흔들었다. 대륙의 별이라 불리는 이들 중 저런 얼굴은 존재하지 않았다.

'대체…… 누구?'

숨어있던 실력자일까? 아니면 새롭게 급부상하는 강자인가? 다양한 생각들로 머리가 어지러워질 때였다.

[혼혈인가.]

돌연 귓가를 울리는 음성에 깜짝 놀라서 주변을 돌아봐야만 했다.

[쓸데없이 기운 날려대지 말고 얌전히 있어.]

그 말이 있고서야 음성의 주인을 알게 되었다.

'저자로군.'

호위 기사들을 쓰러트리고 있는 상대가 음성을 날린 것이리라. 그 방식은 모르겠으나 분명 마법의 메시지를 떠올리게 하는 느낌이었다.

'하지만 마법은 아니야.'

그리 판단한 이유는 마나의 흔적이 느껴지질 않아서였다.

"죽이라고! 뭐하는 거야?"

문득 들려온 외침에 한숨이 푸욱 나왔다. 스카너가 재촉을 하고 있는 것이다. 할 수 없다는 듯 한 걸음 더 내딛을 때였다.

[팔라얀 상단이냐?]

뜬금없는 질문이 귓전을 울렸다. 동시에 그의 표정이 차갑게 굳어졌다. 상대가 알아서는 안 될 것을 알고 있었기 때문이다.

[역시, 그런 거였나. 백작을 지원하고 있나 보군.]

'거기까지?'

상대의 정체에 대한 궁금증과 함께, 어떻게든 말살을 해야 한다는 사명감이 어깨를 짓눌렀다.

제튼의 짐작대로 그는 팔라얀 상단에서 백작가에 파견을 보낸 기사였다.

루마니언 지방의 로사테인 자작령과 마찬가지로, 헤일로만 백작 역시 팔라얀 상단에서 지원을 하고 있는 귀족이었다.

특히, 스카너로 인해 이런저런 말썽이 잦은 까닭일까? 백작은 자금적인 면에서 여러모로 압박이 심했고, 덕분에 팔라얀 상단의 손길을 거부하기가 어려웠다.

헤일로만 백작의 신뢰를 더욱 단단히 하고자, 팔라얀 상단에서 파견 보낸 기사가 바로 라베인트였다.

그로 하여금 스카너를 지키게 하며, 헤일로만 백작과의 관계를 더욱 돈돈히 한 것이다.

때문에 제튼의 발언에 더욱 긴장할 수밖에 없었다. 그가 어디까지 알고 있는 것인지 신경이 쓰였다.

'비밀을 지켜야 한다.'

이런 그의 감정변화가 고스란히 얼굴에 드러났고, 제튼은 즉시 이를 읽어냈다.

[까분다. 건방떨지 마라. 그러다가 혼난다.]

그 음성에 잠시 주춤하는가 싶던 라베인트의 표정이 더욱 딱딱하게 굳어졌다. 그 위로 비치는 각오의 그림자가 제튼을 귀찮게 했다.

'쯧! 로렌스를 생각해서 적당히 봐주려고 했더니.'

아무래도 손을 써야 할 모양이었다.

잠시 라베인트에 집중을 하며 생각을 돌리고 있다고는 하나, 그렇다고 해서 전투에서 의식을 떨어트린 건 아닌 듯, 그의 육신은 착실히 달려드는 기사들을 쓰러트리고 있었다.

"으아아아-!"

기합성인지 비명성인지 모를 괴성을 내지르며 기사 한 명이 검을 날려 왔다. 그 위로 피어난 오러가 당장이라도 숨을 거둬갈 듯, 섬뜩하게 일렁이고 있었으나 제튼은 너무도 태연하게 그 검날을 손으로 잡아챘다.

카앙!

그리고 부러트렸다. 이에 경악하는 상대의 턱을 가볍게 쳐 올리니, 사람 키만큼 허공으로 떠올라 부유하고 나서야 바닥에 나뒹굴었다.

쿠당탕탕……

요란한 소리와 함께 땅 위에 너부러지는데, 정신을 잃은 듯 더 이상의 움직임은 없었다.

라본의 기사가 8명에 가엘론의 기사가 7명, 스카너의 기사가 5명.

정확히 21명.

제튼에게 쓰러진 기사들의 숫자였다.

그리고 남은 숫자가 아홉 명이었는데, 그들은 선뜻 달려들지 못 한 채 거리를 유지하고는 눈치만 보고 있었다.

그도 그럴게 남은 이들 중에는 더 이상 익스퍼트급에 오른 기사가 없는 까닭이었다.

말인 즉, 단 한명만 빼고 가장 실력이 좋은 기사들은 전부 쓰러졌다는 의미였다.

그들의 얼굴에는 어느새 두려움의 그림자가 잔뜩 내려 앉아 있었다. 이쯤에서 그만 끝내주면 안 되겠냐는 말이 목구멍까지 치솟았다가 들어갔다.

뒤편에서 보고 있는 호위 대상자들이 생각난 까닭이었다.

'미치겠네.'

이런 그들의 심정을 아는지 모르는지, 제튼은 여전한 태도로 손을 들어 앞뒤로 까딱이고 있었다.

"어여 와."

하지만 누구 하나 발을 떼는 이들이 없었다. 오히려 뒷걸음질을 치지나 않으면 다행이라고 여기는 순간, 선뜻 달려드는 그림자가 하나 있었다.

라베인트.

어느새 검을 뽑아든 그가 벼락같이 몸을 내던지는 것이 아닌가.

숨겨놨던 실력까지 전부 개방한 듯, 그의 검 위로 피어난 오러는 전에 없이 선명했고, 그 기세는 오금이 저릴 만큼 강렬했다.

'죽인다!'

라베인트는 스카너의 명이 아니라, 그 스스로의 판단으로 상대를 베겠다는 각오를 다지고 있었다.

그게 비록 자신의 목숨을 내던져야 하는 상황일지언정,

무조건 검을 들어야만 했다. 적은 상단의 비밀을 알고 있을지도 모르는 상대였다.

'실수해서는 안 된다!'

죽음을 각오하며 검을 뻗었다.

그리고,

"쯧!"

혀를 차는 소리와 함께 의식이 날아갔다.

제튼은 날아오는 검의 기세를 바라보며 많은 생각들을 했다.

'정말로 죽이려고 덤비네.'

천마 세계의 다양한 속담들 중 하나가 떠올랐다.

'눈에는 눈, 이에는 이.'

그를 죽이려고 드는 상대가 예쁘게 보일 리는 없었다. 때문에 그 역시 살수를 쓸까도 생각했으나, 이내 로렌스를 떠올리며 손끝의 힘을 살짝 풀었다.

그러는 사이 오러가 코끝까지 날아왔다.

긴박한 순간이건만 여전히 제튼은 여유가 넘쳤다.

'부러트려?'

조금 전 한 기사의 오러를 박살내던 것처럼 해 볼까도 싶었으나, 이내 보는 눈들을 생각하면서 거기까지 실력을 개방하는 건 아니다 싶었다.

그래서 피했다.

방법은 생각보다 간단했다.

까딱.

그냥 고개의 각도만 살짝 바꿔주면 되는 것이다. 처음 덤벼들던 기사와 마찬가지의 모양새가 나왔다.

지근거리라 더욱 잘 보이는 라베인트의 모습이 눈살을 찌푸리게 만들었다. 죽음을 각오한 그 얼굴이 마음에 안 든 것이다.

"쯧!"

짧게 혀를 찼다. 그러면서 가볍게 인사를 했다.

빠악!

단신의 라베인트를 생각하며 배꼽인사를 할 수밖에 없었다.

위에서 아래로 찍어내리다 보니, 자연스레 이마가 정수리를 찍었다.

앞서와 달리 이번에는 코피를 경계할 필요는 없었으나, 그래도 재빨리 몸을 피했다. 그가 쓰러지는 걸 본 까닭이었다.

괘씸죄로 인해 그를 받아 줄 마음이 전혀 없었다.

쿠웅……

아니나 다를까. 몸을 빼낸 자리로 정확히 고꾸라지는 라베인트가 보였다. 코도 제대로 찧은 것인지, 감각권으로 코피를 흘리는 게 느껴졌다.

'고놈 쌤통이다.'

한 차례 내려봐 준 뒤, 시선을 저 앞으로 옮겼다. 그러자 경악한 얼굴이 된 스카너와 친구들이 보였다. 제튼이 활짝 웃으며 손을 들었다.

그리고는 손가락을 앞뒤로 까딱였다.

"약 먹을 시간이란다. 건방진 어른이들아."

두려움에 벌벌 떠는 세 청년의 모습을 보니, 살짝 기분이 좋아졌다. 그래서 외쳤다.

"선착순. 약값 절반."

알 수 없는 외침이었으나, 본능적으로 세 청년은 달리고 있었다.

라본, 가엘론, 스카너.

꼴지에 당첨된 스카너의 얼굴표정이 와락 일그러졌다. 두려움에 달려왔다는 굴욕, 그럼에도 불구하고 꼴찌라는 창피함, 거기에 여전히 가득한 공포심이 그를 어지럽게 한 것이다.

제튼이 그런 그에게 다가가면 말했다.

"약발이 잘 돌았으면 좋겠다. 그지?"

왠지 등골이 오싹해지는 순간이었다.

#6. 시간

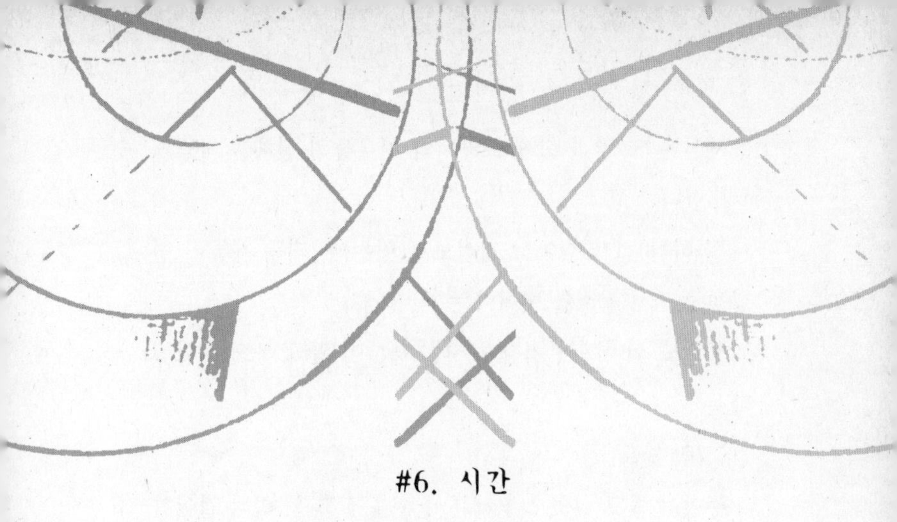

#6. 시간

신혼여행까지 와서 피 튀기는 전투는 보여주고 싶지가 않았다. 때문에 일인당 한 번 이상의 손짓을 하지 않았다.

유일하게 피를 쏟은 건 처음 달려든 기사와 라베인트 정도였는데, 그렇다고 해서 팔이 잘리거나 내장이 튀어나오는 그런 잔혹한 건 아니었다.

그저 코피 조금 쏟은 정도로써, 시각적인 면에서는 충분히 양호한 수준이라 할 수 있었다.

이러한 이유로 인해, 제튼은 굳이 흉악한 상황을 연출하고 싶지 않았다.

"그런고로 약을 아주 특별한 걸로 처방해 주마."

제튼은 그 말과 함께 스카너와 친우들의 신체를 가볍게 두드렸다.

뭘 하는 건가 싶어서 지켜보고 있는데, 대뜸 제튼이 신형을 돌려서 장소를 벗어나는 게 아닌가.

셀린도 의아해서 쳐다보는데, 제튼이 활짝 웃으며 말했다.

"그만 가요."

무어라 묻고 싶었으나 제튼이 손을 잡고 휙 하니 걸어가 버리니, 차마 질문을 던질 수가 없었다.

아직 기사들이 남아 있기는 했으나, 차마 그를 막지는 못했다. 오히려 양옆으로 비켜나며 길을 터주기에 바빴다.

공터라고는 하나 오며가며 지켜본 이들과 호텔에서부터 조심스레 쫓아온 이들까지, 은연중에 발이 묶인 채 공터의 입구 쪽에서 안을 들여다보고 있는 게 보였다.

그들 역시도 제튼이 다가오자 좌우로 갈라지며 크게 길을 열어주었다.

그러면서 일제히 시선을 공터 안쪽 바닥으로 향하는데, 아무래도 조금 전 전투가 생각보다 인상적이었던 것 같았다.

이런 사람들의 반응이 어색했던지 손목이 잡혀서 따르던 셀린이 돌연 앞장서서 걸어 나갔고, 금세 공터에서 벗어날 수 있었다.

그렇게 멀어지는 제튼과 셀린의 모습에 스카너의 얼굴 위로 한 줄기 미소가 그려졌다.

'그럼 그렇지. 감히! 제깟 놈이!'

부친의 이름값이 마지막에 와서 먹힌 모양이라고 여겼다.

그의 육신을 몇 차례 두드린 건, 제 입으로 한 말이 있기에 대충 주변에 보여 주고자 한 행위이리라.

"이미 늦었어. 내 화를 돋궈…… 음?"

생각을 넘어 혼잣말로 중얼중얼 거리던 스카너가 불현듯 자신의 가슴 부위를 바라봤다.

기이한 열기가 그곳에서부터 느껴지는 게 아닌가. 뭔가 싶어서 신경을 그쪽으로 모으는데, 돌연 아찔한 통증이 전신으로 퍼져나가기 시작했다.

"커헉!"

경험한 적 없는 파격적인 고통에 절로 신음성이 새나왔다.

"끄흐어억!"

"꺼어억!"

옆에서도 들려오는 신음성에 시선을 돌려보니, 두 친우도 그와 마찬가지로 가슴을 움켜쥐며 괴로운 표정을 지어 보이고 있었다.

문득, 조금 전 제튼이 그와 친우들을 두드리고 갔던 게 생각났다.

'설마…….'

그 가벼운 손짓으로 인한 사태라는 느낌이 들었다. 이 부분을 더 파고들고 싶었으나, 그 이상의 생각은 이어갈 수가 없었다.

"끄아아아아악!"

통증이 급속도로 커지더니, 이내 내부를 사납게 두드리면서 이성적 사고를 날려버린 것이다.

세 청년의 찢어지는 비명성이 공터를 가득 채워 나갔다.

분근착골(分筋錯骨).

제튼이 행한 천마세상의 고문 방식으로써, 일방적으로 알려진 고문 수법을 한참이나 상회하는 지독한 수법이라 할 수 있었다.

물론, 이를 온전히 행하기에는 스카너의 정신상태가 나약하기에, 적당히 조절을 하기는 했다.

'뭐…… 그것만으로도 죽을 것 같겠지만.'

청년들을 고문하는 모습을 셀린에게 보일 수는 없기에, 이렇게 외부가 아닌 내부적인 타격을 넣는 것으로 대신한 것이다.

게다가 저들이 괴로워하는 모습도 보이기 싫었기에, 이처럼 빠르게 자리를 빠져나온 것이었다.

그 와중에도 계산은 정확히 했다.

라본과 가엘론은 스카너에게 불어넣은 오러의 절반만 넣은 것이다.

'약값 절반이라고 했으니까.'

원래는 라본만이겠으나 인심 쓰듯 가엘론도 함께 반값으로 할인해줬다.

물론, 이대로 끝을 낸다면 뒷일이 귀찮아 질 게 뻔했다.

[잘 해결할 수 있지.]

그의 짤막한 전음이 떠나온 공터로 향했다.

◈

한숨이 나올 것 같았다.

'돌아버리겠네.'

바알슨은 제튼이 날린 전음성에 미간 가득 주름을 잡으며 전방을 바라봤다.

미친 듯 비명을 질러대며 땅바닥에 몸을 비비고 있는 세 청년이 보였다.

'하필…… 건드려도.'

백작의 단 하나뿐인 후계자와 인근에서 제법 힘 좀 쓴다는 집안의 자제들을 한꺼번에 건드렸다.

이건 말 그대로 이곳 '카베른' 지방에 싸우자고 통보를 날린 거나 다름없었다.

'끄응…….'

앓는 소리가 나올 것 같았으나 애써 삼켜냈다. 혹여 제튼이 이 소리를 들을까 두려워 한 까닭이었다.

크라이온과 함께 지내본 결과, 마스터급만 되도 감히 상상을 초월하는 인지능력을 지니고 있었다.

하물며 제튼은 그 이상의 경지가 아니던가.

그가 이 백작령을 떠나기 전까지는 숨소리도 조심해야 할 판국이었다. 특히, 지금처럼 그에게 조금이라도 신경이 쏠려있을 때는 필히 삼켜야했다.

'저것들을 어쩐다.'

스카너와 그의 친구들은 여러모로 난제였다.

고민을 거듭하던 바알슨이 슬쩍 시선을 돌려, 한편에 누워있는 라베인트를 바라봤다.

제튼이 떠나기 전에 알려준 라베인트의 정보가 머릿속에 떠올랐다.

'팔라얀 상단이라…….'

그가 알기로 이곳에는 팔라얀 상단의 지부가 없었다. 허나 제튼의 말을 의심하지는 않았다. 그가 그렇다고 하면 그런 것이다.

머릿속으로 팔라얀 상단의 그림자로 어울릴법한 이들을 떠올려봤다.

'메스토 상단이려나.'

아무래도 그들일 확률이 높았다. 헤일로만 백작과 가장 가까운 사이고, 거기에 더해 라베인트가 그쪽으로 친분이 깊다는 정보가 있기 때문이었다.

'한 번 알아봐야겠군.'

문득, 로렌스의 얼굴이 떠올랐다.

어차피 트라베스 공작에 관한 내용으로 그녀에게 소식을 전해야 하기는 했다.

'헤일로만 백작.'

원래는 그와 만남을 추진하고 있었다. 하지만 이번 사건을 통해 그의 미래가 밝지 않다는 걸 깨달았다.

팔라얀 상단의 로렌스가 제튼을 얼마나 따르는지 알기 때문이다.

크라이온과 마찬가지로 그 역시 초반부터 제튼을 알아왔던 만큼, 제튼의 뒷이야기를 제법 아는 편이었다.

그리고 그 중 하나인 로렌스와의 관계 역시 제법 잘 알고 있었다.

'그녀는 결코 브라만 대공을 버리지 못하지.'

헤일로만 백작은 이번 사건으로 인해, 결국 그녀에게 밉보일 게 분명했다.

'카베른 지방의 주인이 바뀌겠군.'

여러모로 좋지 않은 상황이었다. 기존에 헤일로만 백작을 상대로 계획했던 그의 일정이 전부 취소가 될 것이기 때문이다.

"하아……."

결국 한숨이 나와 버렸다. 다급히 입을 가리며 눈치를 봤으나, 이내 아무런 음성도 날아들지 않는 것으로 인해 안도해야만 했다.

'머리 아프게 하는 건 그 무식한 작자보다 더하네.'

설마 크라이온이 그리워지는 날이 올 줄은 몰랐다.

고개를 절레절레 저은 그가 걸음을 옮겨갔다. 목적지는 헤일로만 백작령의 팔라얀 상단 지부로 예상되는 메스토 상단이었다.

◆

공터에서 제법 멀리 벗어났을 즈음, 셀린이 제튼을 향해서 걱정스런 음성으로 물었다.

"괜찮겠어?"

그녀가 무엇 때문에 이러는지는 대충 짐작이 갔다.

〈저는 헤일로만 가문의 스카너 헤일로만이라고 합니다.〉

앞서 스카너의 자기소개로 인해서, 그녀는 이미 상대에 대한 정체를 짐작하고 있었다.

한때, 바헨가의 안주인이던 그녀가 아니던가. 귀족들간의 정보에 훤하지는 않다고 해도, 기본적으로 주변의 거대

귀족들 정도는 알고 있었다.

헤일로만 백작에게 아들이 한 명 뿐이라는 것 역시, 이미 알고 있는 사실이었다.

“걱정 마. 전에도 말했지만, 내가 과거에 생각보다 대단한 놈이었거든. 그 때 인연으로 적당히 해결할 수 있어.”

너무도 자신만만한 제튼의 모습에도 불구하고 셀린은 안심이 되질 않았다.

그래도 제튼의 특별하고도 대단한 능력을 알기에 작게나마 가슴을 진정시킬 수 있었다.

‘과거…….’

문득 제튼의 삶이 궁금해졌다. 하지만 전에도 그랬든 먼저 입 밖으로 꺼내어 묻기는 어려웠다.

“그리고 감히 내 마누라를 기분 나쁘게 쳐다보는데, 가만히 있기에는 내가 좀 성질이 더럽거든.”

제튼의 이야기에 셀린의 기분이 살짝 풀렸다. 앞서 공터로 향할 때에도 이와 같은 이야기를 했었다.

재차 듣는 이유지만, 그럼에도 기분을 제법 좋게 만드는 내용인 것 같았다.

“정말로…… 괜찮은 거지?”

하지만 그래도 혹시 모른다는 생각에 재차 물어야만 했다. 이에 제튼이 가볍게 웃더니, 대뜸 그녀를 껴안으며 다독였다.

"무서워 할 것 없어. 다 잘 될 거니까."

그 듬직한 가슴에 얼굴을 묻고 있자니, 정말로 그의 말처럼 괜찮을 거란 생각이 들었다. 등을 쓸어내리는 손길이 너무도 따뜻해서 더욱 편안해지는 기분이었다.

셀린의 손도 결국 제튼의 허리로 돌아갔다. 잠시간 서로의 애정을 확인하듯, 뜨거운 포옹의 시간이 이어졌다.

지나는 행인들의 눈치만 아니었더라면, 더욱 길게 끌어안고 있었으리라.

짧은 애정행각 이후, 다시금 시작된 신혼여행 투어는 어둠이 내려앉고 밤의 숨결이 짙게 밀려드는 시간까지 계속되었다.

백작령의 넓은 영지를 한 번에 둘러본다는 건 아무래도 무리가 있었으나, 짧은 시간을 최대한 활용해서 구경할 수 있는 건 최대한 즐겨줬다.

나름대로 명소이거나 맛집이라고 할 수 있는 장소만 중심으로 돌아다니다 보니, 많은 명소를 들린 건 아니었지만 알차게 즐긴 느낌이 들었다.

"슬슬, 돌아가야겠네."

아직 좀 더 시간을 누릴 수 있었으나, 셀린은 그만 돌아가기를 원했다.

"하루 이상 떨어져 본 적이 없어서 그런가. 아무래도 제니가 걱정돼서……."

그녀의 이야기에 제튼이 고개를 끄덕이며 말했다.

"나도 마침 제니가 보고 싶던 참인데, 마음이 통했네."

진심인지 아니면 맞춰주려는 이야기인지는 모르겠으나, 덕분에 셀린의 입가에 미소가 그려졌고, 그들은 기분 좋게 백작령 관광을 마무리할 수 있었다.

왔던 때와 마찬가지로 창공을 가로지르며 날았는데, 전날처럼 노을빛 아름다운 하늘이 아닌, 별빛이 인상적인 풍경이 그녀에게 새로운 매력으로 다가왔다.

그렇게 신혼여행이 끝을 맺었다.

◈

"트라베스 가문이라……."

로렌스는 늘어지는 음성으로 새롭게 날아든 정보를 확인했다.

사실, 정보라기보다는 일종의 명령과도 같았다.

바알슨을 통해서 제튼이 보낸 지시사항이 쪽지에 담겨 있었는데, 이를 읽고도 로렌스는 이렇다 할 지시를 내리지 않았다.

뒤에서 이 모습을 지켜보던 카모룬의 안색이 어두웠다.

'으음…… 여전히 충격이 크신 모양이군.'

제튼의 결혼이 준 여파로 인한 후유증인 듯, 요 며칠간 상단주의 업무를 대놓고 미뤄대는 모습을 보여주고 있었다.

셀린을 인정하기로 했다지만, 역시 결혼이라는 상황이 현실로 다가온 건, 생각보다 타격이 컸던 모양이었다.

"어찌…… 하시겠습니까?"

카모룬의 물음에 로렌스의 대답이 가관이었다.

"알아서 해."

'끄응…….'

앓는 소리를 참아내며 재차 물었다.

"그러면, 헤일로만 백작과 후계자는 어찌 할까요?"

이 부분에 대해서는 그녀도 확고한 대답을 했다.

"쓸어버려."

여전히 기운 없는 모습이었으나, 이 순간만큼은 눈을 빛내고 있었다. 그 서늘한 기세에 카모룬이 침을 꼴깍 삼키며 대답했다.

"알겠습니다."

그간 헤일로만 백작에게 투자한 자금이 아까웠지만, 상황이 그를 내치게끔 만들었다.

'하필이면 브라만 대공을 건드리다니.'

후계자를 잘 못 둔 대가가 제법 컸다. 물론, 이런 부분을 겉으로 드러내지는 않을 것이다. 제튼이 알려지게 해서는 안 되는 까닭이었다.

"후임은 누구로 하시겠습니까?"

백작을 대신해서 카베른 지방을 통치할 영주를 이야기하는 것이다.

"알아서 해."

재차 늘어져버린 로렌스의 모습에 미간을 찌푸린 카모룬이 결국 한숨을 내뱉었다.

"후…… 알겠습니다."

그리고는 밖으로 향한다. 상단주를 대신하여 업무를 처리하려면, 바삐 움직여야 하기 때문이었다.

그런 그의 뒷모습을 슬쩍 바라보는 로렌스의 눈에 살짝 불이 들어왔다.

'잘 할 수 있겠지.'

비록 카모룬이 오랜 시간을 중앙에서 떨어져 지냈다고는 하나, 그녀가 인정하는 실력자 중 한명이었다.

그 증거로 이 근방에 있는 팔라얀 상단의 지부들 중, 가장 많은 권한을 지닌 게 바로 카모룬이었다.

가장 작은 지방의 임시 대영지를 지키는 지부장이건만, 가장 많은 권한을 지니고 있다?

이미 이 부분에서 그에 대한 그녀의 신뢰도를 알 수 있었다.

때문에 과감히 그의 어깨에 짐을 덜어놓은 것이다.

'지금은…… 좀 쉬고 싶으니까.'

비록 인정하지 않았다고는 하나, 어쨌든 실연은 실연이기 때문이다.

충격이 가실 때까지, 상단주일은 임시휴업이었다.

◈

헤일로만 백작은 자신에게 아들이 단 한명만 더 있었다면 좋겠다는 생각을 매번 했다.

그도 그럴게 외동아들인 스카너가 너무도 골칫거리였기 때문이다. 최소한 다른 자식이라도 더 있었더라면, 과감히 스카너를 내쳤을 것이다.

그게 딸이라도 상관이 없었다.

하지만 말 그대로 외동이기에, 유일한 후계자이기에 어쩔 수 없이 품고 가야만 했다.

하지만 결국 스카너로 인해 가문이 주저앉을 수도 있는 일이기에, 이를 대처하고자 스카너가 낳을 아이에게 기대를 걸고 있었다.

여차하면 스카너를 건너뛰고, 손주에게 직접 가문을 물려줄까도 생각하고 있었다.

물론, 이 부분은 손주가 스카너와 달리 문제아에 골칫거리가 아니어야 한다는 게 중요했는데, 그 부분은 어떻게든 잘 키워서 해결할 생각이었다.

하지만 이를 위해서는 선결되어야 하는 부분이 있었다.

"다…… 다시 말해보게. 내 아들이 뭐가 어떻게 돼?"

부들부들 떨리는 헤일로만 백작의 물음에, 신관이 조심스런 음성으로 대답했다.

"아이를 보실 수 없게 되셨습니다."

아찔한 현기증이 몰려왔다. 하지만 애써 중심을 잡으며 마지막 희망을 담아 물었다.

"대…… 대신관님께서 오신다면, 충분히 가능하지 않겠는가?"

말인 즉, 네 능력 부족이 아니냐. 이런 내용이기에 신관의 표정이 살짝 굳어졌으나, 대영주 앞에서 경직된 모습을 이어갈 수는 없기에, 표정을 풀며 대답했다.

"솔직히 거기까지는 잘 모르겠군요."

하지만 속으로는 불가능하지 않을까 하는 생각을 하고 있었다. 그러며 침대에 죽은 듯 누워있는 스카너를 바라봤다.

'이건…… 이해가 안 되는군.'

그의 육신은 분명 엉망이었다. 알 수 없는 기묘한 힘이 몸 내부를 갉아먹은 것이다. 그의 성력으로 치유를 시도해 봤으나, 기괴하게도 그의 힘은 잠시간의 미약한 회복만을 비쳤을 뿐, 이내 새로운 상처가 내부를 휩쓸었다.

그로 인해서 한 가지 확신이 들었다.

'이건 빛의 힘이다.'

하지만 어찌 빛의 축복으로 이런 흉악한 일이 가능하단 말인가.

문득 떠오르는 이들이 있었다.

'이단 심판관?'

신관들도 눈으로 본 적은 없기에, 그저 소문처럼 여겨지는 성국의 환상 중 하나였다.

'그들은 빛의 축복으로 고문도 한다던데.'

혹시, 그런 종류의 힘이 아닐까 하는 생각도 해 봤다. 하지만 이내 고개를 흔들며 상념을 털어냈다.

이단 심판관에 관한 이야기는 그 생각 자체만으로도 불길하게 여겨지기 때문이었다.

"대신관님은 어디 계신가. 내 금전은 얼마가 들어도 좋으니, 꼭 그분을 초대하고 싶네."

헤일로만 백작의 말에 신관이 눈에 띄게 안색을 굳혔다. 이번에는 굳이 표정을 감추려 하지 않았다. 이에 헤일로만 백작도 자신의 실수를 깨달은 듯, 급히 말을 바꿨다.

"기부, 기부를 하겠네. 신전에 기부를 하려고 하네, 기왕이면 대신관님께 직접 기부금을 전달하고 싶은데, 가능하겠는가."

그제야 신관의 표정이 풀어졌다. 직접적으로 '금전'이

라고 언급하는 건, 저들 성국이 싫어하는 부분이었다.

때문에 항시 '기부' 라는 단어를 사용하며, 말을 돌려야만 했다.

"바로 알아보도록 하겠습니다."

신관이 그 말을 하며 자리에서 일어났고, 그 뒷모습을 바라보던 헤일로만 백작은 굳은 표정으로 자신의 아들을 내려다봤다.

"으드득……."

이가는 소리가 소름끼치게 방 안을 울려 퍼졌다.

'멍청한 놈!'

기사들을 통해 대략적인 이야기를 들었다.

'익스퍼트 상급.'

하나같이 그 정도 실력은 될 거라는 판단을 내리고 있었다. 라베인트를 중급으로 여기고 있기에 이런 판단이 내려진 것이다.

하지만 분위기로 보자면, 거기서 한 단계 더 위도 생각하고 있는 것 같았다.

'어쩌면…… 그 이상도 생각하고 있을지도.'

하지만 '마스터' 까지는 아예 입에 올리지도 않았다. 그 이유는 마스터가 정말로 특별한 존재이기 때문이다. 때문에 섣불리 언급하는 걸 피한 것이다.

"건드려도 하필이면…… 끄응!"

상대가 마스터가 아닌 익스퍼트 최상급이라고 해도 충분히 골치 아픈 상황이었다.

그가 데리고 있는 기사들 중, 가장 뛰어난 실력자가 익스퍼트 상급이 아니던가.

"쯧! 그렇다고 가만히 있을 수도 없으니."

아들이 호되게 당한 것과 더해, 백작가의 이름이 무시당했다는 분노를 한꺼번에 발산해야 했다.

그렇지 않으면 주변 영주들에게 무시당할 수도 있는 일이었다.

한 지방의 패자인 대영주가 그런 사태를 맞이할 수는 없지 않은가.

"호텔 투숙객이었다고 했지."

거기를 중심으로 조사를 하다 보면, 기본적인 정보는 뽑을 수 있을 터였다.

그렇게 생각하며 막 걸음을 옮기려는 찰나였다.

"영주님! 영주님!"

방 밖에서 다급한 음성이 들려왔다. 그의 오른팔이라 할 수 있는 '메비토' 남작이었다.

"무슨 일이냐?"

이에 메비토 남작이 방 안으로 뛰어들 듯 들어오며 외쳤다.

"여…… 영지전입니다."

"뭐?"

"영지전이 선포되었습니다."

순간적으로 이해하지 못한 듯, 헤일로만 백작이 멍청하니 메비토 남작을 쳐다보는 게 보였다.

"그게 무슨 말이냐?"

하지만 이내 내용을 인식한 듯, 버럭 성을 내며 목소리를 높이는 게 아닌가.

"세르핀 자작을 중심으로 체슬런 남작과 케이만 남작이 한데 힘을 모아서, 대영주 자격 박탈에 관한 안건으로 영지전을 선포했습니다."

하나같이 귀에 익은 이름들이었다. 당연하게도 아들인 스카너로 인해 안 좋게 엮였던 귀족들이었다.

"제국의 반응은? 설마, 중앙에서 허락이 떨어진 건 아니겠지?"

이제 막, 그의 귀에 들어왔으니 아직 중앙에 통과되지는 않았을 거라 여겼다. 그러기에는 시간이 너무 촉박했다.

"그…… 그게……."

헌데, 메비토 남작의 표정이 왠지 모를 불안감을 조성했다. 혹시나 하는 심정으로 물었다.

"통과되었느냐?"

"……예."

"그럴 수가……."

이해가 안 되는 부분이었다. 어떻게 보고를 올리기가 무섭게 영지전이 통과될 수 있단 말인가.

황당한 얼굴로 바라보는 헤일로만 백작에게, 메비토 남작이 조심스레 말문을 건넸다.

"저들이 준비를 철저하게 한 것 같습니다."

"무슨 준비를 했단 말이냐?"

"그것이…… 소영주님과 관련된 사건 사고들이……."

"허……."

헤일로만 백작이 비틀거리다 이내 스카너의 침상 귀퉁이에 엉덩이를 걸쳤다.

"그분들 말고도 소영주님께서 일으키신 문제로 피해를 입은 이들의 증언과 증거자료들이 일제히 위로 올라갔습니다."

"돈은…… 심사관에게 먹여놓은 돈은 어떻게 됐느냐?"

이미 뒷공작을 펼쳐서 중앙에도 나름의 손을 써 놓은 상태였다. 하지만 이어진 메비토의 보고가 또 다시 충격이었다.

"그게…… 그가 연락을 받지 않습니다."

"으으으음!"

대충 예상이 됐다.

"아무래도 더 큰 뒷돈을 먹었을 거로 예상됩니다. 그렇지 않고서야 이렇게 단호하게 소식이 끊길 리가 없으니."

그들 지역 담당 심사관의 성격을 생각한다면, 메비토의 추측대로일 확률이 높았다.

"……그놈들이 어디서 돈이 나서?"

아무리 생각해도 영지전을 건 세르핀 자작 일행은 그렇게 부유한 영지가 아니었다.

게다가 헤일로만 백작이 사용한 뇌물의 액수를 생각한다면, 더더욱 금액 측정이 어려울 수밖에 없었다.

"거기까지는…… 잘 모르겠습니다."

머리가 아파왔다.

메비토는 스카너의 문제만 입에 올렸으나, 모르긴 몰라도 그가 행했던 불법적인 일들도 함께 언급되었을 것이 분명했다.

아무리 뒷돈을 받았다고는 해도, 이런 단기간에 일이 처리되려면 영주가 직접적으로 관련된 사건도 필수적으로 껴있어야 했다.

"후우…… 우선은 영지전을 준비한다."

그러려면 당장 자금적인 부분도 생각할 수밖에 없었다. 헤일로만 백작은 애써 정신을 다잡으며 침상에서 일어났다.

"메스토 상단주와 약속을 잡아라."

그리 말하며 방문을 나서려는데, 들려오는 대답이 또 다시 발길을 잡았다.

"이미 소식을 보냈습니다만."

이야기가 '만' 으로 끝나는 게 불안했다.

"아직까지 별다른 응답이 없습니다."

"……응답이 없다고?"

전에 없는 반응이었다.

그 때문일까? 또 다시 무릎의 힘이 풀렸다. 느낌이 좋질 않았다. 벽에 기대는 그를 향해 메비토 남작이 물었다.

"어찌…… 할까요?"

아찔한 현기증에 헤일로만 백작은 대답을 할 기력이 나질 않았다. 무거운 침묵이 방안을 맴돌았다.

◈

카모룬은 헤일로만 백작령에서 날아든 보고서를 보며 흡족하니 고개를 끄덕였다.

"이런 식으로 사용하려고 증거들을 모아 놓은 게 아니지만. 뭐, 어쩔 수 없지."

그러면서 보고서 내용 한 귀퉁이에 적혀진 보고자의 이름을 읽었다.

"메비토 세무난. 남작자리에 어울리는 직위를 다시 골라줘야겠군."

오랜 시간을 헤일로만 백작의 충견으로 일해 줬으니, 그에 합당한 보상을 해 줘야 할 터였다.

"남은 건 영지전인가."

비록 헤일로만 백작의 자금줄을 끊어놓고, 그 숨통을 옥죄어 놨다고는 하나, 오랜 시간을 키워온 기사단의 저력이 사라진 건 아니었다.

그들 팔라얀 상단의 지원 아래 착실히 성장해 온 기사단이기에, 분명 무시할 수 없는 전력일 터였다.

"영지전에 귀족들을 좀 더 참여시켜야겠군."

그렇게 되면 정말 진흙탕 싸움이 될 확률이 높았으나, 확실한 승리를 위해서라면 충분히 감수해야 할 부분이었다.

"돈이 많이 깨지겠군. 쯧!"

어쩔 수 없는 일이었다.

'브라만 대공과 관련된 일이니.'

자금 정도는 얼마든지 쏟아 부어도 상관없었다.

"그나저나…… 라베인트 이놈을 어찌한다."

건방지게 제튼을 향해 날을 세웠다고 한다. 그런데 하필이면 이 라베인트라는 기사가 카모룬의 친척뻘 되는 관계였다.

팔라얀 상단에서 알게 된 뒤, 서로의 직계를 이야기하다가 알게 된 부분으로써, 상황이 이렇다 보니 조금은 살펴주게 되는 건 어쩔 수가 없었다.

"재수가 없었다고 생각하고, 한동안은 내 밑에서 지내게 해야겠군."

거기까지 생각하던 그가 문득 시선을 돌려 저 한쪽으로 향했다.

'언제까지 저러고 계실 건지.'

비밀의 방에서 도통 나올 생각을 안 하는 로렌스를 생각하자, 절로 가슴이 답답해졌다.

"후우…… 하필이면 대공이라니."

그 많은 사내들 중 굳이 대공이여야 하는 그녀의 모습에 괜히 입맛이 썼다. 비록 상단주라고는 하나 친 딸이나 손녀처럼 아끼는 마음을 지니고 있었다.

그 뿐만 아니라, 같은 시기에 함께 상단을 시작했던 동료들은 대부분 그와 비슷한 마음을 지니고 있었다.

때문에 더욱 안타까울 따름이었다.

'대공만 아니었어도.'

그가 아니더라도 좋은 남자는 널리고 널렸다.

'물론…… 능력적인 면에서는 비교가 어렵겠지만.'

압도적인 실력자인 대공과 견주는 건 애초에 사기였다.

"어쩔 수 없지."

한동안 그가 최대한 일을 전담하며 로렌스의 짐을 덜어줄 수밖에 없었다.

'……휴가를 보내고 계신다고 생가하자.'

애써 좋게 생각하려 노력하며 다시금 업무에 집중했다.

◈

루마니언과 카베른이 비록 다른 지방이라고는 하나, 그들 각 지방에서 발생한 커다란 사건에 관해서만큼은 거리에 상관없이 화젯거리가 되고는 했다.

헤일로만 백작령의 영지전.

전쟁이 끝난 뒤에도 제국 곳곳에서는 알게 모르게 알력 다툼들이 있었고, 영지전 역시 틈틈이 벌어지고는 했다.

하지만 이 근방에서는 이런 전투의 잔재가 그다지 많질 않았었다.

그 때문일까? 이번 영지전은 더더욱 인근 지방에서도 관심을 기울이며 시선의 집중을 받을 수밖에 없었다.

오랜만에 발발한 영지전인 탓일까?

마치 기다렸다는 듯, 너도나도 그 다툼에 한 발씩을 얹으며 점차 영지전은 카베른 지방 전체를 아우르는 거대 전쟁으로 발발하기에 이르렀다.

현 대영주인 헤일로만 백작의 세력과 영지전을 신청한 세르핀 자작을 중심으로 모인 세력의 다툼이었다.

눈치를 보며 중립을 지키는 귀족들도 있었는데, 기본적으로 그들의 숫자가 그리 많지는 않았다.

영지전의 불이 워낙 크게 번져버린 탓인지, 대부분의 귀족들이 발을 빼기 어려운 분위기가 형성된 것이다.

그렇게 한 지역의 패자를 가리는 영지전이 시작되었다.

시작은 헤일로만 백작 측의 우세였다.

그가 지니고 있는 기사단의 세력이 생각 이상으로 대단한 까닭이었다.

〈전원 익스퍼트급의 기사단!〉

설마, 하나같이 실력자로만 이루어진 기사단을 꾸리고 있을 줄이야. 그 누가 상상이나 했겠는가.

저 중앙의 귀족들이나 지니고 있을 법한 기사단의 수준에 세르핀 자작 측이 크게 당황했다.

하지만 그럼에도 불구하고 전쟁은 균형을 잃지 않았다.

세르핀 자작 측의 전력이 생각보다 대단했던 탓이다.

이는 실력적인 부분을 말하는 게 아니었다.

어디서 어떻게 자금을 끌어 모은 것인지는 모르겠으나, 그들은 상당수의 용병들과 계약을 했고, 이들을 이용해 부족한 실력을 머릿수로 메꿔버린 것이다.

거기에 더해, 세르핀 자작 측에 가담한 귀족들의 숫자가 더 많았다는 것 역시 한몫 했다.

실권자들이야 헤일로만 백작을 지원한 상태였으나, 그래도 부족한 힘이나마 모으고 모으니, 그 파워가 생각 이상으로 막강했던 것이다.

양측 간의 절묘한 줄다리기가 이어졌다.

하지만 얼마 지나지 않아 대부분의 사람들이 영지전의 승자를 예상할 수 있었다.

세르핀 자작!

대량의 용병들을 끌어왔던 그 어마어마한 자금력이 장기전으로 이어지는 전쟁에서 꽃을 피운 것이다.

점차 쇠약해져가는 헤일로만 백작의 병력과 달리, 여전히 팔팔하고 기운 넘치는 세르핀 자작의 병력.

게다가 점차적으로 병장기 부분에서도 눈에 띄게 차이가 나면서, 너 나 할 것 없이 세르핀 자작 측에 손을 들어주기 시작했다.

그리고 이 즈음에서 헤일로만 백작이 승부수를 던졌다.

최후의 결전이었다.

이 마지막 전투에서 영지전의 결과가 나왔다.

어느새 계절은 여름을 넘어 가을에 접어들고 있었다.

◈

계절은 순식간에 봄을 지나 여름을 맞이하고, 날씨는 무더운 열기를 지나 서늘한 가을에 닿았다.

"후우……."

계절과의 어울림일까? 한숨을 푸욱 내쉬는 제튼의 얼굴 위로도 서늘한 그림자가 내려앉아 있었다.

"가을…… 인가."

창문을 열자 밀려드는 공기가 시원하니 나쁘지 않았다. 하지만 그 시원함이 가져다 준 소식에 가슴이 시렸다.

"방학이 끝이라니."

다시 아카데미에 나갈 생각을 하니, 절로 머리가 아파왔다.

"젠장."

이미 그의 존재가 알려질 만큼 알려진 상황이었으나, 여전히 외부에 노출되는 게 꺼려졌고, 거기에 더해 누군가를 가르친다는 것도 마음에 안 들었다.

"또 투덜거리고 있는 거야?"

문득 날아든 음성에 시선이 뒤로 돌아갔다. 이제는 한 가족이 된 셀린이 방문을 열며 들어오고 있었다.

"이젠 한 집안의 가장이고, 세 아이의 아빠니까. 투덜거리기 보다는 열심히 벌 생각을 해야지."

"그…… 그게. 끄응……!"

제튼이 앓는 소리를 내며 시선을 피했다. 그녀의 말이 맞기 때문이다. 이대로 놔두면 쓴 소리를 더 듣게 될지도 모른다는 불안감에, 바삐 화제를 돌렸다.

"애들은?"

“제니는 리아에게 놀러갔고, 케빈과 메리는 소학원에 갔어.”

셀린을 바라보던 제튼은 문득 그간의 시간이 떠올랐다.

‘벌써 반년인가.’

결혼식을 치르고, 어느새 두 개의 계절을 건너왔다. 그리 길지 않은 시간이었으나, 그 시간 동안 그들은 진정으로 부부라 할 만한 분위기를 갖출 수 있었다.

그들 부부는 결혼식 이후, 최초의 계획대로 반트가에 들어와서 살게 되었는데, 이를 위해서 집안구조에 약간의 변화가 필요했다.

애초에 세 개의 방이 있던 2층에서, 가장 큰 방을 제튼과 셀린 부부의 방으로 만들까도 했으나, 세 아이들의 우애를 다질 겸 해서, 일부러 큰 방을 세 아이들의 합동 침실로 만들었다.

그리고 과거 제튼의 방이었다가 켄트의 방이 되었던 장소를 조금 개조하여 넓힌 뒤, 그들 부부의 방으로 꾸몄다.

1인실을 2인실로 바꾸려니 여러모로 어려움이 있었으나, 그들 부부는 크게 불만을 가지지 않았다.

유난히 규모가 작은 부부의 침실이었으나, 그들은 아담하니 좋다는 식의 긍정적 반응으로 해소해버렸다.

아직 어린 제니가 자주 방으로 찾아와서, 예상 이상으로 비좁은 장면이 연출되기도 했으나, 그 정도는 충분히 웃음거리로 여길만한 수준이었다.

포나의 방은 여전히 그 자리 그대로 2층 한쪽에 자리한 상태였다.

신혼부부 사이에 끼어서 어색하지 않을까하는 걱정도 되었으나, 의외로 잘 지내주어서 부부에게는 가장 고마운 부분이었다.

"아버님이 슬슬 내려 오라셔."

회색들판으로 가기 위해서였다. 봄 중에 무리를 조금 한 덕분일까? 봄이 다 가기 전에 아슬아슬하게 씨를 뿌릴 수 있었다.

이제 막 개간한 땅에 무슨 지력이 있어 벌써 농사를 시작하는가 싶겠으나, 제튼에게는 비장의 한 수가 있었다.

벨로아 카마르산.

무려 위대한 존재의 힘을 빌려 지력을 일으켰다. 이로 인해서 주변 대지의 영향이 끼치는 걸 피하고자, 또 다른 도우미도 불렀다.

방랑사제 마르한.

성력으로 대지를 골고루 다져주니, 최고까지는 아니더라도 충분히 농사를 짓기에 부족함이 없는 토지가 완성된 것이다.

"곧 내려갈게."

제튼이 옷을 갈아입기 위해 자리에서 일어났다. 셀린은 그 모습을 확인한 후에야 방을 나섰다.

그런 그녀의 뒷모습을 흘끗 쳐다보던 제튼이 저도 모르게 입 꼬리를 말아 올렸다.

아줌마라고는 믿기지 않는 뒷태를 눈에 담은 까닭이었다.

그녀는 하루가 다르게 아름다워지고 있었는데, 이로 인해서 마을 청년들 상당수가 가슴앓이를 하고 있을 정도였다.

천마 세계의 특별한 연공법인 '방중술'을 통해, 그녀에게 젊음을 되찾아주면서 일어난 현상이었다.

그 특별한 연공법에는 미모를 가꿔주는 '주안술'의 효과까지 있어서, 매번 사랑을 나눌 때마다 그녀의 미모가 빛을 발하게 되는 것이다.

시작하지 않았으면 모를까. 이미 그녀의 육체에 새로운 생명을 불어 넣고 있는 중이었다. 그런 만큼 가볍게 할 생각은 없었다.

'기왕 하는 거, 환골탈태는 시켜줘야지.'

다른 누구도 아닌 그의 부인이 아니던가. 물론, 그렇다고 해서 검을 가르칠 생각까지는 없었다.

'건강히 오래오래.'

딱 그 정도가 원하는 수준이었다.

'……언젠가는 들키겠지만.'

그녀 스스로도 슬슬 자신의 변화를 느끼고 있을 터였다. 게다가 환골탈태까지 생각하고 있다면, 결국 그녀도 육신의 강맹함에 의문을 느끼고는 물어오게 될 것이다.

'뭐, 그건 그때 가서 생각하면 되지.'

고개를 끄덕이며 옷을 챙겨 입었다. 그리고 막 밖으로 걸음을 옮기려는 찰나였다.

"끄응…… 왜 왔나?"

어느새 창가에 서 있는 크라이온이 보였다. 등에는 언제나와 같이 모네를 업고 있었다. 숨소리로 봐서는 달달하니 잠을 자고 있는 것 같았다.

"둥가둥가나 할 것이지. 남의 집에는 왜 왔어?"

"거 참. 목소리! 애 깨겠네."

그러며 눈을 부라리는데 어이가 없는 한편으로 웃음이 나왔다.

아기 때문에 그에게 이를 드러내는 크라이온의 모습이 정말 재미있었기 때문이다.

과거에는 그 누구도 상상치 못 할 일이었다.

어쩌면 요 반년 사이에 가장 많은 변화를 가진 건 크라이온 일지도 몰랐다.

특히, 그 딱딱하던 말투가 일부 부드럽게 변한 건 아주 인상적인 변화였다. 표정 역시도 상당히 다양해져서 이제는 사람 향기가 물씬 풍겼다.

"소식 들었소?"

"뭐? 영지전 결과?"

"쯧! 들었나 보네. 이놈이 느려 빠져가지고."

누군가를 향한 그의 투덜거림에 제튼이 고개를 저으며 말했다.

"바알슨이 늦게 전해준 게 아니라, 카모룬이 한 발 빨랐던 것뿐이다. 아무리 그래도 팔라얀 상단의 소식통만 하려고."

"어쨌든 늦은 건 늦은 거 아니요. 그나저나 이번에도 그 여우가 왔다 간 거요?"

로렌스를 말하는 거였다.

팔라얀 상단 측의 정보를 전달해줄 때, 간혹 로렌스가 다녀가고는 했기 때문에 이처럼 묻는 것이다.

이에 제튼이 고개를 저어보였다.

"그냥 일반 정보원이 왔다 갔다."

"저번에 왔을 때, 한 소리 했나보구만."

이번에는 굳이 대답하지 않았다.

크라이온의 말이 맞기 때문이었다. 무슨 심경의 변화가 있었는지, 로렌스는 매번 찾아 올 때마다 셀린과 만남을 가지면서 친분을 다지려 들었고, 덕분에 은연중에 셀린의 압박을 받는 피곤한 사태가 발생하고는 했다.

이런 사태를 피하고자 호되게 한 소리를 한 것이다.

'어차피 얼마 안 가겠지만.'

이미 한 차례 로렌스에게 싫은 소리를 한 적이 있었다. 하지만 채 3주가 지나기 전에 다시 찾아오며, 다시금 셀린의 눈총을 사게 만들었다.

그도 그럴게 예전 여인으로 보이는 여자, 그것도 아름다운 미인이 자꾸 찾아오는데, 어느 부인의 기분이 좋겠는가.

그런 만큼 그 눈총이 만만치가 않았다.

'후…….'

생각하면 할수록 골머리만 아플 따름이었다.

고개를 휘휘 저은 제튼이 크라이온을 향해 물었다.

"쓸데없는 소리 말고 영지전에 대해서 물어보려고 온 거냐?"

그들 두 사람이 영지전의 결과를 알고 있는 것과 다르게, 아직 이곳 루마니언 지방에는 그 결과가 전달되지 않은 상태였다.

물론, 바로 옆 카베른에서 일어난 일이니만큼, 루마니언에서도 한껏 집중하고 있었으니, 늦어도 이번 주가 넘어가기 전에는 소식이 전해질 터였다.

"뭐…… 그렇소."

"이미 알고 있는 거라서, 놀래켜 주려고 온 거면 안타깝게도 실패다.”

“끄응! 그럼 됐수다. 젠장…….”

투덜거리며 창을 열고 나가는 크라이온의 모습에, 제튼이 실소하며 고개를 흔들었다.

‘많이 순해졌단 말이야.’

과거에는 경지의 너머에 올랐음에도, 여전히 마성에 사로잡힌 모습이 남아 있었다.

그런 부분들을 온전히 내려놔야 제대로 된 그랜드 마스터라 할 수 있었다.

제튼은 아기 돌보기를 통해서 크라이온의 심경에 변화가 생기기를 원했다. 그리고 이런 방법이 통한 것인지, 크라이온은 점차 몸 안의 흉기를 내려놓으며 진정으로 경지 너머의 존재가 되어가고 있었다.

‘그나저나 영지전이 끝났단 말이지.’

결국 한 개 지방의 주인이 바뀌었다.

‘쯧! 영지전이라니.’

너무 과한 결과였다. 그저 헤일로만 백작에게 경고를 주거나, 적당히 물러나게 만드는 정도까지만 생각하고 있었다.

팔라얀 상단의 힘이라면 충분히 그럴 수 있기 때문이다. 하지만 이게 웬일? 영지전이 터진 것이다.

‘스케일이 너무 커. 젠장!’

뒤늦게 이 사실을 알고 제어하려 카모룬에게 연락을 취했으나, 이미 상당수의 귀족들이 참여한 거대 영지전으로 규모가 확산되면서, 말리기 어려운 상황까지 이르러버렸다.

그나마 제튼의 눈살에 카모룬이 적당히 통제를 하며, 그 규모를 일부 조정하여 줄이면서 병력적인 부분을 한정시킬 수는 있었으나, 그래도 분명 상당수의 피가 흘러내렸을 것이다.

'쯧!'

이를 생각하면 자꾸만 입안이 텁텁했다. 문득 이번 영지전의 승자가 떠올랐다.

'세르핀 임시 대영주라."

아직 자작의 위치를 지키고 있었으나, 곧 백작의 작위를 받게 될 터였다.

루마니언 지방의 임시 대영주였던 로사테인 자작이 올해 들어 백작의 작위를 받은 것처럼, 대영주의 자리에 어울리는 작위를 제국이 하사하는 것이다.

로사테인 자작이 백작으로 승격된 건 바로 옆 카베른 지방의 전쟁이 한참 돌입하던 무렵의 일이었다.

"세르핀 자작은 과연 괜찮은 인물이려나."

듣기로는 헤일로만 백작보다는 백성을 위하는 귀족이라고 했다.

'뭐…… 후계자도 문제아는 아니라고 했으니, 괜찮겠지.'

거기까지 생각하던 제튼이 자신에게로 화제를 돌렸다.

'그나저나 당장은 내가 문제네.'

한 차례 영지전이라는 큰 사건이 터져버린 탓일까?

기사 50명을 압도했던 사건은 크게 부각되지 않을 수 있었다.

"쯧! 부각되지 '만' 않았지."

말인 즉, 어느 정도는 알려져 버렸다는 의미였다. 당시 구경을 하던 사람들 중에, 이곳 루마니언 지방의 사람이 몇 있었던 모양이었다.

팔라얀 상단이 자체적인 정보 통제를 하려 했으나, 그들이 제지할 수 있는 건 결국 수면 아래의 내용들 뿐이었다.

벌건 대낮에 소통되는 내용들을 온전히 제어하는 건 아무래도 무리가 있었다.

영지전이라는 더 큰 사건에 일부 묻힌다고 묻혔으나, 결국 입에서 입으로 전해지는 소식을 통해 인상착의가 전해지고, 그렇게 제튼에 대한 새로운 소문이 퍼져버린 것이다.

물론, 제튼이 이런 상황을 의도해서 스카너에게 손을 쓴 건 아니었다.

'그건…… 그냥 기분대로 행동한 거지.'

바알슨에게 사건을 넘기면서, 이런 상황이 될지도 모른다는 예상이 머릿속을 스치는 정도였다.

확실히 어느 정도는 그의 추측대로 이뤄졌다.

카베른 지방의 영지전으로 인해 호텔 사건이 상당부분 묻힌 게 그 증거였다.

그럼에도 불구하고 사람의 눈과 귀 입을 막기는 어려웠고, 결국 당시 상황이 일부 알려져 버렸다.

그 결과, 이곳 루마니언에서는 재차 제튼의 이름이 언급되는 사태가 발생했다.

'그 덕분에 아카데미 생활이 피곤해졌지.'

"하아……."

한숨이 절로 나왔다.

문득, 지난 학기의 수업시간이 떠올랐다.

가득 들어찬 학생.

초롱초롱한 눈빛.

"미치겠네."

생각만으로도 머리가 아파왔다.

이번에도 수업인원이 한 가득일 거란 생각을 하니, 저절로 몸서리가 쳐졌다.

루마니언 최강검.

은연중에 퍼지고 있는 제튼의 소문이었다. 어디서 흘러나온 것인지, 그가 익스퍼트 상급이란 내용이 맴돌고 있었다.

워낙 구석진 영지인 까닭일까?

익스퍼트 중급의 실력자도 보기가 어려웠고, 그런 만큼 상급이라면 충분히 '최강' 이라는 칭호가 부여될만한 위치로 여겨지고 있었다.

"안 내려오고 뭐해?"

갑작스레 끼어든 음성으로 인해 상념이 깨졌다. 1층으로 내려갔던 셀린이 다시 올라온 것이다.

"아! 미안. 미안."

"아버님 기다리시잖아."

제튼이 급히 방문으로 걸어갔다. 셀린의 표정을 보니 한 소리 들을 것 같다는 생각에, 후다닥 그녀를 지나 계단을 내려가 버렸다.

이런 남편의 모습에 셀린이 고개를 절레절레 저으며 뒤를 따랐다.

◈

반년.

길다면 길고, 짧다면 짧은 시간이 흘렀다.

그 사이 실연의 아픔을 어느 정도 이겨낸 것인지, 로렌스는 감정을 추스르고 다시금 팔라얀 상단의 주인으로 복귀할 수 있었다.

하지만 여전히 그녀는 루마니언 지방을 떠나지 않았다.

'그분을 포기할 수 없으니까!'

이미 한 여인의 남자가 되어버렸건만, 놓고 싶은 마음이 없었다, 그래서 남은 것이다.

굳이 본단으로 돌아가지 않아도 산단의 일은 처리할 수 있었다.

하지만 여기서 또 다른 문제가 발생했다.

'그분은 나를 용납하지 않을 거야.'

때문에 화살을 다른 방향으로 돌렸다. 그를 차지한 그녀에게 접근하기로 결심한 것이다.

자존심이 상했다.

지난 날, 황제를 향해 고개를 숙이던 기분이 되살아났다.

당시와 지금의 상황이 다르다는 걸 생각해 본다면, 오히려 과거보다 더한 굴욕감도 느껴지기도 했다.

하지만 웃었다.

'그분을…… 그를 얻기 위해서!'

곁에 새로운 자리를 마련하고자 치욕을 감수했다.

물론, 그녀는 자신의 접근을 달가워하지 않았다. 그래도 그를 마주하지도 못한 채 밀려나는 것보단 나았다.

언니 언니. 하며 아양을 떠는 스스로의 모습이 한심하게 느껴질 때도 있었으나, 그래도 웃음을 잃지는 않았다.

'그분을 얻을 수만 있다면.'

그렇게 반년.

길다면 길고 짧다면 짧은 시간을 지나왔다.

그리고 변화를 느꼈다.

"언니~!"

그건 그녀 자신의 변화였다.

그토록 미워하던 여인을 향해 어느샌가 마음을 열고 있던 것이다.

하지만 불만은 없었다.

'미워할 수가 없잖아.'

비록, 여전히 자신을 탐탁찮게 여기는 눈빛이 비쳐졌으나, 그 태도나 말투에서는 언제나 자신을 배려하는 모습이 보였다.

'황제 그녀과는 하늘과 땅 차이지.'

미모에서야 감히 그 어떤 여인이 황제와 비교를 하겠는가.

하지만 그 성품은 정말 놀랍다는 말밖에 나오질 않았다.

'이런 여자가 촌동네 영지의 평민이라고?'

옷만 잘 입혀놓으면 어느 대귀족가의 안주인이라고 해도 믿을 정도였다.

물론 배움에서 오는 차이를 무시하기는 어려웠다. 그로 인해 약간의 부족함도 느껴지기는 했으나, 그래도 이런 외진 곳에서 보기는 드문 여인이라는 걸 깨달았다.

"젠장!"

욕짓거리가 살짝 튀어나왔다.

'역시…… 그분의 눈은 대단해.'

과연 그가 선택한 여자라는 생각이 들었다.

"언니~. 언니~!"

그 덕분일까?

전보다는 조금 더 편한 마음으로 아양을 떨 수가 있었다.

물론, 그렇다고 해서 완전히 인정한 것은 아니었다. 연적이라는 특별한 위치는 여전하기 때문이다.

◈

카베른 지방의 새로운 주인이 결정 났다.

"결국, 세르핀 자작의 승리인가."

쪼개지고 찢어진 입술처럼, 노쇠한 목소리가 갈라지며 흘러나왔다.

"예. 공작님."

전방에서 들려온 음성에 고개를 흔들며 대답했다.

"나는 더 이상 공작이 아니네."

그 말에 정보를 가져왔던 사내, 브레드가 조금은 슬픈 눈빛으로 전방의 노인의 바라봤다.

'리베란 공작님.'

이제는 신임 리베란 공작이 취임하고, 더 이상 공작이라 불릴 수 없건만, 여전히 브레드는 그를 공작으로 칭했다.

"제게는 오로지 공작님만이 하늘이십니다."

그 말에 전대 리베란 공작, '베아튼'이 허옇게 웃어보였다.

"자네도 슬슬 내 그늘을 벗어나야지."

"그러기에는 제 나이가 너무 많아서 힘듭니다."

"허허헛!"

베아튼이 힘겹게 웃음을 터트리며 브레드에게 말했다.

"그 녀석이 맘에 안 들더라도, 많이 좀 도와주게나."

"공자님은 제 도움이 없어도 충분히 잘 해내실 분입니다. 걱정 마십시오."

"공자님이라…… 그 녀석 나이도 벌써 마흔이 넘었네. 그 놈 앞에서는 공자님이니 도련님이니 하는 소리는 하지 말게나."

당연히 면전에 대고 그러지는 않았다.

'꼬박꼬박 공작님이라고 불러드리고 있습니다.'

브레드는 웃음으로 대답을 대신하며, 베아튼의 전신을 살폈다.

'하루가 다르게 쇠약해지시는구나.'

그 안타까운 눈빛을 읽었음일까? 베아튼이 재차 허연 미소를 지으며 말했다.

"걱정 말게. 육신은 노쇠했어도 정신은 한층 더 맑아지고 있으니."

정말 신기한 기분이었다. 몸은 거동조차 제대로 하기 힘든 상황이건만, 이상하게도 정신은 맑아져만 갔다.

또한 전신 가득 차오르고 있는 마나량은 이미 전성기를 훌쩍 넘어서고 있었다.

'이대로라면…… 어쩌면 가능할지도.'

새로운 진리를 통해 더 높은 경지로 발돋움 할 수 있을지도 몰랐다.

지금 당장이야 오늘내일 하는 위태로운 모습을 보여주고 있었으나, 경계의 너머에 오르기만 한다면, 분명 새로운 미래를 보장받을 수 있을 터였다.

물론, 아직은 불확실한 부분이기에 오른팔이라 할 수 있는 브레드에게도 알리지 않았다.

상황이 이렇다보니 브레드의 걱정이 더욱 커져갈 수밖에 없었다.

'공작님……'

당장이라도 숨이 끊어질 것 같은 베아튼의 모습에 브레드는 '새로운 진리'를 머리에 떠올렸다.

'암흑마법.'

저 전설과도 같은 절대자 브라만 대공을 넘기 위해, 그들이 선택한 건 바로 금단의 마법이라고도 불리는 어둠의 마법이었다.

베아튼은 바로 이 흑마법을 조금이라도 안전하게 순화

시키고자 온몸을 다 바치고 있는 중이었다.

그리고 그 부작용이 고스란히 육신에 누적되며, 급속도로 노화가 진행되는 중이기도 했다.

마도에 이른 그의 경지가 아니었더라면, 이미 숨이 끊어졌어도 한참 전에 끊어졌을 터였다.

더욱 안타까운 건, 이 말도 안 되는 도전을 막을 수가 없다는 부분이었다.

'후우…….'

그저 속으로, 들리지 않는 한숨만 내쉴 뿐이었다.

"이만, 돌아가 보겠습니다."

보고해야 할 내용을 전달했으니, 다시금 신임 공작의 곁을 지켜야 했다.

이에 베아튼이 허옇게 웃으며 손을 흔들었다.

"고생하시게."

어느새 뼈마디만 남은 앙상한 손가락이 브레드의 가슴을 아프게 찔러왔다.

돌아서는 그의 발걸음이 유난히 무겁게 느껴졌다.

'그 친구 참…… 허헛!'

자신을 걱정하는 마음이 절절히 전달되어 왔다. 재차 웃음을 지은 베아튼이 시선을 돌려 연구 중이던 마법술식으로 향했다.

'저것만 완성 된다면…….'

흑마법의 부작용에 일부 제어력을 발휘할 수 있을지도 몰랐다.

'익히면 익힐수록 술사의 이성적 판단력을 흩어 놓는 흑마력을 제어할 수만 있다면.'

충분히 새로운 진리로써 빛을 발할 수 있을 터였다.

'설마, 정령에서 힌트를 얻게 될 줄이야.'

이전에도 정령을 생각한 적이 있었다. 하지만 마기와의 상성이 별로 좋지 않아서, 정령의 힘은 빌리기가 어려웠다.

하지만 그런 그의 계산을 뒤집는 상황이 발생했다.

그것은 우연찮게 받아들인 미지의 정령 '탐욕'으로 인해 발견한 새로운 기회였다.

'그리드!'

헤룬과 함께하던 정령이 그에게로 넘어 온 것이다.

'마기와의 상성이 좋아.'

정령이건만 마치 마족을 생각나게 만드는 놀라운 기운을 품고 있었다.

'어둠으로 가득한 정령이라니.'

수많은 고서를 탐독한 그였으나, 탐욕의 정령이 있다는 이야기는 들어 본 적이 없었다.

하지만 그리드를 받아들이고, 그에게서 일부 지식의 전이를 받고 난 뒤, 그 존재에 대한 확신을 얻을 수 있었다.

하지만 여전히 의문은 가득했다.

제튼으로 인해 대부분의 힘을 잃으며, 불안전한 상태로 도주한 까닭에, 지식의 전이가 제대로 이뤄지지 않았다.

덕분에 베아튼은 탐욕의 정체와 이름을 알면서도 그를 '미지의 정령' 이라고 칭하는 중이었다.

'뭐…… 지금 당장은 그게 문제가 아니지.'

새로운 진리를 위한 마법술식.

'완전한 암흑마법!'

그게 최우선이었다.

마법술식을 향해 눈을 빛내는 그의 등 뒤로, 흐릿한 안개마냥 거무스르한 어둠이 일렁거렸다.

[크흐…… 흐흐…… 흐흐흐……]

언뜻 웃음처럼 여겨지는 소리가 끊어지듯 흘러나왔으나, 베아튼은 전혀 듣지 못하는 듯, 마법술식에만 집중하고 있을 뿐이었다.

크…… 흐흐…… 흐흐흐흐……

◈

우우우우우웅……

검 끝에 이는 공명음이 새로운 경지로의 도약을 암시하

고 있었다.

오르카는 신개척의 현장에서 자신의 눈을 의심하고 또 의심하며 연신 눈을 비볐다.

'이게…… 말이 돼?'

소름이 끼쳤다.

전율!

그녀 스스로가 천재라 불리면서, 가문의 많은 이들을 경악하게 만들었다. 특히, 빛의 축복으로 인해 완성되어버린 육체적 재능은, 감히 역사상 유례없는 수준이라고 믿었다.

헌데, 지금 그녀의 눈앞에, 그녀를 경악하게 만드는 재능의 소유자가 탄생했다.

카이든 라 브라만 칼레이드.

대 제국 칼레이드의 황자로써, 저 유명한 브라만 대공의 단 하나뿐인 혈육이기도 한 아이였다.

'오러…… 라고?'

그런 아이의 검에 오러의 흔적이 비치고 있었다. 브라만 대공의 아들이라면, 그 재능은 믿을만 했다.

이미 삼종의 축복으로 신관을 경악하게 만든 재목이지 않던가.

하지만, 이건 너무 과했다.

'이제, 겨우 4살인데…… 오러라고?'

소름이 끼쳤다.

'아무리 그 놈 핏줄이라지만, 이건 너무하잖아!'

비명이라도 지르고 싶은 심정이었다. 하지만 그녀의 비명이 터져 나오기도 전에 먼저 빛을 발하는 게 있었다.

화아아악!

결국 황자의 검 끝에 오러가 피어났다.

'젠장!'

욕짓거리가 샘솟는 순간이었다.

"선생님!"

카이든이 활짝 웃으며 그녀를 바라보고 있었다. 하지만 오르카는 웃어 줄 수가 없었다. 너무도 황당한 상황에 넋이 나가버린 것이다.

지금 이 순간만큼은 경지를 넘어서 이룩한 초월적 정신력도 무의미했다.

"선생님?"

연달아 이어지는 카이든의 부름이 있고서야 그녀의 동공에 초점이 돌아왔다.

"어…… 음. 흠! 그…… 그래. 잘 했다."

하지만 아직 말문이 제대로 트이지는 않은 듯, 어버버거리며 그녀답지 않은 반응이 나와 버렸다. 당연히 카이든의 눈가에 의문의 빛이 어렸으나, 이런 부분을 일일이 신경 쓸 틈이 없었다.

"오늘 수업은…… 이…… 이걸로 끝이다."

겨우겨우 거기까지 말을 마친 오르카가 바삐 연무장을 나왔다.

'미쳤어. 미쳤어! 저 핏줄은 미친 거야.'

그렇지 않고서야 저 어린 나이에 오러를 꽃피울 리가 없지 않은가.

사실, 여기에는 약간의 착오가 있었다.

천마신공!

탄생과 함께 강제적으로 심어진 천마신공이 제튼에 의해서 깨어나며, 내부에 잠재되어 있던 기운이 일부 드러난 것이다.

확실히 카이든의 재능은 대단했다.

천마가 맘먹고 탄생시킨 아이가 아니던가. 충분히 오르카도 넘볼 수준이었다.

거기에 더해, 이미 카이든은 오러를 발현하고도 넘칠 만큼의 기운이 몸 안에 잠재되어 있었다.

그러던 것이 제튼으로 인해 깨어났고, 오르카의 가르침으로 통제할 수 있게 된 것이다.

오르카 역시 어느 정도는 잠재력을 느끼고 있었으나, 온전히 파악하고 있는 건 아니었다.

잉태되던 순간부터 함께해서일까?

마치 선천지기와도 같은 기운을 품고 있었기 때문이다. 게다가 천마신공 자체적인 은밀함도 더해졌다.

그로 인해 오르카 역시 그 잠재된 기운을 제대로 파악하기가 어려울 수밖에 없었다.

"대단해!"

그렇다 보니, 이런 모습을 보이는 것이다.

충격과 함께 경이롭다는 감정이 차올랐다. 그리고 그 끝에 호기심이 살짝 끼어들었다.

'저 아이가 성장한다면?'

과연, 어디까지 클 수 있을까?

갑자기 그게 궁금해졌다.

제튼과 그녀가 약속한 건 1년이었다.

하지만 지금 이 순간, 그녀에게 약간의 욕심이 생겼다.

검술선생.

'제대로 해 봐?'

어쩌면 향후 20년 안에 새로운 전설을 탄생시킬지도 모른다는 생각에 가슴이 두근거렸다.

'20년? 아니…… 10년?'

본격적으로 가르치기만 한다면, 그보다 더 빠른 시일 안에 역사를 쓰게 될지도 몰랐다.

그녀의 두 눈에 불이 들어왔다.

그리고,

8년의 세월이 흘렀다.

◈

케빈 반트, 메리 반트.

원래의 성이 로진이었던 그들 남매는 이젠 완전히 반트 가의 일원으로써 받아들여져, 어느새 아루낙 마을의 자랑거리가 되어가고 있었다.

특히, 그들 남매의 우월적인 미모는 마을의 소년 소녀, 청년 처녀들의 가슴을 쉼 없이 두드리며, 매번 돌아보고 또 쫓아보게 만들었다.

이런 그들의 유명세는 비단 아루낙 마을에서만 발휘되는 게 아니었다.

이곳 영지의 중심이라 할 수 있는 스테일 남작령에서도 한껏 유명세를 타고 있었는데, 그 이유를 굳이 들라고 한다면, 아무래도 케빈 반트의 아카데미 조기 졸업 사건 때문일 것이다.

3년.

그 짧은 시간 만에 아카데미를 졸업한 것이다.

15살에 입학하여 겨우 18살에 끝을 내 버렸다. 아무리 과거 귀족중심의 아카데미에 비해 그 수준이 떨어진다지만, 그래도 3년 만에 졸업을 한다는 건 여러모로 말도 안 되는 이야기였다.

덕분에 비단 이곳 스테일 남작령 뿐만 아니라, 저 멀

리 로사테인 백작령에서도 화젯거리가 되고 있는 중이었다.

헌데, 그가 3년 조기졸업을 한 이유가 또 황당했다.

"여동생을 따라가려고."

누군가 던진 의문에 이처럼 답했다고 하는데, 여기서 바로 메리의 존재가 부각됐다.

메리 반트!

카이스테론 아카데미 입학.

무려, 저 제국의 수도 크라베스카에서도 손에 꼽히는 명문 아카데미였다.

여전히 기세등등한 귀족중심의 아카데미와도 감히 어깨를 견주고 있을 만큼, 높은 교육수준으로도 유명한 그 카이스테론에 입학자격을 얻은 것이다.

원래는 지난해에 수도로 향할 생각이었다. 하지만 케빈의 만류로 인해 한 해를 더 기다려야만 했는데, 그 짧은 시간에 케빈은 조기졸업장을 따내버린 것이다.

이유는 앞서 이야기한 것과 같았다.

"여동생을 따라가려고."

정말 그 말처럼 케빈은 카이스테론 아카데미에 응시했고, 지난겨울 입학자격증을 따 내 버렸다.

덕분에 케빈의 존재가 크게 유명세를 타게 되었고, 그로 인해 메리 역시도 한께 부각 되어야만 했다.

원래 인근 마을에서는 인기인이던 그들 남매였으나, 이 사건으로 인해 주변 마을만이 아닌 이 지방 전체로 이름을 알리게 된 것이다.

"대단한 놈이야."

제튼은 한 차례 웃음과 함께 고개를 흔들었다. 그들 남매, 좀 더 정확히는 케빈에 대해 생각할 때면, 항시 놀랍다는 생각을 하게 된다.

"훗!"

아들로 받아들이고, 8년여의 세월동안 정을 쌓아 온 덕분인지, 이제는 정말 자신의 핏줄처럼 아끼게 되었다.

그래서 자신을 놀라게 할 때면, 매번 흐뭇한 마음이 들고는 했다.

동시에 아쉬운 마음도 들었다. 저 나잇대를 지내보지 못했기 때문이었다. 천마에게 삶을 빼앗겨 숨죽여 지내던 무렵이 아니던가.

그래서인지 케빈의 모습에서 대리만족을 하는 느낌도 적잖게 있었다.

어느새 그의 나이도 마흔 여섯.

슬슬 세월의 그늘이 얼굴위로 드리우기 시작하는 중이었다.

절대적인 육신을 지니고도 이 무슨 말인가 싶기도 했으나, 이는 제튼이 의도적으로 몸에 새기는 주름이며 무게였다.

주변 사람들의 이상스런 눈빛을 피하기 위함이면서, 동시에 그 스스로도 평범함에 몸을 기대고자, 일부러 신체적인 특별함을 숨기는 중이었다.

물론, 세간에 알려진 그의 실력 '익스퍼트 상급'의 수준에도 적당히 맞추다 보니, 나이에 비해 어려보이는 건 어쩔 수가 없었다.

잠시 얼굴에 새겨진 세월의 흐름들을 매만지던 제튼이 뒷마당으로 시선을 던졌다.

아직도 쌀쌀한 겨울바람이 치열하게 들이밀고 있건만, 웃통을 벗어 던진 채 땀방울을 흩날리는 청년이 보였다.

제튼에 비해도 부족하지 않을 것 같은 큼직한 체구에, 단단한 근육들이 눈에 들어왔다.

게다가 언뜻 비친 얼굴은 그야말로 조각 같은 미남이었다.

케빈 반트.

그의 아들로 받아들였건만, 어째 부친인 홀든이나 동생인 켄트와 같은 계열로 커버린 느낌이었다.

그를 닮은 건 오로지 체격 정도뿐이었다.

'동네 처자들이 쓰러질 수밖에 없지.'

고개를 끄덕인 제튼이 슬쩍 시선을 돌려 뒷마당 한편에서 켄트를 구경중인 소녀를 바라봤다.

메리 반트.

한 때, 아픈 다리로 인해 많은 걱정이 됐던 아이였으나, 제튼과 마르한의 치료 덕분에 아픔을 이겨내고, 이제는 신명나게 뛰어다녀도 괜찮을 만큼 건강해진 상태였다.

게다가 그 핏줄이 어디가지는 않는 것인지, 케빈과 다를 바 없이 아름다운 외모를 지녀 시선의 중심이 되고는 했다.

'마을 청년들이 쫓아다니는 이유가 있다니까.'

그런 소녀가 자신의 딸이라는 점에서 걱정거리가 늘어나는 기분이랄까?

말이 소녀지 어느새 다 자라버린 메리에게서는 여인의 향기가 물씬 풍기고 있었다. 아직 앳된 얼굴 덕분에 그나마 소녀라는 느낌이 남아있는 정도였다.

게다가 문제는 저 둘 뿐만이 아니었다.

"아빠~!"

등 뒤에서 들려온 음성에 슬쩍 시선이 뒤로 돌아갔다. 어느새 가슴어림까지 자란 제니가 방문을 열며 들어서고 있었다.

어느새 열두 살이 된 제니는 모친의 핏줄을 고스란히 이어받은 것인지, 과거 셀린이 그대로 떠오를 만큼 예쁘게 성장한 상태였다.

"엄마가 밥 먹으러 내려오래."

"어. 그……."

쾅.

"……래."

제 말만 하고는 대답도 듣기 전에, 휙 하니 나가버리는 딸아이의 모습에, 제튼이 슬쩍 뒷머리를 긁적이며 창가로 시선을 던졌다.

잠시 후, 뒷마당으로 제니가 모습을 드러내는 게 아닌가. 그러더니 메리와 한 차례 이야기를 나눈 뒤 케빈에게 향하는 게 보였다.

식사에 관한 이야기를 건네는 것 같아 보였다.

'여전하네…….'

어린 시절에도 그랬지만, 지금도 제니는 케빈에게 남매 이상의 감정을 품고 있는 것 같았다.

'뭐, 어쩔 수 없는 건가.'

자라면서 못나질 수도 있건만, 어째 케빈은 해가 갈수록 더 멋지게 변해가고 있었다. 당연히 눈을 뗄 수가 없을 터였다.

어릴 적과 변함없는 아이들의 풍경에 살짝 웃음이 나왔다.

'변화라…….'

문득 제튼의 시선이 뒷마당을 지나 다른 방향으로 돌아갔다. 저 한쪽으로 과거와는 다른 건물이 하나 보였다.

'영감님.'

그가 마을로 돌아오던 당시, 처음으로 마주했던 고향의 흔적이자 과거의 추억이던 무스탄.

2년 전 결국 세상을 떠나야만 했다. 그러며 그가 살던 집이 다른 이에게 팔렸는데, 새 주인은 그 자리에 건물을 올리는 중이었다. 풍경이 달라진 이유였다.

90을 코앞에 두고 떠난다며 아쉬워하던 무스탄 영감님의 유언을 생각할 때면, 슬프면서도 우습다고나 할까.

'무슨 유언이…… 큭!'

입가에 걸린 미소와 달리 눈빛은 살짝 아픔을 디디고 있었다. 문득 또 다른 마을의 명물이 떠올랐다.

'파소 할머니.'

의외라고 해야 할까?

그 정정하던 무스탄 영감님과 달리 매번 오늘내일 하시던 파소 할머니였건만, 무스탄 영감님보다 1년이나 더 살다가 가셨다.

쓰게 웃던 제튼이 다시금 뒷마당으로 시선을 던졌다.

케빈을 중심에 둔 채, 메리와 제니가 재잘대며 집으로 들어오는 게 보였다. 제튼 역시도 창가를 벗어나 1층으로 향했다.

식사시간에 늦었다가는 모친에게 혼쭐이 날 수도 있었다.

그의 나이 마흔 여섯.

하지만 모친에게는 여전히 애였다.

◈

따뜻한 기운이 모락모락 올라오는 찻잔을 들어, 한 차례 차향을 음미한 뒤에야 잔을 기울여 내용물을 입에 담았다.

잠시 그 깊은 맛에 심취해 있노라니, 은은히 밀려든 바람이 어깨를 치며 정신을 깨웠다.

"안에서 먹을 걸 그랬나."

봄기운이 몰려든다는 밖으로 나왔건만, 여전히 남은 겨울바람을 생각하자니, 아무래도 괜히 나온 모양이었다. 마르한은 뼈마디가 시리다는 생각을 하며 주섬주섬 찻잔을 챙겨들었다.

치료실이 바로 앞이라 안으로 들어가는 건 문제가 없었다.

"봄이라……."

이제 곧 아카데미가 새 학기를 시작할 것이다.

"그 아이들도 슬슬 떠날 때가 된 건가."

괜히 입맛이 썼다.

반트가의 남매들이 떠올랐다. 좀 더 정확히는 남매들 중 소녀가 머릿속을 채우고 있는 중이었다.

'메리…….'

그 아이 때문에 일부러 이곳 아루낙 마을의 소학원에 자리를 잡은 것이다.

소학원이 끝나고 난 뒤에도 수시로 아이와 만나며 많은 것들을 가르쳤다. 그리고 그렇게 그가 알고 있는 걸 전하면서 확신할 수 있었다.

성녀!

아직은 각성을 하지 못한 듯, 성력을 발현시키지는 못했다. 하지만 그럼에도 불구하고 그녀에 대한 확신은 커져갔다.

'빛의 향기.'

과거에 비해 한층 진해진 그 빛의 흔적이 그를 취하게 만들었다.

그녀는 분명 성녀였다.

'수도…… 인가.'

메리에게 카이스테론을 추천한 게 바로 그였다.

'거기라면 충분히 좋은 교육을 받을 수 있을 테지.'

친우가 운영하는 테룬 아카데미를 무시하는 건 아니었다.

분명 뛰어난 아카데미였다.

하지만 아쉽게도 과거의 아카데미, 귀족중심의 아카데미에 비한다면 부족한 것도 사실이었다.

때문에 카이스테론을 추천했다.

'귀족 아카데미에도 밀리지 않는 곳이니.'

충분히 많은 것들을 보고 배울 수 있을 것이다. 게다가 그곳 아카데미에 있는 대신관의 존재도 중요했다.

마르한이 비록 대단한 성력을 지니고 있다고는 하나, 지식적인 부분에서는 약간의 부족함이 있었다.

일찌감치 성국을 나와 밖으로만 떠돈 이유가 컸다.

하지만 카이스테론에 있는 대신관은 지식적인 면에서 그의 부족함을 대신해 줄 수 있을 터였다.

특히, 믿을만한 성직자라는 부분에서 더욱 그를 놓치기가 싫었다.

'그를 메리의 측근으로 만들어야지.'

그렇게만 된다면, 마르한이 세상을 떠난 뒤에도 안심을 할 수 있을 것 같았다.

'세상을 떠난 뒤…… 인가.'

노쇠해버린 육신이 남은 생이 얼마 없다는 걸 상기시켜줬다.

"흣……."

절로 입가에 쓴웃음이 머물렀다.

고개를 절레절레 흔들던 그가, 재차 밀려든 찬바람에 몸을 떨며 안으로 들어갔다.

그리고 정확히 3일 후,

반트가의 남매가 수도로 출발했다.

〈6권에서 계속〉

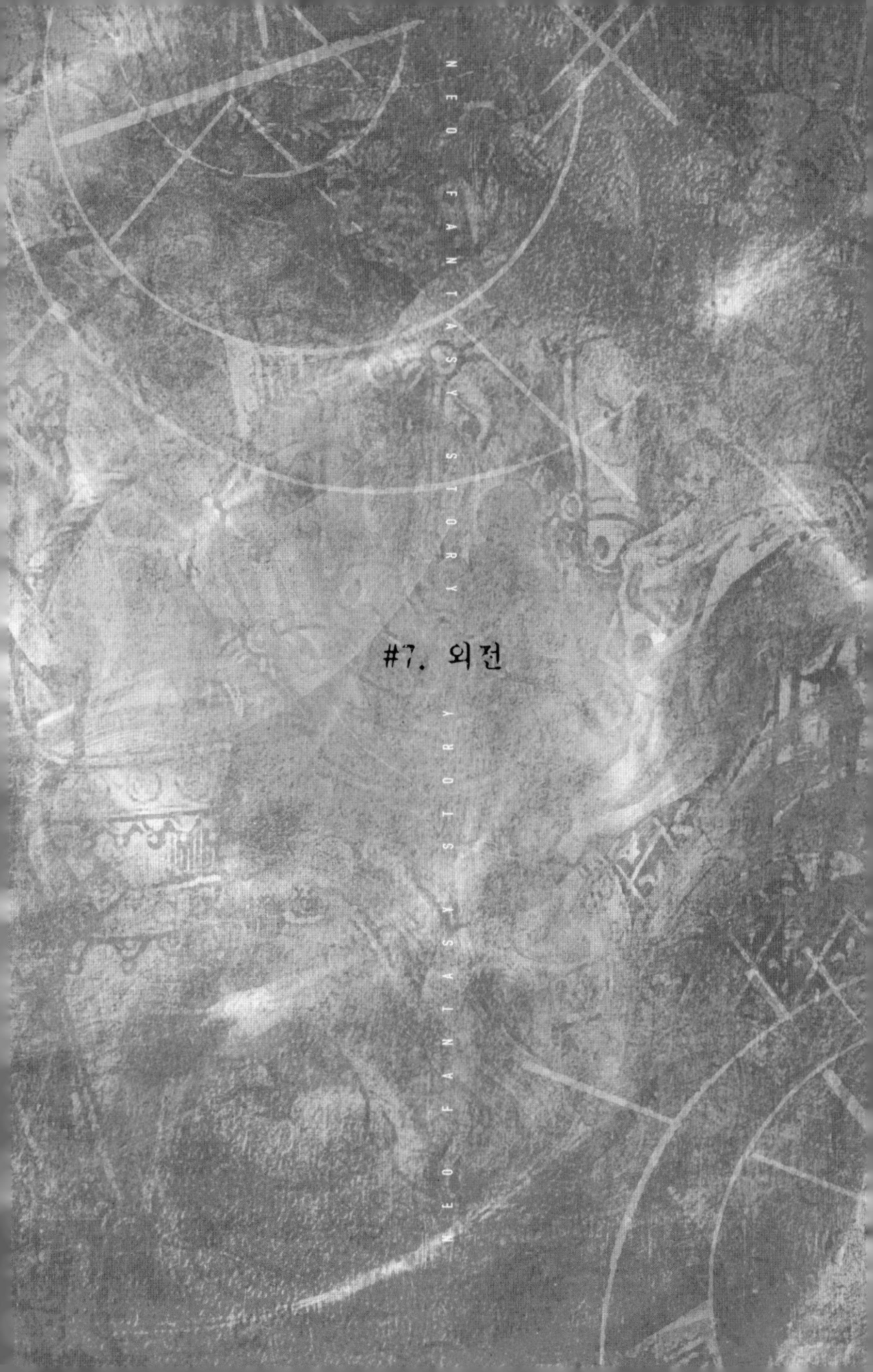

#7. 외전

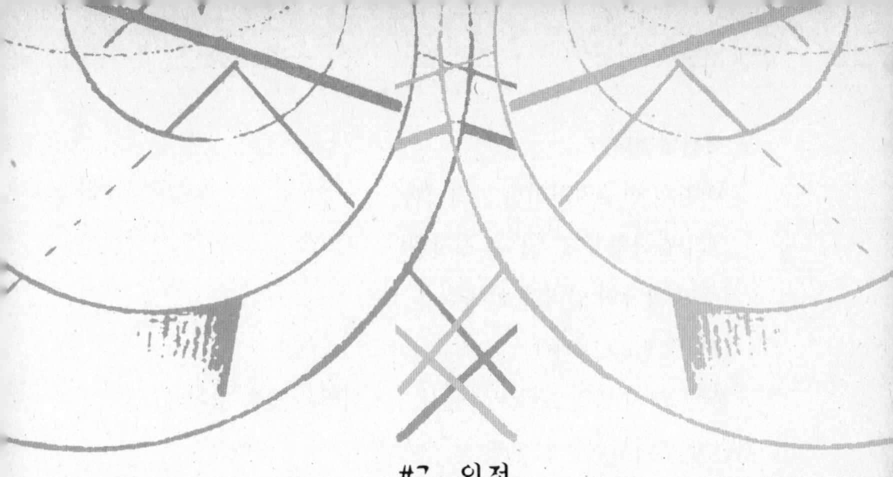

#7. 외전

그녀를 봤다.

대륙제일의 미인이 될 거라던 여인. 아니 소녀.

이미 동대륙 제일이 미인이라고 알려진 소녀.

약소왕국 칼레이드의 공주!

마음에 들었다.

그가 살던 세상과 달리, 이곳 세상에는 '신' 이라는 절대자가 존재한다는데, 소녀는 바로 그 신이라는 존재가 작정하고 만든 미의 결정체 같았다.

'무림에도 저 정도의 미녀는 없었지.'

그녀를 품기로 결심했다. 주변 국가의 고위인사들이 눈독을 들이고 있다는 이야기를 들었으나, 그 정도는 무시해도 상관없었다.

'어차피 한주먹거리도 안되니까.'

그러며 국왕에게 '딜'을 제시했다.

"주변 왕국의 압박을 없애주지."

그러니 딸을 내놔라!

물론, 그저 말만으로는 납득시키기 어려운 것을 알기에, 간단한 무력시위를 보여줬다.

국왕을 지키는 근위기사단이란 존재들을 한수에 쓸어버렸다. 말 그대로 손짓 한번이었다. 수십의 기사들이 우르르 무너져 내렸다.

"위…… 위대한 존재이십니까?"

두려움과 경외심이 뒤섞인 눈빛으로 국왕이 물어왔다.

'위대한 존재?'

실소가 흘러나왔다. 이곳 세상에서 말하는 '위대한 존재'의 정의를 떠올린 까닭이었다.

드래곤!

지상 최강의 생명체라고 알려진 종족으로써, 언제고 기회가 된다면 꼭 만나보고 싶은 존재였다.

"눈치가 좋군."

굳이 부정하지는 않았다.

천마!

고대로부터 이 칭호는 위대한 존재들의 것이었다.

〈와아! 사기꾼.〉

내부에서 애송이의 음성이 들려왔다. 이 육신의 실제 주인이라고 할 수 있는 녀석으로써, 제튼이라는 이름을 지닌 꼬맹이였다.

'뭘 모르는군. 나는 충분히 위대하다!'

콧대가 살짝 하늘로 올라갔다.

〈우웩!〉

너무 오랜 시간을 함께한 까닭일까? 슬슬 애송이 녀석이 기어오르는 느낌이 들었다.

'쓸데없는 소리 말고 수련이나 해라.'

내부에 마련해 놓은 심상세계로 녀석을 쫓아낸 뒤, 다시금 국왕에게 집중했다.

"내 제안, 받아들이겠나?"

웃으며 물었다.

입가에 걸린 미소와 달리 거절하는 순간 저 목을 꺾어버릴 것이기에, 눈빛만큼은 싸늘하게 빛나고 있었다.

이를 읽은 것일까? 국왕이 몸을 부르르 떨며 고개를 조아렸다.

"뜨…… 뜻대로 하소서."

확실히 눈치가 제법이었다.

살짝 웃으며 저 한편에 서 있는 공주에게로 다가갔다.

언뜻 차갑게 느껴지는 눈동자를 보고 있으니, 입맛이 살아나는 기분이었다. 게다가 눈송이처럼 새하얀 피부는 절로 군침을 돌게 만들었다.

그녀에게 바싹 다가가 속삭이듯 말했다.

"내 것이 되거라."

국왕의 허락을 얻기는 했으나, 그래도 당사자의 의견을 무시할 수는 없지 않은가.

만약 거절한다면?

'그냥, 의견만 묻는 거니까.'

거절해도 결국 품에 안을 터였다.

강제냐 동의냐의 차이가 여기서 결정 나는 것이다. 이런 마음이 표정에 고스란히 드러났으나, 굳이 감추려하지 않았다.

'거절해도 상관은 없지만.'

그래도 거부의사를 직접 들으면 기분이 상할 것 아닌가. 때문에 일부러 감정을 얼굴에 드러내며, 거부표현을 제지하고 있는 것이다.

〈이 표정을 보고도 거절한다면, 정말 재미없어질 거야!〉

대충 이런 의도였다.

이어진 공주의 대답이 가관이었다.

"주변국을 굽어보는 정도로는 안 돼."

언뜻 차갑게 여겨지는 공주의 표정과 달리, 그 두 눈빛만큼은 뜨겁게 타오르고 있었다.

게다가 국왕도 감히 내뱉지 못한 평대라니. 슬쩍 입 꼬리가 올라갔다.

"그러면 네가 원하는 건 뭐지?"

재미있다는 듯 입가에 미소를 걸며 그리 물었다. 그리고 이어지는 공주의 결정적 한방.

"대륙!"

정말 재밌었다.

"세상을 굽어보게 만들어 줘."

여인이라고 믿기지 않는 이 짜릿한 패기는 무엇인가.

한 나라의 주인이라는 국왕도, 감히 그와 눈을 마주치지 못한 채 땅바닥에 머리만 붙이고 있었다.

헌데, 이 눈앞의 소녀는 대담하게도 그와 시선을 맞추는 것도 모자라서, 무려 '딜' 을 하고 있었다.

입 꼬리가 한껏 올라갔다.

"네게 그 정도의 가치가 있다고 생각하나?"

대답이 기대됐다.

"판단은 당신 몫."

결국 터져버렸다.

"푸하하하하핫-!"

웃음은 한참이나 멈추지 않았다. 기분이 상할 법도 하건만, 그녀는 어떠한 불쾌함도 내비치지 않으며 침착히 기다렸다.

"맘에 들었어!"

그래서 그녀의 딜을 받아들이기로 했다. 그녀의 귓가에

다가가 속삭이듯 말했다.

"대 제국의 주인으로 만들어주마."

이에 대한 그녀의 답변이 또 가관이었다.

"못 지키면, 죽여 버릴 거야!"

"크하하핫-!"

'앙칼진 맛도 있네. 킄!'

재차 웃음이 터져 나왔다.

'재밌다. 재밌어!'

눈앞의 소녀에게 정말 마음이 갔다.

특히, 두려움에 손끝을 떨면서도, 자신의 감정을 철저히 숨기고 통제하는 게 진정으로 가슴에 와 닿았다.

"미치겠네."

참을 수 없는 욕망에, 대뜸 그녀를 안아들었다. 이에 당황한 듯 그녀의 안색에 변화가 비쳤으나, 애써 침착함을 유지하며 표정을 지키고 있었다.

그 모습이 재차 가슴을 두드렸다. 절로 군침이 돌았다.

기감을 전력으로 뿌려 왕성을 감쌌다. 그렇게 활짝 열린 감각을 통해 그녀의 침실로 여겨지는 장소를 찾아냈다.

"가자!"

짤막한 한마디 말과 함께 그들의 모습이 대전에서 사라졌다. 하지만 이런 사실을 모르는 듯, 국왕은 여전히 바닥에 머리를 조아리고 있었다.